KB031985

이건숙 문학전집 14

사람의 딸

장대 위에 달린 여자

이건숙 문학전집 14

사람의 딸

1쇄 발행일 | 2023년 2월 27일

지은이 | 이건숙
펴낸이 | 윤영수
펴낸곳 | 문학나무
편집 기획 | 03085 서울 종로구 동숭4나길 28-1 예일하우스 301호
이메일 | mhnmoo@hanmail.net

출판등록 | 제312-2011-000064호 1991. 1. 5.
영업 마케팅부 | 전화 | 02-302-1250, 팩스 | 02-302-1251
ⓒ이건숙, 2023

값 16,000원
잘못된 책은 바꾸어 드립니다
지은이와 협의로 인지는 생략합니다
무단 전재 및 복제를 금합니다
ISBN 979-11-5629-159-6 03810

이건숙 문학전집 14

■

사람의 딸

이건숙 장편소설

문학나무

|작가의 말|

죽음의 자리에서 승리한 여인

사람의 딸은 월간 《새가정》에서 1998년 시작하여 2001년에 걸쳐 40회 연재한 장편이다. 당시 태평양을 건너 나성에서 목회를 시작하는 남편을 따라 삶의 터전을 옮겨앉은 상황으로 몹시 힘들고 불안했다. 서울의 대형교회에서 상처를 받고 떠난 우리 부부는 가슴앓이를 심하게 하고 있었다. 그때 《새가정》에서 펜을 놓지 말고 계속 글을 쓰라고 장편 연재의 지면을 허락했다. 태평양 건너 조국을 떠난 사람에게 한국에 있는 《새가정》에 소설연재라니! 있을 수 없는 일이었다. 지금 생각하면 그 당시를 증언할 수 있는 소설을 쓰도록 하나님의 손이 역사하신 걸 새삼 깨닫게 된다. 그런 형편에서 집필한 이 장편은 아주 날카로운 시선으로 칼날처럼 예리하게 소설을 전개할 수 있는 커다란 에너지가 작용했다고 본다.

이 작품을 쓴 지 20여 년이 지나 다시 정리하면서 읽어

보니 예언자적인 시선이 정말 적확했다. 앞장서서 장차 다가올 일을 파헤치면서 미래를 걱정한 소설로 연재할 적에 소설을 읽은 독자들은 머리를 갸웃거리면서 의아해 하기도 했다. 이제 80줄의 두루뭉술해진 내가 절대로 쓸 수 없는 소설이다.

사람의 딸은 '장대 위에 달린 여자'라는 제목으로《새가정》에 연재했다. 하늘을 찌를 듯 치솟은 굵은 장대 위에 달린 여자는 혼자서 눈, 비를 맞아야 한다. 폭풍이 불어와도 피할 곳이 없다. 철저하게 버려져서 혼자 높은 곳에 매달려 외로움을 삭혀야 한다. 같은 눈높이로 대화를 나눌 상대가 없으므로 벙어리가 되어야 한다. 하지만 그 자리에서 인생을 관조하고 밑의 세상을 순수하게 사랑할 수 있었다. 더 좋은 것은 고독한 가운데 전심을 다해서 위를 바라볼 수 있는 자리이기도 했다. 십자가에 달린 예수님이 '엘리 엘리 라마 사박다니'를 처절하게 외친 그런 자리였다. 이 소설의 주인공인 사람의 딸도 장대 위에 달려서 어둠 속에 있었지만 결국 가장 사랑하는 사람을 구원하는 자리가 되었고 많은 사람들이 모델로 삼을만한 삶이 되었다. 사람이 산다는 것은 결국 죽음의 자리를 준비하는 것이 아니겠는가. 마지막 이 세상을 떠나는 자리가 성스럽고 아름답기를 소원하는 것이 모든 인간의 소망일 것이다.

여자의 일생이란 모두 평탄하지 않다. 각자의 몫에 태인 십자가를 지고 가게 마련이다. 이 소설에서는 가장 억울하며 가엾고 불쌍한 한 여자를 주인공으로 내세워 죽음 자리에서 승리하는 삶을 그려보았다. 감히 예수님처럼 십자가에 달리지는 못했지만 장대 위에 달려 살이 찢어지고 피를 흘려가면서 벙어리가 된 한(恨) 많은 여인의 이야기로 죽음의 자리까지 인내하고 살아간 한 여자의 처절한 독백이기도 하다.

존경하는 인물이 사라진 정보사회의 물결에서 고독하고 아파서 울어대는 사람들이 이 여인을 모델로 삼아 힘을 얻기를 바라는 마음으로 집필했다. 많은 분들에게 큰 위로가 되기를 소원한다.

이 장편으로 들소리문학상을 받아 큰 위로를 받았다.

2023년 계묘년 정초에
신촌 서재에서
이건숙

차례

ㅅ ㅏ ㄹ ㅏ ㅁ ㅇ ㅡ ㅣ ㄸ ㅏ ㄹ

사람의 딸

앉아 있는 여자

1

밤 10시가 가까운 시각이다. 로스앤젤레스 공항 대기실은 사람들의 몸에서 뿜어나오는 열기로 아지랑이가 낀 듯 희뿌옇게 흐렸다. 바깥은 로스앤젤레스 날씨답지 않게 앞을 분간할 수 없이 쏟아지는 장대비로 유리창에 안개가 잔뜩 끼었다.

"이런 날씨에 꼭 떠나야 하겠어? 인천공항에 나와 기다릴 사람도 없는데 이 비가 그치고 가도 되잖아. 집으로 돌아가자. 당신 없이 나 혼자 모든 걸 감당하기 힘들 것 같아서 그래."

"싫어요. 한 번 결심했으면 가는 거지요."

예은의 음성이 너무 높았는지 배가 뿔뚝 튀어나온 백인

남자가 호기심어린 눈으로 곁눈질을 한다.

"한국은 엄청나게 변했을 거야. 게다가 북한에 핵이 있어서 곧 전쟁이 날지도 모른다고 야단들이잖아. 내가 이렇게 빌게. 집으로 가자."

너부죽한 얼굴에 입술이 두꺼운 영민은 어깨 아래 드는 예은을 향해 비굴할 정도로 애걸했다.

"정말 날 이렇게 못살게 굴 거예요? 제발 오랜만의 외출이니 혼자 있게 해줘요. 딱 닷새만 자유를 달라고 했지요. 그 동안 나 없이 혼자서 집과 가게를 맡아 해보란 말예요."

"그럼 2층 로비에 가서 우동이나 먹고 가. 시간이 많이 남았잖아. 곧장 들어가면 혼자 두 시간 이상을 무료하게 지낼 텐데 나랑 함께 있자."

"싫어요. 지금 무얼 먹을 마음이 없어요."

"난 가게 닫고 바로 이곳으로 와서 속이 비었어. 무어라도 먹어야 해. 이곳 일본 우동 맛이 좋다고 하던데 같이 가자."

"혼자 먹고 가세요. 전 배고프지 않아요."

아내의 동의를 받아내지 못한 영민은 음식점이 즐비한 2층 로비로 향하는 에스컬레이터에 한 발을 내딛다가 내려섰다. 아내의 가시 돋친 말에 잠시 머리를 긁적이다가 힘없이 그 뒤를 따라 갔다. 뒤통수에 꽂히는 남편의 눈길을 아랑곳도 하지 않고 예은은 또박또박 하이힐 소리에 맞춰 엉덩이를 흔들면서 게이트 넘버 101번 입구 쪽으로 향했다. 한국행 비행기는 언제나 그쪽 문을 통과해야 한다. 간격이 멀어지는 두 사람 사이로 사람들이 밀물처럼 그득 고여든다. 국제 인종시장이라는 표현이 딱 맞을 공항 인파는 세계 여러 나라에서 모여든 사람들로 붐볐다. 스피커를 타고 영어가 흘러나오고 일본말이 나오고……. 예은은 머리를 깊숙이 숙이고 하이힐의 반짝이는 코끝만 내려다보고 걸으며 깊은 생각에 빠졌다.

딸 문제로 고통스러운 남편에게 이러면 안 되는데, 예은은 뒤를 돌아봤다. 그의 꺼벙한 얼굴이 측은하다. 텁수룩하게 자란 턱수염, 삶에 찌든 흔적이 역력하다. 불쌍하다는 생각이 울컥 치민다. 어쩔 수 없이 예은은 남편 곁으로 되돌아가 말없이 로비로 향했다.

한국말이 그녀의 귓가를 스친다. 예은은 머리를 번쩍 들었다. 바로 옆 여자 화장실 앞에 백발을 곱게 빗어 옥비녀를 꽂은 할머니가 두 무릎 사이에 얼굴을 박고 있다. 그 곁에 장발 청년이 노파의 어깨를 잡아 흔들면서 언성을 높이고 있다.

"할머니! 여기 이러고 있으시면 어떡해요. 여긴 국제공항이라고요. 한국 망신시키지 마시고 어서 비행기를 타시든지, 아니면 집으로 가세요."

예은은 그들을 슬쩍 한 번 흘겨보고는 그냥 지나쳤다. 그런데 어쩐 일일까. 몸이 뒤로 끌린다. 어쩔 수 없이 예은은 노파가 쪼그리고 앉아 있는 곳으로 향했다. 청년은 예은을 보자 반가운 웃음을 흘리며 입을 열었다.

"제가 오늘 새벽 첫 비행기로 피닉스(애리조나 주의 주도)에 갔다가 자정에 돌아왔는데 그 동안 계속 여기 이렇게 이 할머니가 앉아 있어요. 쪽찐 머리를 했으니 한국 사람이 분명한데 아무리 말을 걸어도 벙어리인지 멍한 눈으로 저를 올려다보기만 할 뿐이에요."

미국에 살면서 꺼떡하면 모두가 들먹이는 폴리스. 예은은 입에 익은 대로 거침없이 말했다.

"경찰에 연락하세요."

그러자 청년은 난감한 표정이다.

"할머니가 영어를 못할 텐데 어떻게 경찰에 넘겨요?"

비행기가 새벽 12시 30분에 뜨니까 이러고 머뭇거릴 수는 없다. 예은은 청년과 노파를 남겨둔 채 발걸음을 총총히 옮겼다. 그러면서도 눈은 출발, 도착 시간이 표시된 게시판으로 향했다. 앞으로 새벽 1시 30분에 멕시코 쪽으로 뜨는 비행기가 있고, 마지막 비행기는 같은 지역 행선지로 새벽 3시에 끝이 난다. 그리고 아침 7시에 첫 비행기가 뜨니까 저 할머니가 만약 비행기를 타려고 나와 있다면 예은 자신이 타고 가는 비행기를 타야 하는 셈이다. 예은은 돌아섰다. 노파는 여전히 머리를 두 무릎 사이에 박고 곁에 놓인 작은 여행가방을 오른손으로 꼭 잡고 있다. 청년은 눈에 띄지 않는다. 예은은 노파의 어깨를 가만가만 흔들었다. 빈약한 머리에 쪽찐 귀이개가 불빛에 반짝인다. 부드러운 여자의 손길이 반가운 듯 노파는 얼굴을 퍼뜩 치켜들었다. 흐린 눈에 잠시 빛이 어렸다. 예은의 눈과 마주치자 노인의 눈에 빛이 사그라진다.

“할머니! 어서 집으로 가세요. 무슨 사연이 있으신 것 같은데 여기 이러고 계시면 안 돼요. 한국 망신이에요. 여긴 국제공항이라 한 사람, 한 사람이 나라의 얼굴이니 조심하셔야 합니다. 자녀들 전화번호를 주시면 제가 연락해 드릴게요.”

노파는 여전히 돌로 깎은 인형처럼 반응이 없다. 예은은 노인이 움켜쥐고 있는 가방을 앗아 지퍼를 열고 안을 헤집어 봤다. 혹시 주소나 전화번호를 찾을 수 있을까 하는 기대를 하면서, 하지만 가방 안에는 허름한 옷 두어 벌, 먼지가 푸석거릴 지경으로 닳아빠진 성경과 곡조 없는 찬송가, 그 밑에 비닐봉지로 싼 것이 있어 잽싸게 끄집어냈다. 여러 겹 싼 것을 보니 아주 귀중한 것이다 싶어 노파에게 들이대고 다그쳤다.

“할머니! 이게 뭐예요?”

노파는 얼굴을 들더니 화가 난 듯 예은의 손에서 그걸 잡아채어 가슴에 보듬어 안았다. 노파가 신경질적으로 앗아가는 순간 예은은 여러 갈래의 딱딱한 것들이 손에 느껴졌다. 인삼일까? 아니야. 인삼이라면 촉감이 그렇게 거칠 수가 없어. 그게 할머니에게 정말 귀중한 것이라면 뭐라고 소리를 질러야 하는 것이 아닐까. 일부러 아프게 할머니의 팔뚝을 꼬집었다. 그래도 노파의 입에서는 신음소리조차 흘러나오질 않았다. 진짜 벙어리인가? 벙어리도 이 정도로 꼬집으면 무슨 반응이 있으련만.

영민은 뜬금없이 노파에게 신경을 쓰는 예은이 못마땅한지 입을 꾹 다물고 이마에 주름을 잡는다. 지금 우리가 이런 데 신경쓸 때냐는 짜증어린 얼굴이다.

시계를 보니 비행기 출발 시간이 50분 남아 있다. 101번 게이트로 바로 들어서야 한다. 배웅하는 사람들이 음식을 사먹으면서 이별을 고하는 이층 로비에 할머니를 내버려둔 채 예은 부부는 출구로 갔다. 탑승권을 핸드백에서 꺼내들고 예은은 한 번 더 고개를 늘이면서 노파 쪽을 봤다. 청년도 포기하고 가버린 것일까. 노파는 혼자 여자 화장실 옆에 몸을 웅크린 채 그림처럼 앉아 있다. 탑승객만 들어갈 수 있는 문에서 남편을 떼어놓고 손을 흔들며 예은은 혼자 20년 만의 외출을 감행하는 첫발을 힘있게 내딛었다.

비행기는 밤하늘을 가르고 힘차게 솟구친다. 귀울음에 가슴이 뻐근해진다. 심장이 나빠진 것일까. 아니다. 노파가 보여준 짙은 외로움이 바이러스균처럼 그녀에게 아픔을 전염시킨 탓이다. 그 노파의 모습에서 지금 예은이 만나러 가는 어머니의 모습을 겹쳐 보였다.

"일생 살아갈 돈을 주고 왔으면 되었지 무슨 걱정이 그리 많아."

영민의 짜증어린 음성이 귓가를 스친다. 살던 집을 팔아 몽땅 어머니 여생을 봐달라고 기도원에 바치고 오지 않았던가. 입이 함지박처럼 벌어지던 기도원장의 얼굴이 떠올랐다. 거길 가면 어머니를 만날 수 있을 것이다. 어머니는 저 노파처럼 추한 모습으로 쪼그리고 앉아 있지는 않을 거야. 어머니를 만나러 가는 자리에서 이상한 생각은 하지 말자면서도 불안한 생각이 자꾸 머리를 쳐들었다.

어머니가 계신 곳은 깊은 산골에 암자처럼 지어진 기도원이었다. 수돗물도 없어 계곡의 물을 퍼먹는 곳. 전기도 들어오지 않는 곳이라 전화도 없고 주소도 없었다. 그래서 그 동안 편지도 전화도 하지 못한 것이 탈이었다. 어머니 쪽에서 소식을 전하지 않으면 연락할 길이 없는 것이 문제였다. 어머니는 단 한 번도 소식을 전한 적이 없었다. 그리고 또 예은 입장에서는 맨손으로 이민생활에 적응하느라 하루도 쉴 여유가 없었다. 아무튼 어머니는 아직 살아 계실 것이 분명했다. 외가 쪽은 모두 아흔이 넘도록 장수한 걸로 알고 있기에 더욱 그렇다. 기도원장이 어머니가 돌아가시든지 중병이 들면 바로 연락해 준다고 했다. 무소식이 희소식으로 지내다가 이렇게 불쑥 나타나면 어머니는 얼마나 놀랄까.

비행기가 고도를 유지하는지 안방처럼 아늑하다. 귓속이 얼얼해지고 공기가 건조해서 재채기가 나오기는 하지만 견딜 만하다. 스튜어디스가 주스와 땅콩을 나눠준다. 땅콩을 보자 울컥 코끝이 찡해 온다. 어머니는 땅콩을 귀중히 간직했다. 항상 손수건에 싸놓고 금싸라기처럼 아끼셨다. 이따금 먹고 싶다고 칭얼거리면 언제나 어머니의 입에선 이런 말이 한숨과 함께 흘러나왔다.

"네 아버지도 이 땅콩을 좋아했단다."

어머니의 눈에 서서히 차오르던 눈물을 보면서 다시는 땅콩을 달라고 하지 않으리라 다짐을 했지만 배가 고플 적에는 어쩔 수 없이 어머니의 치마말기로 손이 가게 마련이었다.

앞으로 열 시간 비행을 하면 인천 국제공항에 도착한다. 그럼 바로 버스를 타고 기도원이 있는 청도까지 가야 하는 것일까. 하룻밤 피곤도 풀 겸 서울의 어느 호텔에 여장을 풀어야 할까. 자신만을 위해 닷새라는 시간이 아가리를 벌리고 기다린다는 사실에 공포감이 엄습했다. 이민생활 20년간 자신을 잊고 얼마나 바쁘게 살았던가!

최근 예은에게 불어닥친 거대한 파도는 감당할 수 없는 천형이나 진배없는 것이었다. 하나뿐인 딸이 도저히 믿기지 않는 일을 저질렀다. 사랑하는 딸이 어떻게 그럴 수가 있단 말인가! 처음에 경찰들이 밀어닥쳤을 때 웃음이 나왔다. 딸에 대한 신뢰감에 자신이 있었기 때문이었다. 시간이 흐를수록 낱낱이 드러나는 엄청난 사건 앞에서 예은은 주저앉아 버렸다. 딸이 살인자가 되었다니! 겨우 열여섯인 딸이 말이다. 아메리카 드림을 안고 태평양을 건넜을 때는 모두 자식을 위한 것이 아니었던가. 국제적인 인물로 키우리라. 영어를 완벽하게 구사하는 딸, 한국과 미국에 다리를 걸치고 세계를 무대로 삼고 뛰게 될 딸의 모습을 그리면서 고된 삶도 참아 왔는데……. 눈물이 뺨을 타고 흐른다. 흐느낌도 없이 눈물만 줄줄 나온다. 소리없이 울 수 있다니! 어디에 이 많은 눈물이 저장되어 있다가 이렇게 나오는 것일까.

예은은 딸이 종신형이 될 것이란 말을 변호사로부터 듣는 순간 청도 기도원에 있을 어머니 얼굴이 눈앞에 또렷이 살아났다. 어머니의 모습이 전류가 흐르듯 가슴을 저미고 지나갔다. 그제야 잊었던 어머니, 내버려둔 어머니, 그 어머니를 만날 생각이 들었다.

2

산길은 드문드문 눈이 쌓여 있었다. 자가용은 올라가지 못하지만 기도원의 지프는 올라갈 수 있다고 했다. 20대의 기사와 예은이 탄 지프는 굽이굽이 산허리를 돌 적마다 덜컹거렸다. 광대한 나라에서 살다 온 탓일까. 모국의 산야는 마치 개인 정원의 한모퉁이처럼 아기자기했다. 오막조막 널린 바위들 사이로 잎을 떨군 떡갈나무의 앙상한 모습을 보며 예은은 몸을 떨었다.

"미국에서 오셨다고 하셨나요? 달러값이 올라서 신바람이 나시지요? 그러나 우리나라는 이거 큰일났습니다. 부자들과 정치가들이 결탁해서 겁도 없이 돈을 엄청나게 꿔다가 흥청망청 다 써버리고 이제 그 빚을 우리 서민들에게 넘기니 죽을 지경입니다. 화풀이나 실컷 하고 손에 잡히는 대로 마구 때려부수고 싶어요. 아주머니는 이렇게 썩어빠진 나라를 떠나 이민을 아주 잘 가셨습니다. 참 부럽습니다. 저도 이 나라를 훌떡 떠나고 싶습니다."

국방색 잠바를 입은 기사가 백미러로 흘끔 예은을 봤다. 얼마 전까지만 해도 미국 거지가 왔다고 불쌍히 여기는 시선이 싫어서 조국에 가면 서럽다던 친구들의 말이 떠올랐다. 달러의 위력이 세어진 탓일까. 기사의 얼굴에 아부하는 미소가 스쳤다. 예은의 답이 없자 기사가 말을 바꿨다.

"한겨울에 왜 이런 산골 기도원을 찾으십니까?"

"친정어머니를 만나려고요."

"옛날은 암자였지만 지금은 아주 큰 기도원이 되었습니다. 주인이 여러 번 바뀌었지요. 지금은 전기도 들어오고 난방시설도 잘 되어 있지만, IMF 뒤에 불어닥친 한파로 모두 연탄 보일러로 바꿔야 할 판이라 이곳 운영도 어렵다 하더군요. 옛날처럼 낙엽을 긁어다가 군불을 지피는 시절이 오는 것이 아닌지 모두들 걱정이 태산이랍니다."

제법 산이 높아지는지 윙 하는 이명(耳鳴)이 머릿속까지 파고들었다. 예은은 침을 꼴깍 삼키면서 귓구멍을 뚫었다. 가파른 길이라 매미처럼 차가 산등성이에 붙어서 멈칫거릴 적에는 이거 이대로 굴러떨어지는 것이 아닌가 하는 불안감으로 손에 진땀이 났다. 하지만 곧 만나게 될 어머니의 모습을 그리면서 예은은 눈길을 멀리 던졌다.

"병원에서 고칠 수 없다고 내보낸 사람들이 이곳으로 온답니다. 안찰 기도를 한다고 해요. 굉장히 시끄럽게 떠들어대지요. 이런 소란을 떨어도 좋은 산속이라 다행이에요."

"오는 사람마다 다 고침을 받습니까?"

"믿음에 따라 결정된다고 해요. 어떤 때는 부모의 기도가 모자라 고침을 받지 못했다고도 하고, 어떤 때는 본인이 시원찮게 믿어서 그렇다나요? 코에 걸면 코걸이, 귀에 걸면 귀걸이가 아니겠어요?"

기사는 예은의 얼굴을 흘끔 훔쳐봤다. 돈독한 믿음을 지닌 사람에게 말을 잘못했다가 꾸중을 들은 경험이 있는지 눈치를 보면서 조심스럽게 예은의 신앙 정도를 가늠하고 있었다.

"기도원장이 남자예요?"

"웬걸요. 기도원장은 거의 여자가 아닙니까? 무당이 여자이듯이 이상하게 병을 고친다고 야단하는 사람들은 다 여성이란 말이오."

"이 기도원에 매일 올라가세요?"

"밥줄이니 목을 매달고 매일 오르내립니다. 오라 하면 오고 가라하면 가는 신셉니다. 그런데 아주머님의 친정어머님이 거기 계실까요? 원장님은 노인을 아주 싫어해서 부엌에서 일하는 사람까지 모두 젊은 사람들뿐이던데."

"제 어머니는 거기서 돌아가실 때까지 계시기로 되어 있어요."

"상주하는 사람들 속에 할머니를 본 적이 없는데……."

산허리를 휘감은 구름이 살아 있는 짐승처럼 스멀스멀 피어오르면서 차창을 스치고 지나갔다. 깊은 골짜기를 파고들어가 흐르는 물소리 때문일까. 갑자기 공기가 싱그럽게 느껴졌다. 산새들의 지저귐보다 거센 물소리가 기도원으로 다가갈수록 점점 더 커졌다. 갑자기 앞에 직각으로 꺾인 절벽이 막아섰다.

이곳이 기도원이 된 사연은, 남편이 첩을 얻자 절망한 한 여인이 죽으려고 무조건 산을 기어오르다가 직각으로 가로막은 절벽으로 인해 그 자리에 주저앉아 40일을 금식하고 터를 잡았다고 한다. 상상을 초월한 웅장한 기도원의 십자가가 뒷산 봉우리와 키재기라도 하듯 하늘을 찔렀다. 예은은 기사의 안내를 받아 기도원장실로 갔다.

"제 어머니는 박음전 권사입니다. 20년 전에 여길 오셨는데요."

"지금 그런 사람 여기에 없습니다."

"집까지 팔아가지고 들어왔는데 그럼 제 어머님께 무슨 일이 생겼단 뜻인가요?"

"기도원 주인이 다섯 번이나 바뀌었으니 어딘가 따라갔겠지요."

북소리가 둥둥 울렸다. 목이 쉬어서 자배기 깨지는 듯한 소리로 찬송을 인도하는 남자가 간간이 기침하는 사이사이 흐느낌과 울부짖음이 산을 뒤흔들었다.

기도원장은 예배를 인도해야 된다면서 예은을 원장실에 혼자 남겨놓은 채 황급히 나가버렸다. 예은은 생각에 잠겼다. 어쩔 거냐. 이렇게 돌아서야 한단 말인가. 로스앤젤레스 공항에서 본 할머니가 다시 또렷하게 뇌리에서 살아났다. 아아! 어머니도 그런 모습으로 어딘가에 앉아 있단 말인가. 싸한 아픔이 코끝을 스쳤다. 딸을 미국으로 보내면서 어머니는 얼마나 많이 울었던가! 눈물을 닦으며 간간이 그녀의 귀에 속삭여준 말들이 또렷하게 되살아났다.

'너는 절대로 나처럼 살아서는 안 된다. 이곳에서 있던 일은 몽땅 잊어버리고 이 땅에 꽁꽁 묻어버려라. 지심(地心)까지 파고 들어가 아주 깊이 묻었으니 흔적도 없이 썩어버릴 것이다. 모든 걸 훌훌 털어버리고 태평양을 건너가라. 행복해야 한다. 외롭게 살지 말아라. 아들딸 많이 낳고 재미있게 살아라. 남편의 사랑을 받으면서 남정네가 벌어다 주는 돈으로 등 따습게 아랫목에 누워 살림하는 여자가 되어라. 둥지 속의 새끼들을 품어 안은 어미새가 되어라. 남편의 와이셔츠를 다림질하고 남편이 좋아하는 음식을 만드는 아내가 되어라. 이 어미처럼 살지 말고…….'

어머니를 맡았던 첫 기도원장의 이름이라도 얻어내야 한다는 생각에 예은은 멀뚱거리면서 원장실을 떠나지 못했다. 가슴 저미는 후회가 밀물처럼 밀려왔다. 너무나 바쁘게 산 것이 문제였다. 하긴 이민와서 사는 이웃들 중에 부모가 돌아가셔도 장례식에 참석하는 사람들이 몇이나 되었던가.

남의 땅에 끼여들어 말이 통하지 않고 물설은 곳에서 살아남는 길은 저들보다 두 배 이상 일하는 수밖에 없었다. 아무리 벌어도 매달 지출하는 돈은 늘 모자랐다. 집을 샀다지만 그건 은행 것이었다. 30년간 매달 물어야 하는 돈 때문에 은행에 목을 매달고 있는 처지였다. 남편의 차, 예은의 차, 딸의 차, 비즈니스에 필요한 봉고차, 이 모두를 월부로 샀으니 그것들이 다 문제였다. 게다가 의료보험, 화재보험, 자동차보험, 생명보험……. 모두가 보험에 얽혀 있는 생활은 은행을 위해 사는 것이 아닌가 착각할 정도였다. 혹시 병이 나서 쓰러지면 파산할 수밖에 없다는 공포감에 사로잡혀 감기몸살에도 단 하루를 마음놓고 쉰 적이 없었다. 이가 맞물려 돌아가는 톱니처럼 꼭 붙어서 완벽하게 돌아가는 생활이니 어찌 고국에 두고 온 어머니를 생각할 틈이 있었겠는가. 예은은 억장이 무너지는 울음을 터뜨렸다가 이내 자신을 정당화하는 변명을 늘어놓기에 바빴다.

예은은 딸만 미국으로 보내고 혼자 한국에 남기를 고집했던 어머니의 말을 곱씹었다.

'나까지 가면 넌 불행해진다. 나는 가는 곳마다 불행이 따른다. 너를 행복하게 하려면 이렇게 보내야 한다. 그것도 태평양을 건너 멀리 보내버려야 넌 살 수 있다. 내가 가면 거기까지 내 불행이 따라가서 널 불행하게 만들 테니 제발 나를 내버려두고 혼자 가거라. 이곳 일은 몽땅 잊어버려라. 머릿속에서 싹 지워버려. 깊은 바닷속에 큰돌을 매달아 넣고 다시는 떠오르지 못하게 해라.'

어머니는 딸을 따돌려 혼자 비행기를 태우려 했다. 그래도 고집을 부리면서 울어대는 딸 앞에서 어머니는 진짜로 말 못하는 벙어리가 되어 눈에 광기를 띠고 무섭게 노려보았다. 어머니는 그렇게 벙어리 노릇을 반 년이나 했다. 어쩔 수 없이 어머니가 종이쪽지에 써서 지시하는 대로 집을 팔아서 그 돈을 몽땅 기도원에 바쳤다. 어머니를 돌아가실 때까지 돌본다는 조건으로.

병을 치료하는 집회가 열리고 있었다. 고함치면서 기도하고 울어대는 소리로 산속이 들썩였다. 예은의 뇌리를 번개처럼 스치는 생각이 있었다. 어머니는 정말 말을 못하는 병에 걸렸던가. 딸을 미국으로 보내려고 그랬던 것이 아닐까. 그럼 어머니는 딸을 떠나보낸 뒤 바로 기도원을 나와서 어디로 갔단 말인가. 순간 가슴이 철렁 내려앉았다. 어머니가 어쩌다 한숨을 삼키면서 중얼거렸던 말이 떠올랐기 때문이었다.

'육십이 넘으면 나는 북쪽으로 가련다. 지뢰가 터져서 그 자리에서 죽더라도 나는 북한으로 가야 한다. 할머니가 된 나를 간첩이라고 몰아치진 않겠지. 내 남편을 찾아가는데 누가 나를 막을 것이냐. 너를 보내놓고 나는 갈 것이다.'

첫 기도원장의 이름이 이기화라는 것을 겨우 알아냈을 뿐 주소도 전화번호도 모른 채 기도원을 내려왔다. 미국에서 한국에 오면 시차 때문에 하루를 손해보았다. 월요일에 로스앤젤레스를 떠났지만 한국엔 화요일 밤에 도착, 기도원에 와서 하루를 보냈으니 이제 일볼 날이 사흘밖에 없다. 사흘 동안에 어떻게 이기화란 기도원장을 찾아낼 수 있을까. 그래도 이대로 돌아갈 수는 없다. 어쩔 수 없이 일주일쯤 더 머물기 위해 국제전화를 걸었다. 전화선을 타고 들려오는 남편의 목소리는 절망에 가까웠다.

"여보! 어서 돌아와요. 조앤이 자살하려고 했대. 다행히 목숨은 건졌지만 혼수상태에서 자꾸 당신을 찾고 야단이야. 어쩔 거요. 어서 와요. 나 혼자 감당을 못하겠어."

예은은 혹 떼려다가 혹 붙인 격이었다. 수화기를 놓고

바로 공항으로 향했다. 딸이 죽어간다. 아니, 죽으려고 했다. 이런 배신이 어디 있단 말인가. 어미 앞에서 목숨을 끊으려 하다니. 괘씸한 것 같으니라고. 어떻게 길렀는데 어미 앞에서 목숨을 끊으려 해. 울컥울컥 분노가 치밀어 올랐다.

태평양 상공에서 내려다본 바다는 고등어 등처럼 검푸렀다. 구름 한 점 없는 하늘을 이고 있는 바다는 살아 움직이는 거대한 물체였다. 바람결을 따라 번쩍이는 물결은 몸을 뒤척이는 짐승처럼 보였다. 이 거대한 바다 위에 떠 있는 예은, 너는 도대체 누구란 말인가. 왜 네 속에 바다보다 더 큰 우주가 들어앉아 그토록 괴로워하느냐.

로스앤젤레스 공항에 내린 예은은 할머니가 앉아 있던 화장실 쪽으로 갔다. 아아! 예상대로 그 자리에 여전히 그 노파가 쪼그리고 앉아 있었다. 정오를 지난 시간이라 사람들의 움직임은 거센 물살 같았다. 허리를 굽힐 수 없을 정도로 뱃살이 오른 검둥이 여인이 빗자루로 할머니를 툭툭 쳤다. 청소에 방해가 되니 비켜달라는 뜻이었다. 예은은 달려가서 할머니를 가슴에 끌어안고 말했다.

"할머니! 우리 집으로 가요. 우리 집에 가서 함께 살아요."

3

영민은 장모를 한 번도 본 적이 없다. 재미 교포에게 딸을 주면서 전화로 서로 목소리만 듣고 결혼이 성사되었기 때문이다. 그러나 이 할머니를 내 어머니라 말하고 함께 살아도 되는 것이 아닐까. 예은의 입가에 엷은 미소가 흘렀다. 코리아타운까지 버스를 타고 가면서 가방을 보물단지처럼 껴안고 있는 노파의 옆얼굴을 훔쳐보았다. 감정이 조금도 없는 무뚝뚝한 얼굴이었다. 나무를 깎아 세워놓은 장승처럼 멋대가리 없이 늙어버린 할머니. 이따금 아래턱을 달달 떨면서 무엇을 생각하는지 눈가에 경련이 일었다.

"할머니! 공항에 그렇게 오랫동안 앉아 누구를 기다린 거예요? 서울로 가려고 그러신 거지요? 사실을 말해주시면 할머니 마음에 맞도록 다 해드릴게요."

노파는 절벽이었다. 인큐베이터 속에 들어 있는 영아처럼 도대체가 반응이 없었다. 이따금 입을 오물거리면서 무릎 위에 놓인 가방을 추스를 뿐이었다.

코리아타운에서 버스를 내린 예은은 택시를 불러 타고 집으로 향했다. 텅 빈 집. 썰렁했다. 남편 영민에게 전화를 걸어 돌아왔다는 말을 하면서도 할머니 이야기는 하지 않았다. 우선 할머니의 몸을 씻기고 깨끗한 옷으로 갈아입혀야 했다. 남편이 돌아와서 거부감이 없도록 서둘렀다. 욕조에 따끈한 물을 틀어놓고 고무줄 달린 헐렁한 월남치마와 넉넉하게 큰 갈색 블라우스에 받쳐입을 병아리색 스웨터를 서랍에서 꺼내놓고는 할머니를 탕 속에 밀어넣었다. 따끈한 물속에 몸을 뉘고 눈을 지긋이 감는 할머니의 표정에 평안함이 어렸다. 예은은 할머니의 옥비녀를 뽑았다. 그때까지 고분고분하던 할머니가 잽싸게 옥비녀를 빼앗아갔다. 숱이 없는 머리가 어깨까지 내려왔다. 감정까지 깡그리 죽은 것은 아니구나. 피식 웃음이 나왔다. 욕조에 걸린 수건이 젖어 있어서 새 수건을 가져오려고 예은은 밖으로 나왔다. 치매에 걸린 줄 알았던 노파가 그렇게라도 감정을 표현하는 것이 다행이고 또한 신기하다는 생각이 들었다. 예은은 문득 노파의 가방 속 비닐봉지에 들어 있는 물건에 호기심이 불같이 일었다. 노파가 누워 있는 욕실 쪽을 흘끔 살피고 예은은 가방 지퍼를 열었다. 먼지가 푸석거리는 성경책을 꺼내놓고 가방 맨밑에 있는 비닐봉지를 열었다. 바짝 말린 칡뿌리지 싶은 것이 나왔다. 어린 시절 어머니를 따라 산에서 캐온 칡뿌리를 말렸던 경험이 있어 찬찬히 살폈다. 예은은 고개를 가로저었다. 칡뿌리는 아니고 무슨 뿌리인지 알 수가 없었다. 흔히 볼 수 있는 나무뿌리 같지가 않았다. 예은은 실망감을 감추지 못하고 가방의 내용물들을 챙겨넣다가 무심코 낡은 성경책 겉장을 들췄다. 왼쪽 하단에 전화번호와 이름이 기록되어 있었다. 아이쿠! 연락처를 찾았구나! 예은의 눈이 빛났다. 성경책 소유자의 이름일 것이 분명했다. 오랜 세월 빛바랜 흐린 글씨를 예은은 실눈을 뜨고 간신히 읽었다. 박애란이라 써 있었다. 아마도 성경을 살 적에 써넣었는지 성경책만큼 빛바랜 이름이었다. 그러나 전화번호만은 선명했다. 263-7227이라 쓴 글씨에 힘이 서려 있었다. 더구나 7자는 한국인의 필체가 아니었다. 7자의 기둥에 칼을 대듯 찍 그어놓았기 때문이다. 분명 외국인이 쓴 필체였다.

욕실에서 물을 세차게 트는 소리가 났다. 예은은 깜짝 놀라서 가방을 제자리에 놓고 허겁지겁 수건을 들고 욕실로 들어갔다. 이제부터 이 할머니를 박애란이라 부르기로 했다.

애란 할머니를 침대로 인도해서 잠이 드는 걸 본 뒤에 예은은 분주하게 전화를 걸기 시작했다. 문제는 지역번호가 없기 때문에 어느 지역인지가 큰 걸림돌이었다. 우선 로스앤젤레스의 지역번호인 213을 돌리기로 했다. 얼마 전 지역이 너무 커서 외곽 지역을 323으로 했으니 거기도 돌려보았다. 신호가 가고 나온 사람들은 사무실이라고 응답했다. 다시 로스앤젤레스의 근교 글렌데일(Glendale)의 지역번호 818을 돌렸다. 가정집이었지만 나온 사람은 남미 계통의 사람이었다. 훌러톤, 오렌지카운티, 세리토스 등의 지역번호를 눌렀으나 대부분 직장으로 나간 탓에 응답기만 앵무새처럼 돌아갔다. 그녀가 기대했던 것은 명쾌한 한국말이 튀어나오기를 바랐으나 모두가 유창한 영어뿐이고 더러는 독일 억양이 섞인 발음도 있었다. 그럼이 번호가 한국의 전화번호란 말인가. 한국까지 국제 전화를 걸어야 하는 것일까. 한국도 지역 번호가 있을 터이니 모든 지역을 다 돌릴 수는 없는 일이었다. 예은은 턱을 고이고 앉아 곰곰이 생각했다. 버려진 노파를 집으로 데려온 것부터가 이상한 행동이었다. 친정어머니를 찾지 못한 아픔이 이런 돌발적인 짓으로 터져나온 것일까. 어쨌든 애란 할머니의 문제를 해결하는 것이 그녀에게 맡겨진 소명인 것 같은 생각을 떨쳐버릴 수가 없었다. 마지막으로 한 번 더 로스앤젤레스 근교를 돌려보기로 했다.

문득 푸른 바닷물이 넘실거리는 산타바바라가 떠올랐다. 노년에 은퇴하여 살고 싶은 곳이 바로 이 도시라고 생각한 적이 있었기 때문인지도 모른다. 태평양을 따라 밋밋하게 펼쳐진 모랫벌은 앞에 뱀처럼 누운 산 덕분에 거센 파도가 밀려오지 않는 곳이다. 길게 누운 산이 거대한 방파제가 되어 앞을 막아주기 때문이다. 풍수지리로 보면 순한 산이 두 팔을 벌리고 편안하게 앉아서 땅과 바다를 끌어안고 있는 형상이다. 그래서 예은은 중얼거리곤 했다.

'돈을 열심히 벌자. 산타바바라의 바닷가에 작은 집을 하나 사고 햇살이 좋은 날에 타고 나갈 배를 한척 사리라. 그리고 철따라 이 지역을 찾아드는 고기를 잡으리라. 양동이 가득 잡아 올린 꽁치를 냉장고에 냉동시켜놓고 먹으리라. 하얀 등살이 하늘에 뜬 연처럼 너풀거리는 가자미를 잡아다가 한낮의 강한 햇살에 말려 구워 먹고 바다를 향해 앉아 느긋하게 석양을 바라본다면 그 얼마나 멋진 삶인가!'

그곳의 지역번호 805를 돌렸다. 길게 신호음이 가면서 가슴이 두근거리기 시작했다. 이번에는 꼭 박애란 할머니와 관계된 누군가를 찾을 것 같은 예감이 들어서였다.

"헬로우."

정오에 집에서 전화를 받는 사람이 있다니! 여자나 남자 모두 이 시간대에는 직장이나 학교에서 뛰는 시간이 아닌가. 예은의 마음은 기대감으로 긴장했다.

"혹시 박애란 할머니를 아시는지요?"

전화 저쪽도 순간 긴장하는지 대답이 없다. 수화기를 행여나 놓칠세라 두 손으로 단단히 움켜쥐고는 다그쳐 물었다. 마치 형사처럼 으름장을 놓았다.

"한국인이시지요? 영어를 썩 유창하게 잘 하시는군요. 한데 할머니를 그렇게 몰상식하게 버리면 어떡해요. 미국처럼 사회보장제도가 잘 된 나라에서 이게 무슨 짓입니까. 시설이 좋은 곳이 많으니까 형편에 따라 양로원으로 보내도 되는데 어떻게 공항에 버리셨습니까? 그것도 창피하게 국제공항에 말입니다."

수화기를 놓지 않고 저쪽은 그저 묵묵히 듣고만 있었

다. 나이를 짐작할 수 없는 저쪽의 여자는 그저 숨을 죽이고 듣기만 했다. 무엇인가 켕기니까 수화기를 놓지 않고 침묵하는 것일 터였다.

"듣고 계십니까? 제가 공항에서 그 할머니를 집으로 모시고 왔습니다. 옥비녀를 꽂은 것이 온 천하에 자신이 한국 여자라는 걸 알리는 모습인데 어쩝니까. 이건 국제 망신입니다. 왜 그랬는지 까닭이나 압시다. 어쩌자고 미국 제일의 관문인 로스앤젤레스 공항에다 할머니를 버리고 갔습니까? 그것도 치매에 걸려서 말도 알아듣지 못하는 할머니를 말입니다. 말도 못하는 벙어리가 아닙니까. 그러면 못써요. 죄받을 짓을 한 것입니다. 여기가 미국이라지만 윤리적 · 도덕적으로 그럴 수 있습니까."

예은의 입에서 영어가 유창하게 나갔다. 예은은 상대방을 향해 대포를 쏘듯이 지껄였다. 마침내 듣고만 있던 저쪽 여자가 화난 음성으로 말했다.

"제가 할머니를 버린 것이 아니에요. 공항에 손님을 모시러 나갈 때 할머니가 고집을 부리고 따라나섰는데 공항에서 어딘가로 숨어버린 것이지. 한참 할머니를 찾아 헤매다가 그냥 혼자 돌아올 수밖에 없었어요."

가슴이 뛰기 시작했다. 찾았다. 찾았어. 박애란 할머니의 핏줄을 찾았어. 기쁨과 흥분으로 가슴이 터질 것만 같았다. 순간 예은의 입에서 엉뚱한 질문이 나갔다.

"도대체 비닐봉지에 든 뿌리는 무엇이죠?"

"우리 집 울타리로 심은 유두화 뿌리일 것입니다. 그 뿌리를 캐다가 말려가지고 늘 품에 안고 있으니 이상한 할머니지요. 마귀할멈 같다고 온 식구들이 머리를 흔들었지만 법적으로 양로원에 보낼 신분도 아니었지요. 저도 그 할머니가 누군지 잘 모릅니다. 갑자기 제 집에 뛰어든 사람이니까. 한국 사람이라 내쫓지를 못하고 골치를 앓았어요."

대화는 점점 복잡해졌다.

"유두화 뿌리라고요? 그 뿌리를 무엇에 쓰려고 그래요?"

"저도 몰라요. 왜 그러는지. 그걸 늘 보물단지처럼 껴안고 맴도니까 마녀의 짓거리처럼 보여서 소름이 끼쳤어요."

예은은 꼬이기만 하는 대화를 끝내야 했다.

"아무튼 그쪽 집을 나온 할머니잖아요. 할머니를 모셔 갈 거요, 아니면 경찰에 신고해서 양로원으로 보내리까?"

순간 예은에게서 수화기를 확 빼앗아가는 손이 있었다. 박애란 할머니였다. 얼마나 힘이 센지 예은은 휘청하며 수화기를 빼앗겼다. 비축했던 에너지가 속에서 거세게 치솟는 힘이었다. 할머니의 눈에 독기가 서렸다. 말을 하지 않으니 눈으로 그 마음을 읽어야 했다. 할머니의 이런 난폭한 행동은 전화 내용을 다 알아들었다는 뜻이었다. 그렇다면 박애란 할머니는 귀머거리가 아니었다. 말을 알아듣고 있다는 뜻이다. 귀가 먹지 않은 벙어리도 있던가. 예은은 할머니의 손을 잡고 창가의 소파로 갔다. 두 손을 잡고 예은은 할머니의 눈을 마주보며 앉았다. 할머니의 눈에 눈물이 그득 고이기 시작했다. 무엇인가 말을 하려는 듯 입을 씰룩거렸다.

"왜 말을 안 하세요? 하세요. 할머니는 벙어리가 아니지요?"

박애란 할머니의 얼굴이 다시 굳어졌다.

딸이 자살을 시도해서 병원에 있는 판에 버려진 노파를 데려다 이게 무슨 짓이란 말인가. 딸에게 가야 한다. 딸을 돌봐야 한다. 그러면서도 예은은 노파에 대한 관심을 떨쳐버릴 수가 없었다. 아마도 기도원에서 사라진 어머니 탓일 것이다.

예은은 지갑을 가지고 밖으로 나갔다. 공중전화를 해서라도 이 사건을 빨리 마무리짓고 싶어서였다. 차를 슈퍼마켓으로 몰고 가서 다시 산타바바라로 전화를 했다. 신호음이 계속 가도 받지를 않았다. 응답기도 없는지 그저 신호만 갈 뿐이었다. 내가 왜 이런 일에 끼여드는 것이지. 공항에 모시고 가서 그 자리에 버리면 될 것인데……. 그렇지만 그냥 놔두면 죽을 것이 아닌가. 돈도 한 푼 없는 것 같은데. 예은은 통화를 못하고 집으로 돌아왔다. 박애란 할머니는 팔베개를 하고 마당 쪽을 향해 누워 있었다. 잠을 자는 것일까. 가만히 다가가서 보니 소리없이 울고 있었다. 쪼그라진 주름살의 골을 타고 눈물이 흘러내렸다. 치매에 걸린 노인이 울 수 있을까? 분명 감정이 살아 있고 생각이 있는 것이다. 사리를 판단할 능력이 있다는 뜻이다. 사연이 있는 것이 확실했다. 태평양의 깊고 깊은 푸른 바닷속처럼 가늠할 수 없는 사연 말이다.

다시 전화를 걸었다. 여전히 신호만 갈 뿐이었다. 어쩔 수 없이 산타바바라의 전화번호부를 뒤져서 집주소를 찾는 수밖에 없었다. 얼굴과 얼굴을 맞대고 말을 나눠야 일이 해결될 실마리가 나올 테니까. 한 시간 가까이 시간을 소비한 뒤에 겨우 전화번호에 맞는 주소를 찾았다. 지도를 보니 고급 주택지였다. 거부들이 사는 곳이었다. 이런 부자가 늙은 사람을 내다 버리다니! 그것도 좌우를 분별 못하는 병든 노인을 말이다. 분노가 끓어올랐다. 이걸 기사화해서라도 망신을 주고 사회에서 매장을 시켜버리자. 어떻게 이런 일을 할 수 있단 말인가. 이런 일이 다시는 일어나지 못하도록 막아야 한다는 사명감까지 솟구쳤다.

'국제공항에 현대판 고려장.'

이런 제목으로 신문의 전면에 크게 올리고 호화주택 컬러사진을 넣어 상단 왼쪽에 실리면 어떨까. 예은의 머리는 바삐 돌아갔다. 그러나 이 모든 일을 남편 몰래 해야 한다. 비밀스럽게 진행해야 한다. 남편이 알지 못하게 일을 할 적에 늘 하던 습관대로 예은은 입술을 자근자근 깨물었다.

4

영민은 자정이 되어서야 돌아올 것이다. 과자, 음료수, 술을 파는 마켓은 밤이 되어야 붐볐다. 이 밤도 무사히 남편이 돌아오기를 기도했다. 권총 강도라도 드는 날엔 끝장이다. 돈만을 빼앗아가는 것이 아니고 으레 확인 사살까지 하는 흑인과 히스패닉들이 사방에 널려 있는 곳이다.

예은은 보스턴 대학으로 가버린 아들에게 전화를 넣었다. 잘 있어요. 공부가 바쁘니 리포트를 낸 뒤 한가하게 전화할게요. 그리고 냉정하게 찰칵 끊어버렸다. 어미가 한국을 다녀와서 하는 전화이니 다정하게 몇 마디 주고받아도 좋으련만 아들은 고위층에 있는 백인 남자처럼 차갑게 굴었다. 영어와 한국어를 반반 섞어서 하는 말 탓일까. 감정까지 통하지 못하는 언어의 장벽을 어떻게 설명해야 한단 말인가. 그래도 아들은 부모의 기대에 어긋나지 않게 명문교에 가서 법학을 공부하고 있으니 효자 노릇을 하고 있는 셈이다. 남편이 이루지 못한 꿈을 대신 이루고 있으니 말이다. 돈이 없어서 공부를 못했다고 늘 울분을 토하는 남편은 아들을 위해 돈을 번다고 극성을 떨었다. 제네바에서 명성을 떨치는 국제 변호사가 되고 싶었다는 꿈을 아들을 통해 이루려고 몸부림치고 있는 셈이었다. 아들 이름도 큰인물이 되라고 성경에 나오는 믿음의 조상 아브라함을 따왔다. 아브라함 킴이 아들의 이름이고 조앤

킴이 딸의 이름이다. 아브라함이니 조앤이니 하는 이름이 토종인 한국 사람에게 어울리지 않지만 미국에서 살자니 미국식 이름을 지은 것이다.

시계를 보니 오후 여섯 시. 남편의 귀가 시간까지는 아직도 많이 남았다. 병원에 입원해 있는 딸 조앤에게 다행히 의식이 돌아왔다는 전갈이 왔다. 서둘러서 딸이 입원한 병원으로 향했다. 밤송이처럼 들쭉날쭉 깎은 딸의 머리털 끝은 병아리색이었다. 밑에서 밀고 올라오는 검은머리 탓에 검은 밴드를 두른 듯 물감을 들인 노란색과 경계를 이룬 선명함이 섬뜩했다.

"마미 앞에서 목숨을 끊으려 하다니 독한 계집애 같으니라고."

예은은 딸의 뺨을 어루만지면서 정이 뚝뚝 묻어나는 목소리로 말했다. 조앤은 어머니의 손길이 얼굴에 닿자 벌레라도 떨쳐버리려는 듯 몸을 뒤틀면서 거부하는 몸짓을 했다.

"음식은 먹을 만하냐? 넌 깍두기를 좋아했지. 시큰하게 익은 깍두기 말이다. 매워서 혀를 날름거리면서도 깍두기 국물을 퍼먹던 네가 아니냐. 불쌍한 것아! 아이쿠, 내 새끼야!"

조앤은 깍두기란 말을 듣는 순간 실같이 눈을 떴다가 이내 감아버렸다. 왜 나를 동양 아이로 낳았느냐고 울어대던 초등학교 시절의 얼굴이 떠올랐다. 눈동자가 까만 것이 싫다고 울기도 했다. 머리카락이 검은 것이 부끄럽다고 투정을 부리기도 했다. 엄마가 백인 여자가 아닌 것이 창피하니 학교에 오지 말라고도 하지 않았던가.

"죽을 용기가 있으면 그 힘으로 살아야지. 죽을 마음을 먹고 못할 일이 어디 있겠니."

예은은 끝까지 딸의 범죄 사실에 대해서는 입을 열지 않았다. 상처를 건드리고 싶지 않아서였다. 어미가 마치 바위를 향해 말하고 있는 것처럼 조앤은 미동도 하지 않았다.

"마미는 너를 사랑한다. 아빠도 너를 사랑한다. 예수님이 너를 제일 많이 사랑한다. 모두가 너를 사랑한단다."

예은은 또박또박 간단한 한국말로 딸이 알아듣도록 애를 썼다. 영어로 유창하게 말해줘야 하건만 억양도 다르고 표현도 다르지 아니한가. 영어로는 감정까지 통하지 못했다. 예은은 병아리색으로 물들인 머리끝을 쓰다듬으면서 자장가를 부르듯 부드럽게 사랑한단 말을 반복했다. 더 이상 딸의 침묵을 견디지 못한 예은은 조용히 일어섰다. 문을 나서는 순간 딸은 절규했다.

"마미! 마미! 난 사람을 죽이지 않았어. 시켜서 했을 뿐이야. 내 뜻이 아니야. 난 살인자가 아니야. 시킨 사람이 살인자야."

"아아! 조앤. 그래, 나도 안다. 넌 얼마나 착한 아이였는데."

"날 감옥에서 꺼내줘. 난 살인자가 아니야. 그 애들이 내 손에 총을 쥐어주었을 뿐이야. 난 살인자가 아니야. 난 그냥 총을 쥐고 있었고 그들이 방아쇠를 당겼어. 마암! 나를 살려줘."

돌 지난 조앤을 베이비 시터에게 맡기고 돌아설 때도 딸은 이렇게 울어댔다. 젖줄을 타고 싸한 것이 심장을 거쳐 흐르더니 찔끔 흘러나와 가슴 언저리 앞자락을 풍덩 적셨다. 그 시절 딸을 등지고 서서 얼마나 눈물을 흘렸던가! 어미 옆에 있고 싶어하는 아이를 떼어내 버려두고 돈을 벌어야 했던 일이 죄책감으로 살아나면서 울음을 억제할 수가 없었다. 이런 어미가 미워서 딸은 사람을 죽인 것일까. 가슴이 뻐근하게 저려 와서 터질 것 같았다. 와락 딸을 껴안았다. 볼을 비볐다. 딸의 눈물이 뺨을 적셨다. 누구의 눈물인지 모르지만 찝찔한 것이 예은의 입안으로 흘러들어왔다. 격렬하게 흐느끼던 조앤이 우악스럽게 엄마의 가슴을 쥐어뜯었다.

"마미(엄마)랑 대디(아빠)는 돈밖에 모르잖아. 돈, 돈, 돈……. 돈버는 기계라고. 우리는 수영장이 있고 과일나무가 많은 집을 원하지 않았어. 그런 집을 사놓고 날마다 그 돈을 갚느라고 우리를 모른 척했지. 오빠랑 나는 그런 집이 지겨웠다고. 미워! 밉다니까. 모두 미워."

조앤이 발작하듯 울어대자 의사가 달려오고 간호사가 왔다. 예은은 그들에게 끌려서 밖으로 나왔다. 부자 백인들이 모여 살고 있는 산동네로 차를 몰면서 예은은 운전대를 잡고 통곡했다. 좋은 집, 좋은 음식, 좋은 환경이 전부인 줄 알았는데 그게 아니란 말인가. 남의 땅에 와서 목숨을 내놓고 장사를 하면서 부자촌에 끼여들어 이만큼 살아가는 것이 저절로 된 것이 아닌데 자식들이 그걸 알아주지 못하다니……. 입이 바짝 타들어갔다. 마른떡 한 조각을 놓고 서로 화목하는 것이 진수성찬이 가득한 불화보다 낫다고 성경은 말했는데 그걸 어겼기 때문에 하나님은 이 가정을 벌하신 것이 분명했다.

캘리포니아의 겨울은 질긴 생명력을 지닌 다양한 선인장 꽃들로 화사했다. 현관까지 이르는 길이 겨울 꽃으로 뒤덮였다. 영하로 떨어지지 않는 날씨 탓도 있지만 낮의 강렬한 햇살 때문이리라.

박애란 할머니는 여전히 정원으로 뚫린 창문을 향해 팔베개를 하고 모로 누워서 예은이 들어왔건만 미동도 하지 않았다. 깊은 잠을 자고 있지 않은지 이따금 발가락을 꼼지락거렸다. 자정이 가까워 가는 시간이니 곧 남편이 들어올 것이다. 날이 밝으면 낯선 손님의 일을 말하리라 결정하니 마음이 홀가분해졌다. 할머니를 현관문 바로 옆에 있는 손님방에 모셔놓고 상을 보기 시작했다. 서울 가기 전에 해놓고 간 밑반찬이 고스란히 남아 있었다.

처음 이 집으로 이사왔을 적에 얼마나 당당했던가! 이렇게 사는 걸 친지들에게 보여주고 자랑하고 싶어 잠을 설치기까지 했었다.

그러나 이제 이 집은 괴물이 살고 있는 공간처럼 괴괴하고 칙칙했다. 아이들이 떠들면서 이리저리 뛸 적에는 몰랐던 요상한 기운이 서려 있었다. 집안에 고인 공기가 괴상하고 기이하기까지 했다. 벽에 걸린 액자 속의 그림들이 우중충하고, 더께로 내려앉은 세월의 먼지를 세균이 온상으로 삼고 번식해서 쿨쿨한 냄새가 역겹게 뿜어나오는 듯도 했다.

곧 남편은 퉁퉁 부은 다리를 무겁게 옮기면서 들어설 것이다. 피노키오처럼 삐르적거리면서 걸을 것이다. 새벽 6시에 문을 열어 밤중에 들어오니 눈은 벌겋게 충혈되고 얼굴 살갗은 마른오징어 껍질처럼 허옇게 들떠 있을 것이 뻔했다. 예은은 북어국을 끓이기 시작했다. 달걀에 파를 어슷어슷 썰어넣고 젓가락으로 휘젓고 있을 때 남편이 들어섰다.

"당신 왔어?"

"예."

"밥."

"상 봐놨어요."

"아이쿠! 피곤해."

"물 받아놨으니 목욕하세요."

설거지를 하고 들어가니 남편은 코를 골고 있었다. 팔다리를 쫙 펴고 자니 그녀가 누울 자리가 없다. 킹 사이즈

침대지만 워낙 키도 크고 몸도 뚱뚱한 남편은 그 자리를 혼자 다 차지했다. 함께 일을 할 적에는 둘이 다 지쳐서 이쪽저쪽에서 쓰러져 그냥 곯아떨어졌건만 이 밤에는 잠이 오질 않았다. 오뚝이처럼 몸을 움츠리고 침대 가장자리에 앉아 턱을 오른손으로 고였다.

'이렇게 사는 것이 아니야. 어머니는 이런 삶을 살라고 날 미국에 강제로 보낸 것이 분명 아니야. 아니야, 아니야. 이게 아니야.'

벽시계가 새벽 두 시를 알렸다. 잠을 자려고 새우처럼 허리를 휘고 남편의 다리 쪽에 누웠다. 잠을 청할수록 머리는 더 청청하게 살아났다. 내일 할머니가 가출한 산타바바라의 집을 다녀오자면 5시간을 운전해야 한다. 자야 한다. 억지로라도 자야 한다. 단잠을 자게 해달라고 기도를 했다. 그래도 머릿속에선 잡다한 생각이 영화 필름처럼 돌아갔다. 그 시절 그 끔찍한 일로 생명처럼 아끼던 하나뿐인 딸 예은을, 어머니는 강제로 태평양을 건너 미국으로 보내버리지 않았던가. 태평양 바다 가장 깊은 곳에 수장시켜버린 그 사건이 어쩌자고 이 밤에 다시 살아날까. 이 모든 불행의 근원인 그 사건 잊으려고 예은은 몸부림치다가 다시 저주하기 시작했다. 그 밤, 그 사람을 저주할수록 도저히 참을 수 없는 분노가 치밀어올라서 숨이 막힌 예은은 벌떡 일어나 침실을 나왔다.

거실 창 커튼 뒤에 잠자리채에 잡힌 나비처럼 퍼덕이는

것이 있었다. 작년에 마켓에 들었던 강도를 떠올리면서 뒤로 물러섰다. 가슴이 뛰었다. 남편을 깨워야 한다. 경보기를 눌러야 하는데 그것이 설치된 곳까지 걸을 수가 없었다. 얼마간 시간이 흐른 뒤에 정신을 차리고 자세히 보니 박애란 할머니가 폭이 넓은 커튼 자락에서 벗어나지를 못하고 잠자리채에 잡힌 나비처럼 퍼덕이고 있었다.

"할머니! 이 밤중에 왜 거긴 들어가서 그러고 있어요?"

예은은 커튼 자락 틈새로 손을 넣어 할머니의 오른손을 잡았다. 잠자리의 날개를 잡듯이 할머니를 조심스럽게 커튼 밖으로 끌어냈다. 왼손을 뒤로 꺾은 채 목각인형처럼 감정이 없는 할머니의 얼굴을 보는 순간 멈칫했다. 희미한 외등빛에 드러난 박애란 할머니의 입가가 피로 얼룩져 있었기 때문이었다.

예은의 가슴이 쿵 내려앉았다. 노인이 죽기라도 한다면 이 일을 어디부터 수습해야 한단 말인가. 사이렌 소리와 함께 벅적거리며 몰려들 경찰들과 이웃들, 그리고 번쩍거리면서 터질 기자들의 사진기 플래시가 눈앞에서 빙글빙글 돌았다.

5

옥비녀를 찌르지 않아 흘러내린 흰 머리칼이 어깨까지

내려오고 입가에 피를 흘리고 있는 할머니의 모습은 괴기 영화에 나오는 한 장면 같았다. 예은의 등에 한기가 서리고 온몸에 닭살이 돋았다.

"할머니! 왜 이러세요? 전 할머니를 도와주려는 사람이고 여긴 제 집인데 이런 이상한 짓을 하시면 어떻게 해요? 남편에게는 아직 할머니 이야기를 하지 못하고 있는 판에……."

예은은 목소리를 탁 깔고 무섭게 인상을 썼다. 할머니는 겁먹은 얼굴로 허리를 구부정하게 휘고는 허우적거리면서 현관 옆 손님방으로 들어가버렸다. 그 와중에도 여전히 손에 쥔 것이 무엇인가를 확인하려고 예은은 방안까지 따라들어가 손을 움켜잡았다. 하지만 할머니의 힘을 당할 수가 없었다. 손에까지 피가 묻은 걸 보니 빨리 경찰을 불러야 하는 것이 아닌가 하는 긴박감마저 감돌았다.

감정이 없는 목각인형처럼 박애란 할머니는 예은을 등지고 침대에 누웠다. 예은은 멍청히 할머니의 무너져내린 모습을 내려다보고 있다가 찬찬히 방안을 살폈다. 손가방이 열려 있어 안을 들여다보니 뿌리를 쌌던 비닐봉지가 찢겨 있다. 그걸 한 가닥 집어들고 맛을 보았다. 독했다. 할머니는 이 뿌리를 먹고 자살하려고 했단 말인가. 날이 밝으면 한의사에게 뿌리의 독성에 대하여 물어보리라 생각하면서 핸드백의 지퍼를 닫았다. 등뒤에서 바스락거리는 그녀의 행동을 감지하고 있었는지 할머니는 슬그머니

손에 움켜쥐고 있던 나무뿌리를 허리 뒤로 팔을 돌려 예은 앞에 내밀었다. 무섭게 꾸중한 뒤에 고분고분해진 아이를 달래듯 등을 두어 번 두드려주고 예은은 방을 나왔다.

영민의 코고는 소리가 거실까지 들렸다. 집안에서 굿을 해도 모를 정도로 깊은 잠에 빠져 있었다. 그만큼 남편의 생활은 긴박하고 힘들다는 뜻이다. 4·29 폭동 이후 스트레스를 심하게 받고 있는 터였다. 리커 스토어(술가게)를 하기 전에는 건물까지 사가지고 큰 신발 상점을 운영했었다. 그러나 4월 29일, 갑자기 흑인과 히스패닉들은 폭도로 변해버렸다. 마치 자기 집안에 있는 물건이라도 가져가듯 그들은 줄을 서서 들어와 마구잡이로 가게 안에 진열한 운동화뿐만 아니라, 창고에 쌓아놓은 재고품까지 깡그리 싹 쓸어가 버렸다. 물건만 가져갔으면 좋으련만 그들은 건물에 휘발유를 뿌리고 불을 질러버렸다. 남편과 예은은 불타는 빌딩을 바라보면서 가슴을 치고 땅에 주저앉아 통곡했다. 폭도들에게 대항하면서 상점을 지키던 청년의 죽음을 확인하고 예은 부부는 정신을 가다듬었다.

'식구들 무사한 것이 얼마나 감사할 일이냐. 어차피 맨손으로 남의 땅에 왔으니 생명이 붙어 있고 몸 건강하면 되는 것이다.'

부부는 집으로 돌아와 텔레비전을 켜고 불길에 휩싸인 생활터전을 놓고 울부짖는 한인들을 보면서, 아들과 딸이 옆에 있고 온 식구가 건강하게 살아 있다는 사실로 서로 위로를 주고받았다. 다행히 보험금을 타가지고 시작한 것이 리커 스토어였다. 신발장사보다 더 위험한 장사였다. 목숨을 내놓은 비즈니스였다. 아들을 법률가로 키우려는 남편의 꿈과 딸을 의사로 키우겠다는 아내의 꿈을 이루기 위해 예은 부부는 생명을 내걸기로 했다.

가끔 일손을 놓고 예은은 생각에 잠겼다. 한국에서 이렇게 살았다면 대기업을 일으켰을 것이고 지금쯤은 강남에서 떵떵거리고 살 텐데 이게 뭐란 말인가. 남의 땅에 와서 마음놓고 웃어보지도 못하고 서툰 영어로 장사하기가 얼마나 힘이 드는지 오만정이 떨어졌다.

새벽에 일어난 남편은 커피 한 잔에 빵 한 조각을 먹고 급히 차를 몰아 가게로 가버렸다. 예은은 도둑고양이처럼 할머니 방으로 들어갔다. 집안 낌새를 알아차렸는지 할머니는 일어나 머리를 곱게 빗어 옥비녀로 쪽을 찌고 옷매무새를 고치고 있었다.

이 할머니가 정말 치매에 걸린 것일까. 진짜 벙어리란 말인가. 한국처럼 날씨가 청명한 지역에 사는 사람들은 말이 많게 마련이다. 찬란한 햇살을 받으면서 어떻게 음흉하게 속에 있는 것을 감출 수 있을까. 날씨 탓에 국민성 자체가 속에 있는 것을 담아두지 못하는 특성이 있는 것이다. 그런데 할머니는 영혼은 떠나고 육신만 살아 있는 것처럼 행동하니 정말 모를 일이다.

예은은 머리를 흔들면서 할머니의 동태를 살폈다. 할머니를 데리고 산타바바라에 갈 수 있을까. 집 근처까지 가서 지형을 알아보고 요동치면 어떻게 하지. 그래도 이런 할머니를 하루종일 집에 둘 수는 없지 아니한가. 고민 끝에 결심을 했다. 할머니를 차 앞자리에 앉히고 지도를 대강 그려가지고 101번 고속도로를 타고 달리기 시작했다. 중간지점인 옥스나드(Oxnard)에서 내려 한국인이 경영하는 멕시코 음식점에 들러 점심을 먹었다. 닭고기와 감자를 잔뜩 넣은 브리토(Burrito : 육류, 치즈를 토틸라로 싸서 구운 멕시코 요리)에 할머니는 녹색의 매운 소스를 눈물이 날 지경으로 듬뿍 넣어 먹으면서도 연신 손은 지독한 멕시코 고추저림에 갔다.

벌써 한 시간을 운전해 왔으나 어디를 가느냐, 왜 가느냐 할머니는 전혀 반응이 없다. 벤추라(Ventura)부터 1번과 합쳐진 101번은 산타바바라에 이르도록 바닷가를 끼고 달렸다. 환상적인 드라이브 코스였다. 할머니는 눈을 지그시 감고 바다 너머 서쪽을 향해 얼굴을 두고 있었다. 한낮의 따가운 햇살에 목이 말랐다. 한 시간을 운전했으니 조금 쉬어야 졸지 않을 것 같아 카페테리아 해변 가에 차를 세우고 할머니의 손을 잡아끌어 태평양의 한 가장자리에 섰다. 하늘과 바다가 맞닿은 수평선을 가리키면서 할머니의 귀에 대고 고함쳤다.

"저 수평선 너머로 자꾸 가면 우리의 조국, 한국이 나와요. 할머니는 고향에 가고 싶지 않으세요? 제가 모셔다 드릴게요. 비행기를 열 시간 조금 넘게 타고 가면 인천 국제공항에 내려요."

그래도 할머니는 아무런 감정을 내비치지 않았다. 그저 손가락질하는 곳에 시선을 박고 멍청히 서 있을 뿐이었다.

산타바바라를 지나 북쪽을 향해 반 시간을 달리다가 101번 고속도로를 벗어나서 숲길을 따라 차를 몰았다. 오아시스에라도 온 듯 갑자기 나무가 울창했고 로스앤젤레스에서는 볼 수 없는 거목들이 무성한 잎을 자랑했다. 고급 주택들이 나타났다. 마을 초입의 상가들도 간판을 일제히 같은 크기에다 똑같은 높이로 달고 있어서 안정감이 넘쳤다. 지저분한 흑인들의 낙서를 보려고 아무리 눈을 돌려도 깨끗한 벽들만 보였다. 신랑 앞에 분장한 신부처럼 어디를 봐도 곱게 정돈이 잘 된 도시였다. 이곳에 사는 여인은 할머니와 어떤 관계일까. 딸일까. 며느리일까. 조카딸인지도 몰라. 아니면 친정 나부랭이일까. 그것도 아니면 바람난 남편이 외도해서 낳아 숨겨놓은 씨앗일까. 별별 생각을 다 해가면서 전화번호부에서 얻어낸 주소를 찾아 기웃거렸다.

골레타는 도심지를 벗어난 지역이었다. 고급 주택가에 자리를 잡은 듯 앞의 숫자를 따라가다 보니 산속으로 길이 뻗어갔다. 뒤쪽으로는 사막에서 불어오는 바람을 막고 있는 거대한 산과 파도를 막고 있는 앞바다의 긴 섬으로 산타바바라는 아늑한 어머니의 품처럼 병풍이 둘러친 지형이다. 이 지역은 바닷가보다는 산속이 더 고급 주택이라고 어느 부동산업자가 하던 말이 떠올랐다. 큰 고목 밑에 차를 세워놓고 할머니에게 좌석벨트를 그냥 하고 있으라고 단단히 주의를 주고는 차문을 잠갔다. 점심을 배불리 먹고 먼 길을 달려온 탓인지 할머니는 시름시름 깊은 잠에 빠져들었다.

예은은 손에 든 주소의 주택 앞에 섰다. 마음을 가다듬느라고 숨을 깊이 들이마셨다가 천천히 내쉬었다. 마치 요가라도 하듯 몸을 달래면서 흥분되어 얼굴이 달아오르고 콩콩 뛰는 마음을 진정했다. 주소의 집은 붉은 기와지붕을 이고 눈이 시리게 하얀 벽은 백악관을 연상케 했다. 앞에 널찍이 펼쳐진 파란 잔디가 잘 어울렸다. 야자수 한 그루가 하늘을 향해 치솟고, 화단에는 따가운 햇살을 따라 입을 오므렸던 캘리포니아의 노란 꽃들이 일제히 입을 벌리고 있었다. 뒤란 쪽을 흘금 엿보았다. 키를 넘게 자란 선인장들이 그득했다. 정원사의 손길이 많이 닿은 흔적이 역력했다. 이 정도로 살자면 이 지역에서도 상류층에 속해 있다고 말할 수 있을 정도였다. 구질구질하게 주접을 떠는 서민들이 살아가는 현장이 아니었다. 부(富)티가 흐르는 귀족층의 집이었다.

'백만 불은 족히 나가는 집에서 살면서 노인을 내다버

려? 괘씸한 것들.'

울컥 분노가 치밀어오른 예은은 목에 힘을 주고 벨을 힘껏 눌렀다. 기척이 없다. 다시 신경질적으로 두어 번 초인종을 누르자 문을 따는 소리가 들렸다. 파출부라고 말하는 히스패닉 여인은 영어가 서툴렀다. 다행히 마켓에서 배운 몇 마디의 스페인어로 소통을 했다. 한 시간 뒤에나 여주인이 들어올 것이라나?

"혹시 이 집에 할머니가 살고 계시지 않았나요?"

좋은 기회라 생각하면서 형사처럼 교활한 질문을 던졌다. 그러나 목까지 살이 올라 숨이 가쁜 가정부는 머리를 흔들었다. 자기는 이 집에 온 지 겨우 이틀이 되어서 잘 모른다는 시늉을 했다. 어쩔 수 없이 예은은 할머니를 데리고 산타바바라의 중심가로 나가 관광객들이 들끓는 거리로 갔다. 마침, 화요일은 농부들의 시장이 한나절 반짝 열리는 날이라 동대문시장을 연상할 만큼 좌판을 펼친 농부들과 고객들로 중심가의 대로는 붐볐다. 할머니의 손을 잡고 번잡한 농부들의 시장을 거닐면서 시식용으로 내놓은 싱싱한 토마토나 포도알을 할머니의 입에 넣어주었더니 널름널름 받아먹으면서 아주 행복한 표정을 지었다. 쪽을 찐 할머니를 보려고 유럽의 관광객들이 뒤를 졸졸 따라다니면서 사진을 찍어댔다. 해바라기가 촘촘히 꽂혀 있는 꽃 좌판 앞에 할머니는 우뚝 멈춰 섰다. 눈에 빛이 서렸다. 한참 동안 노란 꽃망울에서 눈을 떼지 못하고 멈칫거렸다. 이렇게 한 시간을 보낸 뒤에 할머니를 한 구획 떨어진 나무 밑 차속에 남겨놓고 예은은 다시 그 집 앞에 섰다. 가정부가 말해주었는지 초인종을 누르자 즉각 문이 열렸다. 머리를 노랗게 물들인 여인이었다. 외모는 한국 여인이건만 말투나 행동엔 전혀 동양적인 기색이 없는 완전한 미국 여자였다. 완벽한 영어를 구사하는 동양 여자를 만날 적마다 이질감을 느끼는 것은 동류에서 벗어나 버린 배신자라는 편견 때문일까.

"코리안이지요?"

"태생이 그렇다고 하지만 전 미국에서 자라서 한국말이나 한국 사람은 한 사람도 몰라요."

"미국에서 태어나셨나요?"

"아뇨. 세 살 때 입양되었습니다. 저는 샌디라고 합니다."

"전 한국 태생 미국인입니다. 며칠 전 전화를 걸었던 사람입니다."

"전화를 받고 꼭 찾아오시리라 예상하고 있었어요. 들어오시지요."

샌디가 이끄는 거실로 들어갔다. 입구부터 으리으리한 가구들이 늘어서 있어 주눅이 들었다. 파리에 있는 세계적인 루불 박물관에나 있음직한 유화와 청동 조각이 집안의 분위기를 한껏 돋구었다. 호두나무 마루가 반지르르하게 기름기가 돌아서 집안에 찬기운이 서렸다. 샌디는 마실 것을 가져온다고 부엌으로 가고 혼자 남은 예은은 찬찬히 거실의 장식들을 살폈다. 벽난로 위에 늘어놓은 사진틀 속에 박애란 할머니의 모습은 없었다. 잘생긴 백인 남자와 샌디, 이제 장성한 자녀들 얼굴로 벽난로 위는 호화롭게 장식되어 있었다. 집안을 아무리 둘러봐도 옥비녀를 꽂은 할머니와는 거리가 먼 분위기였다. 부엌 창을 통해 뒤란에 울타리로 두른 유두화를 보는 순간 머리끝에서 발끝까지 찌르르한 전류가 흘렀다.

6

여름 내내 캘리포니아 전역을 뒤덮을 꽃을 피우기 위해 유두화는 잠을 자고 있다. 지금은 몽오리가 한 송이도 없이 잎만 무성하지만 오월이 오면 깊은 잠에서 깨어나 울긋불긋 캘리포니아 전역을 장식하기 시작할 것이다. 어둠이 바다 위로 내려앉기 직전 연한 감빛으로 물들기 시작하는 석양을 닮은 색깔의 유두화를 예은은 특히 좋아했다. 봄부터 이 집 뒤란을 뒤덮을 꽃들은 어떤 색일까? 할머니는 그럼 저기 있는 유두화 뿌리를 캤단 말인가. 굳어진 땅을 얼마나 힘들여 후벼팠을까. 발꿈치를 들고 가만히 창가로 다가가서 뒤란을 내다보았다. 그녀의 이런 행동이 이상했는지 샌디가 짐짓 큰 소리로 말을 건넨다. 조금은 불만이 섞인 음성이었다.

"물을 끓이고 있는데 무엇을 드실래요? 우리 집에는 커피와 중국 차가 있어요."

"전 그냥 찬물 한 잔을 마시고 싶군요."

쟁반을 들고 부엌에서 거실로 들어서는 샌디의 옆얼굴을 보는 순간 전신에 전류라도 흐르는 듯 흠칫했다. 그녀의 인상이 한밤중 유두화 뿌리를 깨물어 씹으면서 커튼 뒤에 숨어 있다가 들켜 허둥대던 박애란 할머니와 닮아 있었기 때문이다. 그렇다면 샌디는 할머니와 인척관계인 것이 틀림없다. 탁자를 사이에 두고 샌디와 마주앉으면서 다급하게 물었다.

"당신은 할머니의 딸이지요?"

"네? 제가 그 늙은 여자의 딸이라고요?"

"그럼 어떤 관계지요? 딸이 아니면 당신은 누구요?"

"전 버려진 고아일 뿐이에요. 조국이 날 태평양 건너 이 미국 땅에 던져버렸어요. 제가 생각해도 눈물이 날 정도로 참으로 불쌍한 버려진 고아란 말이에요. 부모랑 조국이 다 저를 버렸어요. 여기서는 입양아라고 하지요. 전 일생 동안 그 입양이란 단어를 제 이름 앞에 달고 다녔어요. 양부모는 어디를 가나 나를 사람들 앞에 세워놓고 한국의 고아원에서 입양한 아이라고 했지요. 하긴 백인 부모를 닮을 리 없는 저 같은 황인종은 입양이란 말을 하지 않아도 모두가 입양아인지 알았어요. 그래서 전 그것이 싫어서 양부모와 함께 사람들 앞에 나서는 것을 죽기보다 싫어했어요."

"이해해요. 참으로 많이 힘들었다는 것을. 그러나 제가 여기 온 것은 박애란 할머니의 연고자를 찾는 것이 목적이에요. 전 이 할머니와 아무 연관도 없어요. 로스앤젤레스 국제공항에 나갔다가 버려진 할머니를 화장실 앞에서 만난 것이 이런 일에 끼여들게 되었네요. 같은 피를 받은 한국인이란 점이 낯선 공항에 버려진 할머니를 외면할 수 없어 이 자리까지 오게 되었다니까요."

마치 몸에 붙은 징그러운 벌레를 어서 떨어내고 싶다는 듯 예은은 인상을 쓰면서 앞에 앉아 있는 샌디를 노려보았다.

"그 노파가 택시를 타고 불쑥 제 집에 나타난 것은 석 달 전이었어요. 제가 한국신문에 생모를 찾는다는 광고를 낸 지 반 년만이었지요. 저를 보는 순간 껴안고 엄청나게 울더군요. 저도 따라 울었지요. 제 어머니가 나타난 줄 알고요. 그러나 그분의 여권을 본 순간 전 실망했어요. 입양해올 적에 양어머니가 간직한 종이에 적힌 생모의 이름은 조수자였어요. 박애란이 아니란 말이에요."

샌디는 담배를 피워 물었다. 그간 골칫덩어리를 만나 무척 고생했다는 말을 수없이 지껄이면서 신경질적으로 담배연기를 천장에 뿜었다. 예은의 머리에 여러 가지 생각이 오갔다. 그럼 치매로 버려진 노인을 누군가가 택시를 태워 한국 여자의 집이라고 무조건 이 집에 보낸 것이 아닐까. 치매에 걸린 할머니니까 무어라 말할 수도 없을 것을 계산한 나쁜 자녀들의 소행일 수도 있지 아니한가.

"그럼 바로 한국으로 보내버리지 왜 공항에다 버리셨어요?"

"우리 집 문밖에 내놓으면 어찌나 울고 난리를 치는지 어쩔 수가 없었어요. 더구나 제 얼굴빛과 비슷한 할머니이니 박대할 수가 없더라고요. 내 몸을 물려받은 한국이라는 나라에서 온 사람이니 얼마간 모시고 있다가 경찰에 연락하려고 했지요."

"그래도 삼개월씩이나 어떻게 모시고 살았는지 궁금하군요."

샌디는 담배 한 대를 다 태우도록 한참 동안 말을 아끼다가 노란 담배 필터를 재떨이에 신경질적으로 비벼 끄고 잠깐 기다리라는 손짓을 하면서 안방으로 갔다.

예은은 너무나 황당했다. 이제 어디부터 할머니 문제를 풀어가야 할지 막막했기 때문이었다. 친어머니를 찾자고 나선 길에서 현대판 고려장을 한 할머니를 만나 미로에 빠진 기분이었다. 예은은 이젠 그만 경찰에 넘겨야겠다는 생각을 굳혔다. 그러나 여기가 미국이라는 점과 어디에선가 이런 꼴로 헤매고 있을지도 모를 친정어머니에 대한 연민 때문에 박정스럽게 할머니를 밀쳐낼 수가 없었다.

샌디가 낡고 때가 꾀죄죄하게 낀 공책 두 권과 여권을 그녀 앞으로 밀어놓았다. 노트는 얼마나 오래 되었는지 겉표지의 빛이 바래고 바래서 제 빛을 잃고 바스러질 듯이 나달나달했다.

"이것들이 그 할머니가 우리 집에 남기고 간 전부예요. 당신의 전화를 받았을 적에 이 물건들을 돌려주려고 기다리고 있었어요. 제 생활에 어떤 종류의 사람이라도 끼여드는 걸 전 아주 싫어하는 성미입니다. 이것들과 함께 그 노파가 제 뇌리에서 영원히 사라져버리기를 바래요. 그간 겪은 고통만으로도 족합니다. 제가 얻은 수확이 있다면 더 이상 생모를 찾지 않겠다는 결심을 하기에 이른 것이지요. 제가 부모를 필요로 한 것은 저를 마땅히 돌봐야 할 어린 시절이지 성인이 된 지금은 아니에요. 제가 필요로 할 땐 멀리 있다가 늙어서 오면 제게 무슨 소용이 있겠어요. 짐만 되고 힘들지요. 아무튼 미리 할머니를 만나 부모를 찾으려는 제 소망과 꿈을 버리게 되었으니 그걸로 만족해요."

샌디는 악몽이라도 떨쳐버리듯 머리를 흔들었다.

"저도 할머니하고는 아무 관계가 없어요. 단지 우리가 한국 사람이란 한 가지 사실밖에 몰라요. 아무튼 할머니가 여기까지 택시를 타고 온 사연이 있을 것 아닙니까."

예은과 샌디의 대화는 할머니가 마치 쓰레기더미인 양 서로 가져가라고 옥신각신 거칠어졌다. 이윽고 샌디가 손을 탁탁 털며 화가 난 듯 벌떡 일어섰다.

"할머니가 우리 집에 와서 한 일이 무엇인지 아세요?

제가 깊이 잠이 들어 있을 때 제 방에 도둑고양이처럼 들어와서 제 얼굴을 쓰다듬으면서 소리죽여 울어대는 거였어요. 마치 마귀할멈이 나타나서 나를 잡아먹으려고 벼르는 것처럼 말이에요. 제 남편도 할머니의 이런 행동에 질려서 밤에 잘 적에는 문을 단단히 걸어 잠가버리더라고요. 그런 날 아침이면 할머니는 내 방문에 기대앉아 훌쩍이고 있는 거예요. 얼마나 기분 나쁜지 아세요? 정말 지겨워서 죽을 뻔했어요. 노망이 나도 어떻게 그렇게 더럽게 났는지. 치매에 걸리면 어린아이로 돌아간다더니 이 할머니는 두세 살 영아로 보면 딱 맞아요."

할머니가 기대어 앉아 울었을 방문을 쳐다보았다. 예은의 가슴에 싸한 한기가 스치고 지나갔다.

"한 가지만 더 물어보고 갈게요. 할머니가 처음 이 집에 왔을 적에도 벙어리였나요? 말을 한 마디도 못했느냐 이 말이에요."

샌디는 질문을 받고 생각 속으로 빠져들었다. 얼마간 벽난로 쪽을 보고 있다가 아주 차분한 음성으로 샌디는 말했다.

"그게 이상해요. 처음 저에게 왔을 적에는 제가 알아듣지 못할 한국말을 한 걸로 알아요. 웃기도 하고 소리내어 무엇인가 떠들어대기도 했어요. 절 껴안고 울면서 얼마나 많은 말을 했는지 몰라요. 제가 그분의 한국말을 알아듣지는 못했지만 분명히 말을 아주 잘 했어요. 지금까지 제 뇌리에서 사라지지 않고 맴도는 말은 미안해, 미안해, 엄마가…… 어쩌고 하는 말이었어요."

샌디는 미안해와 엄마란 단어를 서양 선교사가 한국말을 하듯 요상하게 발음을 하면서 머리를 갸우뚱거리다가 묻지도 않는 말을 덧붙였다.

"제가 입양될 적에 기록해 놓은 종이쪽지를 내밀면서 조수자란 이름을 보여주는 순간 경악하는 표정을 지었어요. 특히 어머니 이름 옆에 나란히 쓰여있는 아버지의 이름 민경덕을 보고는 천둥 번개라도 맞은 듯 완전히 얼어붙더라고요."

"산타바바라에는 한국말을 할 줄 아는 사람이 한 분도 없었나요? 그런 분을 모셔다가 말을 시켜보지 그랬어요?"

예은은 너무 안타까워서 나무람 비슷하게 다그쳤다.

"나중에 한국 사람을 한 분 모셔왔지요. 시내에서 마켓을 하는 착실한 한국 청년을 집에까지 데려와서 말을 시켰으나 공포에 질린 듯 입을 꾹 다물어버렸어요. 죽은 조가비처럼 입을 좀처럼 열지를 않았어요. 달래기도 하고 겁을 주면서 으름장을 놔도 입이 돌처럼 굳어버렸으니 어떻게 해요. 괜히 한국에 살아 있을지도 모를 친부모를 찾는다고 신문에 광고를 냈다가 큰코 다친 격이지요."

예은은 이 집에 더 있어 봐야 얻어낼 것이 없으리란 결론을 내리고 일어섰다. 샌디는 할머니와 연관된 먼지까지

다 예은에게 넘겨버리려는 듯 할머니가 묵었다는 방안에 다시 들어가 이것저것 들척이면서 점검했다. 예은은 일부러 뒤란으로 가서 유두화 나무들을 둘러보았다. 샌디가 뒤따라와서 마치 옆에 누가 엿듣기라도 하면 큰일이란 듯 소리 죽여 속삭였다.

“제 남편이 할머니를 마녀라고 단언한 것은 바로 저 유두화 때문이에요. 우리가 밖에 나갔다 들어오면 이곳에서 유두화 뿌리를 캐서 말리느라고 온 집안을 흙투성이로 만들어 놓았으니까요.”

예은은 들은 척도 하지 않고 샌디에게 딱 한 번 손을 흔들어주고는 할머니가 있는 차 쪽으로 걸음을 재촉했다. 잠에서 깨어나 차문을 열고 어디론가 사라져 버렸다면 어쩌지? 불안한 예은은 차 쪽을 향해 뛰기 시작했다.

로스앤젤레스를 떠날 때와 같은 자세로 할머니는 깊은 잠에 취해 있다. 예은은 차에 올라 핸들을 잡았다. 할머니를 다시 집으로 모시고 간다는 것이 무척 짐스러웠다. 한숨을 내쉰 예은은 샌디가 넘겨준 여권을 폈다. 박애란이라 쓴 할머니의 이름 옆에 젊은 시절 찍었음직한 할머니의 얼굴이 웃고 있었다. 뺨에 살이 통통하게 올라서 후덕해 보이는 인상에 푸근함이 서린 얼굴이었다.

차는 다시 태평양을 끼고 로스앤젤레스를 향해 달렸다. 캘리포니아는 가래떡을 세워놓은 것처럼 바다를 끼고 길게 누워 있었다. 하늘과 바다가 맞닿은 수평선 위에 점점

이 배들이 떠 있었다. 절벽을 끼고 달리는 1번 도로는 한낮 작열하는 태양으로 신기루 현상을 일으켰다.

101번이 갈라지기 직전에 전망대로 닦아놓은 널찍한 공원 바위의 가장자리에 차를 세웠다. 샌디가 할머니의 소지품이라고 준 공책들 중에서 첫권을 펼쳐들었다. 캘리포니아의 강렬한 햇살에 눈이 시렸으나 실눈을 뜨고 예은은 노트의 첫장을 넘겼다.

글씨에서도 먼지가 피어오를 세월의 이끼가 끼어 있었다. 첫 페이지에 1958년 1월 1일이라 써 있다. 그럼 40여 년 전에 기록한 일기란 뜻이었다. 글쓴이가 누군지 궁금해서 공책의 앞장과 뒷장을 찬찬히 훑어보았다. 이름은 없었다. 깨알처럼 작은 글씨는 필체로 봐서 남자의 것은 아니었다. 붓글씨를 쓰듯 곱게 휘어진 받침들이 정성들여 기록한 글이 분명했다. 왜 할머니는 이 노트를 샌디의 집에 놓고 갔을까. 의도적인 것인가? 아니면 치매로 놓고 간 것일까? 여권까지 놓고 간 것은 무슨 의미일까. 아무리 머리를 갸웃거려 봐도 모를 일이었다.

7

예은은 바위 위에 아예 털썩 주저앉았다. 바다를 달군 햇살에 바위는 불 땐 온돌 방바닥처럼 따끈했다. 파도는 살아 움직이는 동물처럼 육지를 향해 밀려왔다가 다시 깊은 바다를 향해 돌진했다. 고등어의 검푸른 등처럼 힘센 빛깔의 바다 물결이 바람을 타고 내지르는 소리로 하늘과 땅이 흔들리는 듯했다. 이따금 갈매기가 날고 산새들이 사랑놀이를 하느라고 조잘댔다. 한낮의 평온함을 듬뿍 온몸에 안고 예은은 일기 속으로 빨려들어갔다.

두어 장 일기를 넘기자 해산하는 장면이 생생하게 그려져 있었다. 눈으로 뒤덮인 산속에서 혼자 아기를 낳았다. 방물장수로 이곳저곳 산골의 적적한 마을을 찾아다니는 여인의 애잔한 슬픔을 어찌나 잘 표현했는지 코끝이 시큰했다. 마을과 멀리 떨어진 산속에서 진통을 겪게 된 산모는 나무 밑에서 아기를 낳아 치마폭에 감싸안고 기절하면서 기도문을 뇌었다.

'나는 죽더라도 죄없는 갓난아기는 살려주세요. 그래도 하나님의 일을 하는 집안에 주신 하나님의 기업이 아닙니까. 제 생명을 주님께 맡깁니다. 제 목숨 대신 아기를 살려주세요. 이 아이는 당신의 기업입니다. 제 것이 아닙니다.'

예은의 등줄기를 타고 한기가 흘렀다. 소름이 닭살처럼 팔뚝에 일었다. 같은 여자의 입장에서 혼자 겨울 산속에서 아기를 낳으면서도 어떻게 이런 기도를 할 수 있었을까! 마음과 눈이 궁금증으로 들떴다. 비스듬히 가로질러 대충 읽어가면서 페이지를 넘기자 중요 대목들이 눈안으로 들어왔다. 산모가 눈을 뜬 곳은 암자였다. 그 곁을 지나던 여승이 아기를 낳아 껴안고 기절한 산모를 발견한 것이었다. 일기는 생명을 건진 여인의 절규로 이어졌다.

'……남편은 이래도 우리 모녀를 모른 체하고 주(主)의 일만을 고집해야 한단 말인가. 서럽지만 이것이 소명받은 자의 갈 길이라면 어찌 그를 원망하겠는가! 남편을 원망하는 것이 하나님을 원망하는 일이 되니 이 모두를 참아내자. 내 생명과 아기의 생명을 구해주신 하나님께 감사하자. 장차 이 배고픔을 우리 모녀는 어떻게 견딜 거냐. 차라리 죽는 것이 사는 것보다 나을 것인데 이를 어찌할꼬.'

차를 걷어차는 소리가 요란했다. 예은은 일기장을 핸드백 속에 넣고 일어섰다. 할머니가 발로 차를 부술 듯이 걷어차고 있었다. 햇살이 강한 차속에서 잠이 깬 할머니는 목이 말랐던 모양이다. 물병을 할머니의 손에 쥐어주고 시동을 걸었다. 물 한 병을 단숨에 마신 할머니는 시름시름 목을 외로 꼬고 다시 잠속으로 빠져들었다. 이 일기를 기록한 주인공이 옆에 잠든 할머니란 말인가? 아니면 노인들 특유의 소유 근성으로 괜스레 남의 것을 끌고 다니는 걸까. 치매에 걸려 말을 못하는 할머니에겐 그녀가 생각하는 것처럼 그렇게 중요한 의미가 있는 기록이 아닐지도 몰랐다. 아무튼 일기의 내용은 재미있고 흥미로운 소설을 읽는 것만큼이나 흡인력을 지니고 있었다.

집에 도착하니 오후 네 시였다. 남편의 차가 차고에 들어와 있었다. 어쩐 일일까. 이 시간에 남편이 귀가하다니! 다섯 시간이나 운전을 한 탓에 지쳐 있는 예은이 할머니의 손을 잡고 현관문을 들어서자 남편은 어이없다는 듯 할머니와 예은을 번갈아 쳐다보았다.

"마켓에선 난리가 났는데 당신은 이름도 성도 모르는 할머니를 데리고 어딜 다니는 거요? 당신 뭐 잘못 먹은 거 아냐? 우리가 지금 이러고 있을 때냐고."

"그보다 당신이 이 시간에 어쩐 일로 집에 있어요?"

"걸렸어. 미성년에게 술을 팔았어. 당신이 없어서 이 지경이야."

"어려 보이면 신분증을 보자고 하지 왜 덜컹 술을 내놔요?"

"함정수사였어. 경찰이 사복을 입고 숨어서 일부러 미성년을 들여보내 술을 사도록 함정을 파놓은 거야. 우린 힘없는 소수 민족이야. 저들의 밥이라고. 얼마나 치사해. 덫을 놓아 목덜미를 잡다니. 이 모두가 당신의 서울행 탓이야. 허튼일 하지 말고 마켓에 나와 나를 도와야지. 우리의 꿈이 목적을 향해 치닫는데 일이 왜 이렇게 고약하게 꼬이는지 모르겠어. 그것도 나쁜 일들이 함께 몰려오니 정신을 차릴 수가 있어야지."

남편의 얼굴은 절망과 피로로 누렇게 들떠 있었다. 그의 무너져내린 몰골이 측은해서 예은은 핑 눈물이 돌아

그걸 감추려고 눈을 내리깔았다. 화를 삼키느라고 멀거니 창밖을 보고 있던 남편이 문갑에서 편지를 꺼내 예은 코앞에 내밀었다. 겉봉을 보니 어머니를 찾아 올라갔던 지리산 속 기도원의 주소였다. 손이 떨렸다. 어머니의 거처를 알아냈단 말인가. 난폭하게 겉봉을 찢어 내용을 훑어보았다. 어머니가 남쪽 거제도에 있는 기독교인이 운영하는 무료 양로원으로 갔다는 소문을 들었다는 것이다. 그렇다면……. 머리가 빨리 회전했다. 아하! 박애란 할머니를 그 양로원에 맡기면 되겠구나. 어머니를 찾아 어차피 가는 길에 모시고 가 거기서 살게 하자. 무료 양로원이라니 얼마나 다행인가!

할머니와 아내를 번갈아 보고 있는 남편을 향해 예사로운 일처럼 예은은 가볍게 말했다.

"어머님이 거제도 양로원에 있을 거란 소식이네요. 잘되었어요. 이 할머니도 한국에 모셔다 드릴 이웃이니까요."

"우리 상점이 이 야단인데 저 노인을 한가하게 한국에 모셔다 드린다고?"

남편은 상한 감정을 감추느라고 눈끝이 치켜올라갔다.

"어머니가 계신 양로원에 함께 계실 분이에요."

"그럼 당신 또 한국에 가려고 그래?"

"기도원에서 연락이 왔잖아요. 며칠간만 다녀올게요. 어떻든 가게문을 닫을 거면 그 동안 어머니도 찾을 겸 가

보는 것이 도리가 아니겠어요?"

예은 부부의 시선을 피해 문뒤에 숨어 있던 할머니는 머리를 푹 숙이고 현관 입구의 방으로 들어가 버렸다.

"저 할머니, 뭔가 좀 이상하군. 왜 인사도 않고 저렇게 겁에 질려 설설 기는 것이지? 꼭 구박받고 내쫓긴 늙다리 개 같아 보이네."

예은은 대꾸하지 않고 전기밥솥에 쌀을 안친 다음 옷을 갈아입었다. 예은의 머릿속은 여전히 낡아빠진 일기장 속을 헤맸다. 아기를 낳은 여인은 그 후에 어떻게 되었을까. 밥이 끓는 동안 참지를 못하고 다시 일기장을 펴들었다. 촘촘히 씌어진 글을 다 읽을 수가 없어서 속독으로 겅중겅중 뛰었다. 어서 결론을 보고 싶어서였다. 일기장 갈피에 붉게 물든 단풍잎이 드문드문 꽂혀 있었다. 오랜 세월 바짝 마른 단풍잎은 손끝에 닿는 순간 바스러졌다. 예은은 일기의 한 부분을 속독으로 훑었다.

'남편은 병든 나를 지리산 깊은 골짜기 오두막집에 두고 갔다. 이 집에는 방이 셋. 한 방에 네 사람씩 나처럼 병들어 죽어가는 사람들이 모여 있었다. 처음에는 문둥이들이 모여 사는 곳인가 하고 가슴을 태웠으나 그렇지는 않았다. 나처럼 위가 아파서 바짝 말라비틀어진 사람들이었다. 집 옆으로 흐르는 개울물을 떠 마시고 요강도 개울에서 부시고 빨래도 했다. 젖이 자꾸 나와 앞가슴이 젖었다. 아기가 젖을 빨 시간이 되면 짜릿하니 가슴에 신호가 오고 찔끔 젖이 나오다가 주르륵 젖가슴 속살을 타고 흘러 내려 배꼽과 허리를 적셨다. 보고 싶다. 아아! 아기가 보고 싶다. 남편은 왜 단 한 번도 아기를 데리고 여길 오지 아니할까…….'

남편은 몹시 배가 고픈 모양이다.

"여보! 점심을 먹지 않았더니 속이 쓰리군."

예은은 손에 들린 일기장을 핸드백에 쑤셔넣고 일어섰다. 마음과 눈은 자꾸 일기장 속으로 파고들고 몸은 부엌으로 향했다. 밥상에 앉은 남편은 눈길을 문간방에 두고 속삭였다.

"여보! 저 할머니 치매는 아니야. 일부러 치매에 걸린 척하는 것 같아."

"어떻게 그런 생각이 들었어요?"

"나를 보고 놀라는 것이나 피해 들어가는 몸짓이 치매가 아니야. 말귀를 다 알아듣고 있어. 단지 뭔가 깊이 숨기는 것이 있는 것 같아. 아무튼 베일에 싸인 할머니라고."

남편의 추리는 밥을 먹으면서 계속되었다. 이렇게 긴 대화를 남편과 얼마만에 해보는 것인가! 이민생활은 핵가족 중심이다. 직계가 아닌 타인을 이렇게 깊게 관심을 가지고 대화에 올린 적이 없었다.

"당신 저 할머니에게 상당한 동정심을 가지고 있군요."

"나도 모르게 끌리고 있어. 눈속에 이상한 빛이 서려 있단 말이야. 석양을 안고 있어서 그럴까. 노인의 눈속이 호수처럼 깊고 깊어."

"아하하하하……, 할머니 눈속이 어떻게 호수 같아요? 전 아무리 봐도 어시장 좌판에 놓인 동태눈 같은데."

그렇게 말은 하면서 박애란 할머니의 눈에서 뿜어나오던 강렬한 빛을 남편이 봤다는 사실에 놀랐다. 행동도 범상하지 않았다. 몸가짐이 조신하고 무척 무게가 있으며 조용했다. 박애란 할머니의 주위에 서린 빛은 근접하기 힘든 그런 류의 것이다. 강한 기운이라고 할까. 아무튼 말로 표현할 수 없는 이상한 힘 같은 것이 서려 있었다.

그 밤은 일기장을 읽을 수가 없었다. 남편은 리커 스토어가 받을 충격과 앞으로 술을 팔지 못하면서 불어닥칠 경제적인 어려움으로 고심하느라고 몸을 뒤척여서 한가하게 빛바랜 낡은 일기장을 읽고 있을 여유가 없었다. 어린애처럼 칭얼대면서 괴로워하고 이따금 천장이 무너져 내릴 듯이 내쉬는 한숨으로 방안 공기는 무거워졌다.

이 와중에 남편의 허락을 받아낸 예은은 사흘 뒤 할머니의 손을 잡고 로스앤젤레스 국제공항으로 향했다. 비행기표를 체크하고 좌석표를 받고 돌아섰다. 할머니가 없었다. 가슴이 철렁 내려앉았다. 도망가 버렸단 말인가. 공항 여기저기를 뛰어다니다가 할머니가 늘 앉아 있던 화장실 앞이 떠올랐다. 그곳으로 숨가쁘게 뛰기 시작했다. 얼굴이 화끈거렸다. 그러나 그 화장실 앞은 텅 비어 있었다. 화장실 안에까지 기웃거렸으나 할머니는 어디에도 없었다. 도대체 어디로 증발해 버렸단 말인가. 국제공항의 긴 복도를 따라 뛰면서 오히려 이렇게 된 것이 다행이라는 생각이 들어 예은은 미국 사람처럼 어깨를 으쓱해 보았다.

화장실 청소하는 멕시코 여자가 예은을 향해 걸어왔다. 그래, 좋다. 한 번만 할머니에 대해 물어보고 그냥 비행기에 오르자.

"헬로? 혹시 머리를 뒤로 동그랗게 붙이고 회색 치마에 미색 스웨터를 입은 동양 할머니를 보셨어요? 당신도 알잖아요. 노인이 되면 아기가 된다는 걸."

여자는 기다렸다는 듯 복도 끝 화장실을 가리켰다.

"저 안에 그런 모습의 할머니가 있는데 찬 바닥에 주저앉아서 뭐라 하든 꼼짝하지 않아요. 그래, 공항 경찰을 부르려는 참이에요."

고맙다는 말도 잊고 그 화장실로 달려갔다. 할머니는 화장실 바닥에 주저앉아 머리를 두 무릎 사이에 묻고 있었다.

"할머니! 여기 계셨군요. 우리 한국으로 가요. 비행기 타고."

그러자 할머니는 눈을 천천히 들어 예은을 올려다보았다. 그 눈에 눈물이 그렁하게 고여 왔다.

"여기서 누군가를 기다리고 있는 거지요? 맞지요?"

짐짓 못 들은 척 할머니는 머리를 떨구었다.

8

한국행 비행기는 태평양 상공을 편안하게 떠갔다. 창 옆에 앉은 박애란 할머니는 팔짱을 끼고 눈길을 하염없이 하늘에 고정시킨 채 예은 쪽은 보지도 않았다. 마치 창가에 비스듬히 앉혀놓은 인형처럼 보였다. 핸드백에 넣어온 일기장을 보고 싶어 몸살이 났으나 할머니의 눈에 띄어서 빼앗기는 날이면 그나마 움켜쥐고 있는 단서가 없어질 것이기에 선뜻 꺼내들지 못하고 눈치를 봤다. 할머니는 어떤 생각 속을 헤매는 것일까. 구름 위를 떠가지만 신기한 생각이 들지 않는지 표정이 무심했다. 그냥 물이 흘러가는 대로 몸을 맡긴 낙엽처럼 보였다.

"주스라도 한 잔 드세요."

스튜어디스가 가져온 주스를 내밀면서 예은은 할머니의 팔을 잡아 흔들었다. 할머니는 멍한 눈으로 예은을 한참 바라보다가 머리를 흔들었다. 할머니의 눈에 물기가 그렁그렁 고여 왔다. 연꽃잎에 고인 아침이슬처럼 톡 건드리면 굴러떨어질 눈물이었다. 비로소 무슨 말인가 하고 싶은 표정이다 싶었다.

"할머니! 무슨 하실 말씀이 있으세요? 제가 연필하고 종이를 드릴까요?"

핸드백에서 종이와 볼펜을 꺼내 할머니 코앞에 바짝 들이댔다. 할머니의 눈빛이 잠시 흔들렸다. 그러나 그것뿐 치매에 걸린 노파의 전형적인 표정인 얼뜨기로 돌아가 히죽 웃었다.

문득 예은은 여자의 일생이란 말을 떠올렸다. 가슴이 찡해 왔다. 예은 자신도 박애란 할머니의 생이나 진배없는 세월을 살아왔다는 생각이 들자, 가슴 한가운데를 뚫고 지나가는 바람소리가 들려 왔다.

그 사람은 어떻게 되었을까? 오랜 세월 동안 절대로 떠올리지 말자고 다짐하고 살았던 남자였다. 그 옛날 밥을 굶던 어려운 시절, 여자를 공부시켜 무얼 하느냐고 구시렁대는 친척들 사이에서 예은은 학교를 다녔다. 다행히 예은은 혼자 된 어머니의 기대에 걸맞게 공부를 뛰어나게 잘 했다. 그 딸을 위해 어머니는 물불 가리지 않고 삶의 터전으로 뛰어들었다. 어머니는 비싼 등록금을 벌기 위해 새벽에 집을 나섰다. 예은은 외로웠다. 아버지, 동생, 언니, 아무도 없는 외톨이 삶에 진저리를 쳤다.

그 시절 사귄 동애는 떨어질 수 없는 친구였다. 날마다 붙어 다녔다. 사람들은 그들을 보고 꼭 쌍둥이 자매 같다고 했다. 어머니보다 그 친구가 더 좋아 예은은 동애와 밤늦도록 공부를 했다.

사고가 났던 밤은 어머니가 물건을 사러 멀리 부산까지 가니 혼자 자라고 했던 날이었다. 그 밤 예은은 신이 나서 친구집에 가 동애와 밤늦도록 놀다가 잠이 들었다.

예은은 깊은 잠에서 무거운 것이 찍어 눌러 숨을 쉴 수 없었다. 그건 분명 꿈속이었다. 커다란 바위가 절벽에서 굴러내려 예은을 덮쳤다. 그 밑에 깔려 숨을 헐떡이며 예은은 깊은 잠 수렁에서 깨어났다. 순간 예은은 너무 놀라 소리를 지를 수도 없었다. 외마디 소리를 내지르려 해도 목구멍에서 탁 막혀 소리가 터져 나오지 못했다. 침도 삼킬 수가 없었다. 동애 오빠가 어쩌자고 이렇게 찍어 누르고 있단 말인가. 간신히 옆으로 고개를 돌렸다. 동애가 누웠던 자리는 비어 있었다. 방에는 예은과 동애의 오빠뿐이었다. 희뿌옇게 눈을 뜨기 시작한 새벽빛이 창문 위에 더께로 내려앉고 있었다. 동애 오빠의 숨가쁜 소리가 예은의 귀를 막았다.

"가만히 있어. 입을 여는 날이면 나보다 네가 더 문제가 된다. 시집도 못 가고 일생을 망친다는 사실을 명심하라고. 남녀 사이란 다 이런 거야. 네가 너무 공부를 잘 하는 모범생이라 이런 세계가 있다는 걸 몰랐지. 이제부터 넌 내 말을 잘 들어야 살 수 있어. 내게 거역하면 넌 죽어. 내가 죽여버릴 거야."

동애 오빠는 대학생이었지만 그 집안의 문제아였다. 동

애의 말을 빌리면 부모의 골칫거리로 식구들에게 사람 취급을 받지 못했다. 대학 체육과에 적을 두고 술과 노름으로 몇 번이나 사고를 쳐서 감옥에 가는 걸 막느라고 조상 대대로 내려오던 선산까지 먹어버린 귀신이라고 모두 머리를 돌리는 인물이었다.

그 사건 이후 예은은 동애 집엔 절대로 가지 않았다. 사건이 나던 그 밤 동애가 여름 더위를 견디지 못하고 뒤란 평상에서 잔 것이 문제의 발단이었다. 아무것도 모르는 동애는 날마다 예은의 집에 와서 왜 갑자기 우리 집에 발걸음을 하지 않느냐고 보챘다.

동애 오빠 공대식은 흐물흐물 웃으면서 마치 자기 여자라도 된 듯이 예은 집에 와서 그 짓을 하고 갔다. 울면서 반항하며 물어뜯는 예은에게 공대식은 으름장을 놨다.

"동네에 소문을 낼 거야. 일류 고등학교에 다니는 모범생이 바람이 나서 이런 짓을 하고 있다고."

"제발 이젠 그만 나를 놔줘. 나만 바라보고 사는 엄마가 불쌍해. 엄만 아들도 없고 남편도 없이 오직 나 하나만을 바라보고 살고 계신 분이야. 학교 다니기도 이젠 끔찍할 정도로 무서워. 사람들이 모두 나를 향해 손가락질 하는 것 같아 머리를 들 수가 없단 말야."

"그럼 내가 하라는 대로 하면 되잖아. 만약 내 말을 안 들으면 학교에 알려서 널 걸레로 만들 거야. 그럼 너는 더러운 년으로 낙인찍혀 모두 고개를 돌리고 퇴학을 당하겠지. 그렇게 인생이 끝장나고 싶어?"

공대식의 검은 손은 집요하게 예은을 사로잡았다. 어머니가 있는 밤에도 밖으로 불러냈다. 공대식은 예은을 산으로 끌고가 강제로 몸을 탐했다. 심지어 저녁 찬거리를 사가지고 돌아오는 길목을 지키고 있다가 여관으로 끌고 가기도 했다.

예은은 그 시절 자살하려고 수면제를 사서 모으기도 하고 목을 매달아 죽는 방법도 연구했다. 그러나 차마 딸 하나만을 바라보고 밤낮 없이 뛰는 어머니를 배신하고 혼자 세상을 뜰 수가 없었다. 어머니가 빨래를 삶을 적에 쓰는 양잿물을 먹을까도 생각했다. 그러나 실행할 용기가 없었다.

고등학교 졸업이 가까워올 무렵 예은은 공부에 집중할 수가 없어서 성적이 뚝뚝 떨어졌다. 그래도 조금만 노력하면 대학엔 갈 수 있다고 담임선생이 격려했지만 정신을 집중할 수가 없었다. 눈만 감으면 다가오는 공대식의 얼굴은 악마로 둔갑해 온몸을 조여 와서 숨쉬기도 힘들었고, 머리가 너무 아파 글자가 눈에 들어오질 않았다. 잠시도 떨어지지 않고 그림자처럼 공대식은 어디고 따라다녔다.

마침내 배가 불러오고 어머니에게 임신한 사실을 들키고 말았다.

"어느 놈이냐? 어떤 놈팡이하고 놀아났어? 세상에! 너

하나 바라고 이 고생을 하면서 살았는데 어미를 이렇게 배반해? 남편 없이 여자 혼자 사는 것이 얼마나 힘든 줄 아냐? 너 하나만을 잘 기르겠다고 일생을 건 어미의 꿈을 이렇게 깨? 차라리 너 죽고 나 죽자. 죽어버리자."

옷을 발기발기 찢어가면서 울부짖던 어머니의 일그러진 얼굴이 떠오르자 예은은 숨이 막혀 왔다. 깊은 한숨을 내쉬고 예은은 주위를 둘러보았다. 비행기는 방안처럼 평온했다. 모두 잠이 들었는지 코고는 소리도 간간이 들렸다. 옆을 보니 할머니가 애잔하고 그윽한 눈으로 그녀를 보고 있다가 눈이 마주치는 순간 슬그머니 눈길을 아래로 떨궜다. 어쩌자고 과거를 떠올리며 잊었던 아픔을 다시 끌어안고 있단 말인가. 예은은 구약에 나오는 미가 선지자의 말을 붙들었다.

'주님은 우리를 긍휼히 여기셔서 회개한 죄악을 깊은 바다에 던져버린다.'

그랬다. 필리핀 앞바다의 마리아나 트렌취는 39,198피트나 되는 깊고도 깊은 곳이라고 했다. 그런 깊은 바다에 예은은 그 사건을 던져버렸다. 그리고 무의식의 세계에서까지 깡그리 지워버렸다. 그런데 웬일로 주마등처럼 살아나서 머릿속을 어지럽힌단 말인가.

그 사건이 몽땅 뒤집혀 흙탕물이 되어 소용돌이쳤다. 순간 공대식에게 낳아준 아들이 보고 싶다는 강한 마음이 고개를 들었다. 참으로 오랜만에 처음 가져보는 감정이었다. 아기까지 몽땅 그녀의 인생에서 지워버리라고 어머니는 몇 번이고 다짐을 했고, 예은은 그렇게 살았다. 그런데 박애란 할머니의 빛바랜 일기장이 그녀의 과거 뚜껑을 억지로 열어 속에 딱딱하게 굳어버린 것들을 망치로 깨고 있는 것이 분명했다.

여태 그런 일이 없었다. 비행기가 잔잔하게 하늘을 나는 동안 무의식 세계는 마치 과거의 인큐베이터 안에 들어온 줄로 착각하는 모양이다. 아무리 떨구려고 해도 지난날들이 날개를 펴고 퍼덕거렸다.

공대식에게서 벗어나기 위해 예은은 어머니와 생이별을 한 셈이다. 그것도 하룻길이면 갈 수 있는 한반도 어느 구석에 틀어박혀 산 것이 아니고 태평양을 건너는 이별이었다. 어머니는 딸이 과거를 완전히 잊어버리게 하려고 그토록 잔인하게 핏줄의 연을 무 잘라내듯 뚝 잘라 던져버렸다.

눈물이 억제할 수 없을 정도로 볼을 타고 흘러내렸다. 마침내 입술 밖으로 터져나오는 흐느낌을 이를 악물고 삼키려 했으나 설움은 더욱 거세어지기 시작했다.

그때 앙상한 손이 그녀의 등을 만졌다. 두 손으로 얼굴을 감싸안고 있던 예은은 박애란 할머니의 손이란 걸 알았다. 신기하게도 그 손길을 통해 전해지는 미지근한 어떤 기운이 끊이지 않는 울음을 눌러주었다. 할머니는 아기를 재우듯이 등을 다독거리기 시작했다. 예은은 할머니를 바라보았다. 무엇이라 말할 듯이 입술을 달싹거렸으나 할머니는 말을 하지 않고 정감이 뚝뚝 묻어나는 눈으로 예은의 얼굴을 응시했다. 예은과 할머니는 무의식의 강을 건너 서로의 아픔을 감싸주었다. 마음을 가라앉힌 예은은 속으로 다짐했다.

이번 고국 방문길에는 꼭 공대식하고 살았던 용두동을 찾아가리라. 만사를 뒤로하고 공항에서 택시를 타고 그곳으로 먼저 가리라. 아직도 그 사람은 거기에 살고 있을까. 그에게 낳아준 아들은 지금쯤 대학을 졸업하고 장가들어 아빠가 되었겠지. 먼발치로 아들을 한 번 보리라.

그 다음에 거제도에 가서 애란 할머니를 양로원에 맡기고 어머니를 찾으면 이번 나들이는 마침표를 찍는 것이다.

9

택시를 타고 무조건 용두동으로 가자고 했다. 짐이라야 작은 가방 하나를 덜렁 들고 인천공항을 나서는 예은과 박애란 할머니의 모습은 조국의 사람들과 섞이면서 이질감이 넘쳐흘렀다.

오랜 미국 생활은 예은을 한국 사람도 아니고 그렇다고 미국 사람도 아닌 특이한 변종으로 만들었다. 마치 중국 사람과 일본 사람이 한국 사람과 비슷해 보여도 자세히 관찰해 보면 무엇인가 달라 보이듯이 말이다.

용두동 서울사대 정문 앞에 차를 세워달라고 하자 운전기사는 그런 건물은 벌써 여러 해 전에 헐렸다고 투덜거리며 한참 헤매더니, 여기가 아마도 거기쯤 될 것이라고 하면서 아주 낯선 곳에 내려놓았다. 하늘 높이 치솟은 건물들로 거리감각도 없어지고 도대체 여기가 어디쯤인지 도무지 알 수가 없었다.

용두동 거리는 전혀 낯설었다. 어쩌면 건물들이 이렇게도 많이 들어섰을까. 그녀가 살았던 집이 어디쯤 있었는지 가늠할 수조차 없을 지경이었다. 그래도 개울이 그 자리에 흐르고 있는 것이 신기했다. 개울을 기점으로 해서 청량리 쪽으로 걷기 시작했다. 서울사대에서 도보로 10분 거리였으니 그 정도 걸으면 왼쪽으로 웅장하게 서 있던 공대식의 집을 찾을 수 있을 것이다. 예은의 팔에 매달려 끌려오는 할머니가 매연 탓인지 이따금 콜록거렸다.

예은이 찾고 있는 집은 붉은 벽돌담을 이중으로 두른 길가 집이었다. 대문이 셋. 첫문을 열면 너절한 잡동사니들이 쌓여 있고, 그 다음 중문을 들어서면 일꾼들을 재우는 방들이 즐비했다. 마지막 집안으로 들어서는 쪽문은 아주 작았다.

한때 그녀의 시아버지였던 사람은 집 옆에 엄청나게 큰 규모의 제재소를 운영하고 있었다. 그는 청량리 일대의 논밭을 거의 소유하고 있었다. 전쟁 직후 폐허가 돼버린 땅들을 생선장사를 해서 버는 대로 긁어모았다고 한다. 그 당시의 논밭은 아주 헐값이었다. 그 땅에 집들이 들어서면서 값이 뛰기 시작했다. 집 옆 공터에는 목재가 산처럼 쌓여 있었다. 밤낮으로 각목과 널빤지를 켜는 톱 소리로 귀가 멍멍했었다. 돈이 밀물처럼 쏟아져들어와서 어쩌다 엿본 안방에는 다발로 묶은 돈들이 널려 있었다. 연못에는 어린애 팔뚝만한 금붕어들이 떼를 지어 헤엄쳤고, 연잎 위로 얼굴을 내민 연꽃이 아침 햇살을 받고 부끄러운 듯 입을 벌렸다. 이상하게 생긴 괴석들과 능에서 도굴꾼이 파왔음직한 석탑이나 석등 외에도 사람이 올라탈 만큼 커다란 돌거북이 운치 있게 정원의 모퉁이를 장식하고 있었다. 공씨 일가는 호화롭게 꾸민 정원을 감추려고 문을 셋이나 만들었다. 그 안에 한 번 들어가면 궁전에 갇힌 기분이 들 정도였다.

예은은 기억을 되살려가면서 우뚝 솟아오른 석탑을 찾으려고 두리번거렸다. 그러나 치솟은 건물들로 그녀가 생각하는 석탑이 어디 숨었는지 찾을 길이 없었다.

문득 시장이 떠올랐다. 맞다. 바로 경동시장이다. 그곳으로 날마다 찬거리를 사러 갔었다는 생각에 미치자 예은의 발걸음이 빨라지기 시작했다. 거기 가면 더듬어서라도 찾을 수 있을 것이란 확신이 섰다. 하지만 시장은 상상을 초월할 만큼 커졌고, 얼추 여기라고 생각되어지는 자리에 섰을 때 그녀는 실망하고 말았다. 붉은 돌담이 없어지고 그 자리에 하늘을 찌를 듯이 높은 빌딩들이 꽉 들어차 있었기 때문이다. 빌딩 숲에서는 정원도 찾을 수 없고 그녀의 머리에 황홀하게 새겨진 연못도 발견할 수 없었다.

예은은 한참을 헤매다가 대문이 있었음직한 자리에 서 있는 빌딩으로 들어갔다. 문을 지키던 수위가 막아섰다. 제복을 입고 옆구리에 방망이를 차고 있었다. 수위의 얼굴이 중국 개를 닮아보였다. 입과 눈이 불거진 견공이 그의 얼굴과 겹쳐졌다.

"여기에 붉은 돌담이 있었고, 또 개나리가 담을 덮었고……."

예은의 말에 수위는 미친 여자를 대하듯 사뭇 쌀쌀했다.

"돌담이라니요? 타임 머신을 타고 먼 곳에 갔다 오신 모양이군요. 이 근처엔 그런 돌담은 없습니다. 여긴 지구촌 그룹입니다."

"이 지역의 거부였던 공씨 일가가 살았던 집을 모르세요? 공씨라고 하면 그 당시 이름이 알려져 누구나 알았습니다. 이 일대의 땅을 다 소유하고 있었던 것으로 기억하고 있는데요."

"그런 사람 몰라요. 옛날 고리짝 얘기를 하면 누가 알아요. 그만 나가세요."

예은과 할머니는 빌딩을 쫓겨났다. 예은은 그냥 돌아설까 하다가 과거의 기억에 끌려 다시 옆 빌딩으로 들어갔다. 그곳은 상가 빌딩이라 많은 가게들이 빽빽하게 들어차 있었다. 한구석에 자리잡은 문구점에 허리가 구부정한 할아버지가 계산대에 서 있었다. 인자한 눈매를 지닌 할아버지여서 친절하게 대해줄 것이란 마음이 들었다.

"할아버지! 이 근처에 공씨 일가가 살았는데, 혹시 그분들을 알고 계세요?"

노인은 물어보는 사람보다 박애란 할머니의 얼굴에서 눈을 떼지 못하고 있었다. 차츰 노인의 얼굴에 놀라움이 살아났다. 무엇인가 말하려고 입술을 달싹거리는 순간 할머니의 얼굴이 경직되었다. 분명 두 사람은 무엇인가를 서로 감지하고 있었다. 노인의 눈길이 집요하게 할머니의 얼굴에 박힌다고 생각하는 순간 할머니가 뛰기 시작했다. 어디에서 그런 힘이 솟아났을까. 예은도 할머니 뒤를 따라 달렸다. 인파를 헤치고 죽을 힘을 다해 뛰고 있는 할머니를 놓치지 않으려고 예은도 안간힘을 다해 뛰었다. 20대의 청년도 저렇게 빨리 달리지 못할 것이란 생각을 하면서 예은은 숨이 턱에 차올라 곧 쓰러질 것 같았다. 할머니의 몸이 마치 미꾸라지처럼 사람들 사이를 비집고 빠져나가는 모습에 길 가던 사람들이 모두 멈춰 서서 지켜보았다. 건장한 청년이 뒤쫓아가서 할머니의 팔뚝을 우악스럽게 붙잡았다. 그제야 할머니는 청년의 품에 몸을 맡기면서 쓰러졌다. 바짝 마른 입술을 달싹이는 것이 갈증이 난다는 것인지, 아니면 나이에 어울리지 않게 너무 빨리 뛰어서 심장이 멎어 가는 것인지 알 수 없었다.

예은은 청년에게 고개를 숙이는 것으로 고맙다는 인사를 대신하고 할머니를 가슴에 받아 안았다. 노란 주둥이를 가진 가녀린 새새끼처럼 할머니는 예은의 품에 안겨서 바들바들 떨었다.

도대체 이 할머니의 정체가 무엇이란 말인가? 빚을 산더미처럼 지고 도망다니는 빚쟁이일까? 아니면 살인이라도 저지르고 피해 다니는 여자일까? 치매에 걸려서도 지은 죄로 인한 원초적인 양심 때문에 본능적으로 몸부림치면서 어둠 속을 헤매고 있는 것일까?

할머니를 안은 채 예은의 머릿속은 잡다한 생각으로 복잡했다. 이윽고 예은과 할머니는 서로 숨을 고르고 평정을 찾았다.

"이렇게 자꾸 도망가시면 저도 이제 몰라요. 전 할머니하고 아무 상관이 없단 말이에요. 제가 도대체 할머니 딸이에요, 손녀예요? 아무리 버려져 돌보는 사람이 없는 노인이지만 분수를 아시고 상황판단 정도는 할 수 있어야지요."

할머니를 만나서 처음 분통을 터뜨렸다. 예은은 불같이 치솟는 화를 누르지 못하고 마구 퍼부어댔다. 할머니는 꾸중을 듣는 아이처럼 머리를 떨구었다.

할머니의 손을 잡아끌고 예은은 택시에 올랐다. 공대식 집을 찾는 것은 접고 거제도로 가자면 우선 기차를 타야 했다. 예은은 서울역이라고 기사에게 짧게 한 마디 하고 눈을 감았다.

할머니를 양로원에 맡기고 혼자서 여기 다시 오리라. 공대식에게 낳아준 아들을 찾으려면 어차피 이 지역을 더 듬어야 한다. 빌딩에서 문방구를 경영하는 할아버지를 혼자 와서 만나보리라. 무엇인가 할아버지는 이 할머니에 대해 알고 있는 것이 분명했다. 예은은 할머니를 곁눈으로 보았다. 두 손을 합장하고 있는 모습이 기도하고 있는 듯했다. 치매에 걸린 노인의 몸에 이상한 경건함이 넘쳤다. 조금 전의 행동에 비해 너무 대조적이었다.

거제도에 있는 양로원은 생각보다 시설이 좋은 곳이었다. 바다를 끌어안고 산기슭에 자리잡은 양로원에 들어서니 가슴이 뛰었다. 실로 오랜만에 어머니의 이름을 입에 올릴 때 억누를 수 없는 설렘이 파도처럼 전신을 휘감았다.

"박음전 권사님이 이곳에 계신가요? 제 어머님이 박음전 권사입니다. 아직 살아 계시겠지요. 맞지요?"

다그치는 예은의 얼굴을 오랫동안 응시하던 원장은 망설이면서 한참 뜸을 들이다 입을 열었다.

"그분이 여기 계셨지요. 아주 신앙심이 돈독한 분이셨어요. 망부석처럼 한 자리에 앉아서 몇 시간씩 기도를 하던 분이었지요. 누군가를 기다리는 것 같았으나 누구라고 말한 적이 없었습니다. 어느 때는 한 달씩 금식을 해서 돌아가시는 줄 알고 모두 걱정도 했지요."

"맞아요. 그분이 바로 제 어머니예요. 저를 데리고 혼자 월남하여 교회에 다니셨지요. 제발 어머니를 만나게 해주세요."

그러자 원장님은 가는 한숨을 삼키면서 머리를 흔들었다.

"그분은 이곳을 벌써 떠나셨습니다. 삼팔선 근처로 가신다고 했지요. 그런 뒤에 단 한 번도 연락하신 적이 없습니다."

"삼팔선 근처라니요? 거긴 아무도 없어요. 친척이라면 모두 이북에 살아요. 아버지와 함께 나선 피난길에서 폭격을 당하자 서로 엇갈려 어머니는 본래의 목적지인 남쪽으로 아버지를 찾아 떠났고, 아버지는 오빠를 데리고 북에 있는 집으로 간 것이 생이별이 되었다고 했어요. 아버진 어머니가 혼자 월남하리라 상상을 못한 것이지요. 어떻게 부부가 남과 북으로 갈리는 생각을 했는지 기막힌 비극이지요"

"그런 사연이 있었군요. 어머니는 말을 아끼시는 분인지라 무엇을 물어도 언제나 고갯짓이나 머리로 응했어요."

"그럼 제 어머니가 아무것도 남기지 않고 가셨단 말인가요?"

원장은 다시 머리를 흔들었다. 호기심에 들뜬 양로원

노인들이 미국에서 왔다는 예은과 원장이 나누는 대화를 엿들으려고 모여들어 마치 중대한 모임이라도 열린 듯 방 안은 사람들로 가득찼다. 아무리 이야기를 나눠도 더 이상의 정보를 얻을 수가 없다고 판단되자 예은은 어쩔 수 없이 애란 할머니를 양로원에 맡기고 돌아섰다.

예은은 몇 달간 힘겹게 지고 다녔던 무거운 짐을 내려놓은 듯 후련하면서도 가슴 한가운데로 뭉클한 아픔과 안쓰러움이 파고들었다.

양로원 앞에 펼쳐진 바다는 검푸른 색을 띠고 출렁거렸다. 그때 산길을 따라 신발을 끌면서 다급하게 따라오는 사람이 있었다.

"박음전 권사님의 따님이 맞지요?"

파마기라고는 한 올도 없는 노인의 머리는 막 자고 일어났는지 제멋대로 흐트러져 흰 가시 돋친 귀신을 만난 듯 오싹했다. 거기다 바닷바람을 타고 밀려오는 파도소리와 함께 울어대니 그러잖아도 마음이 울적했던 예은의 눈에서도 울컥 눈물이 쏟아졌다. 노인의 넋두리를 통해 어머니의 삶이 짐작되었다.

"어머니가 가신 곳을 일러주시면 그걸로 족합니다. 바닷바람이 찹니다. 감기드세요. 어서 들어가셔야지요."

"나만이 그 사람 마음 알고 있었으니 딸에게 전해줘야 그 사람도 좋아할 거야. 그 사람 딸을 너무 사랑했어. 그게 문제였어. 그 골진 사랑이 일생을 묶어버려 팔자가 드셌지. 한순간도 딸을 잊어버린 적이 없었어. 핏줄이란 질긴 것이여. 아마 죽어도 하늘나라에 자네를 품고 갈 거라고."

"그런 어머니가 왜 저를 기다리지 않고 어디로 가버리셨나요? 저하고 약속은 집을 팔아가지고 들어간 기도원에서 일생 지내시겠다고 해놓고 여러 곳으로 옮기셨으니……. 제가 어떻게 찾아요."

"너무 늦게 왔으니 그렇지. 너무했어. 딸이 너무했다고. 여기서 미국이 얼마나 멀다고 그래. 태평양만 건너면 되는 곳이야. 그것도 비행기로 10시간 조금 더 가면 되는 곳에 살면서 왜 이제 왔나, 이 사람아. 이 무정한 사람아!"

"제발 어머니가 가신 곳을 일러주세요. 용서를 빌겠습니다. 저도 미국에서 힘이 들었어요. 어머니가 전화를 주지 않으면 서로 연락할 수 없는 상황이었어요. 어머닌 강제로 모녀의 연을 끊으려 했어요. 절 강제로 미국으로 시집보내 버렸으니까요."

"아니지, 아니야. 겉으로 말은 그렇게 했어도 속내는 그렇지 않았어. 딸이 행복한 얼굴로 나오기를 기다리면서 눈물로 기도하셨어. 금식을 밥먹듯이 하신 분이야. 오로지 딸만을 위해서 말이야. 그런 어머니를 둔 걸 감사해야지."

"정말 어디로 가신다고 한 마디도 남기지 않으셨나요? 하긴 어머닌 그러고도 남을 분이에요."

"딸이 결혼해서 살았던 청량리 근처의 교회에서 겨울을 나고 삼팔선을 넘어 고향으로 가신다고 했지. 남편을 찾아간다고 말이야. 그러고 보니 제정신은 아니었어."

"삼팔선을 넘다니요? 군사분계선을 어떻게 건너요? 말도 되지 않아요. 어머닌 왜 어린애 같은 생각을 했을까. 참 속이 상해 죽겠네."

"총도 없고 싸울 힘도 없는 노인이니 죽이지는 않을 것이라고 했어. 죽기 전에 북한에 있는 남편의 얼굴을 한 번 보는 것이 소원이니 그걸 막을 사람은 이제 없을 것이라고도 하고. 무소식이 희소식이라고 미국으로 간 딸이 잘 사니까 오지를 않는 것이라고 기뻐하기도 했고. 이런 곳에 갇혀 살면 누구나 마음속에 우주를 품고 이런저런 생각을 다 하게 마련이야. 단지 자네 어머니처럼 용기가 없어서 이러고 있지."

어머니의 말을 전하는 노인의 눈에 생기가 돌았다.

"우리 어머니하고 제일 친하셨나 보지요?"

"밤마다 둘이서 기도하면서 속삭였지. 한 방을 썼으니까."

노인은 치마 말기를 더듬더니 낡은 편지봉투를 꺼내 예은에게 건넸다. 겉봉에 씌어진 어머니의 필체를 보는 순간 예은은 가슴이 후드득 뛰었다.

'서울 동대문구 제기동 동광교회'

봉투를 받아 읽은 예은은 노인에게 고맙다는 인사를 하

고 아쉽게 헤어졌다.

예은이 동광교회에 도착했을 때는 수요 저녁집회가 끝나가는 시각이었다. 뒷자리에 조용히 앉아서 주기도문을 따라 중얼거렸다. 성도들이 와아 성전을 빠져나가는 걸 한 쪽에 서서 지켜보면서 목사를 만나려고 강대상 쪽을 기웃거렸다.

밀려나오는 인파 속에서 예은은 낯익은 얼굴과 마주쳤다. 그 사람은 공씨 집의 대문자리에 세워진 빌딩에서 만난 문방구 주인이 틀림없었다. 넥타이를 매고 단정한 양복 차림이었지만 분명히 허리가 구부정하고 인자하게 보였던 바로 그 할아버지였다.

박애란 할머니의 얼굴을 집요하게 쳐다봤던 똑같은 시선으로 예은을 한참 보더니 할아버지는 입을 딱 벌리면서 놀랍다는 듯 눈을 크게 떴다. 할아버지는 사람들을 헤집고 예은에게 다가와 손을 잡았다.

"할아버지! 절 알아보시겠어요?"

"아암, 알고 말고. 이렇게 교회로 올 줄 알고 있었지."

"저를 기다리셨단 말이에요?"

"함께 왔던 그 할머니 일로 날 찾을 거란 생각을 했지."

"아시는 분인가요?"

"그럼! 그분은 바로 내 이모님이신걸."

"네에! 이모님이라고요? 그럼 왜 붙잡지 않으셨어요."

어머니의 문제는 뒤로하고 그래도 먼저 박애란 할머니

와 친척이 되는 노인을 만난 것이 기뻤다. 사람들 틈에 끼여 두 사람이 손을 잡자 주위의 시선이 꽂혔다. 그들의 눈길을 의식한 할아버지와 예은은 성전 문을 나섰다. 할아버지는 예은을 데리고 한길 건너편에 있는 아파트 단지로 향했다. 봄이건만 밤바람은 무척 차가웠다. 예은은 박애란 할머니의 친척을 찾았다는 것만으로도 한국에 온 보람이 있었다. 이렇게 선한 일을 함으로써 감옥에 있는 딸을 하나님이 살려주실 것이고, 남편의 사업도 잘 풀릴 것이란 생각도 들었다.

한 칸 방의 작은 아파트에 들어서니 혼자 살림인지 부엌에서 울컥 음식 냄새가 풍겼다.

"누추하지만 이리 와 앉아요."

"이모님 되시는 분을 거제도에 있는 기독교 양로원에 계시게 하고 왔어요. 그리로 가서 찾으세요. 치매에 걸렸는지 말을 하지 않아요. 그런데도 할아버지를 알아보는 걸 보면 참 신기해요."

"제가 바로 거제도 포로수용소 출신입니다. 1953년 이승만 대통령이 수용소 문을 열었을 때 빠져나와 부산을 거쳐 서울로 왔지요. 아직도 그 포로수용소의 흔적이 남아 있던가요? 그 당시 나룻배로 바다를 건너 통영으로 나올 적에 얼마나 가슴을 졸였는지 몰라요. 거제도, 저에겐 참으로 많은 아픔을 주었던 섬입니다."

"이제 거제도가 섬이 아니더라고요. 섬과 통영을 잇는

다리가 있어 반도가 되어버렸더군요. 거제도 포로수용소도 이제 제법 이스라엘의 대학살박물관처럼 아주 잘 정비해서 한국전쟁의 아픔을 후손들이 볼 수 있도록 해놨어요. 한 번 다녀오세요. 조국의 달라진 모습을 확인하면서 과거의 아픈 역사를 절대로 잊지 말아야지요. 역사의 현장에 계셨으니 가보시면 감회가 더 새로울 거예요. 이모님도 만나시고 현장도 가보시고……."

예은은 박애란 할머니의 조카를 만난 것이 신이 나서 말이 헤펐다. 새삼 예은은 할머니와 태평양을 날아온 일이며, 산타바바라에서 있었던 일들을 떠올리며 감회에 젖었다.

"제가 이모님의 일기장을 가지고 있어요. 어쩌자고 그 몸을 하고 미국까지 가서 로스앤젤레스 국제공항에 혼자 앉아 있었는지 수수께끼투성이에요."

할아버지는 담담하게 앉아서 예은의 말을 다 듣고는 어눌하게 입을 열었다.

"그분은 내 이모님이 아니에요. 내 진짜 이모님은 부산에 있는 아들집에서 행복하게 살고 있어요."

"뭐라고요? 박애란 할머니가 이모님이라고 했잖아요?"

"이름은 내 이모지만 사람이 틀려요."

할아버지의 말이 너무 헷갈려서 정신을 차릴 수가 없었다. 무엇에 홀린 듯 아득했다. 노인이 누굴 놀리나. 약이 올랐다. 그렇다면 박애란 할머니는 어째서 이 노인을 보고 그렇게 놀란 토끼처럼 도망을 쳤단 말인가.

"그럼 제가 모시고 왔던 할머니는 도대체 누구란 말이죠? 너무 혼란스럽네요."

"이모의 여권을 훔쳐간 분이지요. 두 분은 기도원에서 만나 아주 절친한 자매처럼 지내셨어요. 자녀들이 어머니처럼 생각하고 선물을 사도 꼭 두 개씩 마련했었지요. 이모가 미국에 이민간 아들이 교통사고로 죽어간다는 연락을 받고, 죽기 전에 그 아들을 만나겠다고 여권을 내고 비자를 받아 떠나기 전날 그분이 비행기표와 여권을 훔쳐 달아났어요."

"왜 친구 할머니의 여권을 훔쳐갔을까요?"

"다 사연이 있겠지요. 내용은 잘 모르지만 일이 그렇게 되었어요. 가족들은 그 시간에 공항에 나가 잡자고 야단했지만 이모는 그냥 두라고 했어요. 식물인간으로 죽을 아들을 본들 알아보기나 하겠는가 하면서 골방에 숨어서 매일 울기만 했어요."

"아들이 죽어가고 있는데 가봐야지 얼마나 가슴이 탔겠어요. 세상에! 그런 나쁜 친구가 어디 있어요."

"아뇨. 오히려 이모님은 미국으로 간 친구가 그립고 안타까워서 울었어요. 친자매처럼 지냈으니까요. 매일 그 친구 걱정으로 얼굴이 어두웠어요."

"그럼 그 할머니의 본명은 무엇입니까?"

"그건 몰라요. 단지 혼자서 오랜 세월 기도원에서 기도

하고 살았다고 해요. 곤고한 자들을 위한 중보기도를 하면서 일생을 보낸 분이지요. 그 기도원에선 그분을 모르는 사람이 없었을 정도로 유명한 분이라고 소문이 났었지요. 그분에게 예언기도를 받겠다고 몰려들었어요. 진짜로 많은 사람들의 병을 치료하기도 했고요. 제 이모도 관절염으로 앉은뱅이였는데 그분의 기도를 받고 치료되어 뛰어다닐 정도였어요. 그 뒤부터 이모랑 그분은 항상 붙어 살았지요."

예은은 부산의 박애란 할머니 주소와 두 할머니가 함께 살았다는 기도원의 주소를 받아들고 아파트를 나섰다. 정해진 시간에 어머니를 찾아야 하는 문제까지 두 가지가 얽혀 있으나 먼저 박애란 할머니의 문제를 풀어가면서 어머니를 찾기로 했다.

호텔에서 여장을 푼 예은은 마음놓고 핸드백에서 일기장을 꺼내 펼쳤다. 깨알처럼 써내려간 글씨들이 흐릿한 호텔 방의 불빛으로는 내용을 더듬기조차 힘들었다. 다행히 침대가의 작은 등불이 예상외로 촉수가 높아서 그 밑에 일기장을 바짝 들이댔다. 일기장 속의 여인은 위암 말기 환자로 고통 속에 있었다. 얼마나 아팠으면 하늘을 향해 절규하는 기록이 죽음만 갈구했다. 살기보다 죽기를 소원한 간절함이 구구절절 넘쳤다.

'주님! 제 생명을 이 시간 걷어주세요. 너무 아픕니다. 해산의 고통보다 더 힘듭니다. 숨을 쉴 적마다 제 코끝에 호흡이 있음을 원망합니다. 이제 그만 호흡을 취해 가세요. 흙으로 돌아가겠습니다. 저를 편안히 쉬게 해주세요. 영원 속으로 저를 데려가세요. 주님 곁으로 가겠습니다. 저를 취하세요. 이 순간 숨이 멎게 하세요. 주님의 십자가 아픔을 떠올리면서 이를 악물지만 견딜 수 없습니다…….'

일기는 온통 눈물인지 땀인지 모를 물로 얼룩져 있었다. 죽음을 사모하고 죽음을 그리워하는 일기 속 주인공의 처절함이 가슴까지 파고들어와서 손까지 저렸다. 눈꺼풀이 저절로 내려왔다. 예은은 슬그머니 일기장을 덮고 눈을 감았다. 피곤함이 밀려오면서 깊은 나락으로 몸이 빠져들었다. 스멀스멀 피어오르는 안개 속을 부유(浮遊)하는 듯도 했다. 하긴 미국에서 태평양을 건너 서울에 와서 청량리 일대를 헤매다가 거제도를 거쳐 온 길이 얼마나 멀었던가! 시차로 눈을 뜰 수가 없었다. 예은은 주인공의 아픔을 가슴에 안은 채 잠속으로 빠져들었다가 눈을 떴다. 아침이었다.

예은은 어제 예약해 놓은 부산행 기차표를 들고 역으로 향했다. 박애란 이름을 가진 여권의 주인공을 만나기 위해서였다. 거제도 양로원에 맡겨진 할머니의 본명을 알아내고 일기장의 주인공을 찾아야겠다는 묘한 오기가 예은을 집요하게 만들었다.

예은은 박애란 할머니를 만났다. 얼굴을 대하는 순간 예은은 너무 놀라 한참 입을 열지 못했다. 키도 얼굴도 머리색도, 아니 입과 코까지 거제도 양로원에 두고 온 할머니와 마치 쌍둥이처럼 닮아서 분간할 수 없을 지경이었다.

"박애란 할머니시지요?"

"맞습니다. 그런 댁은 누구요? 왜 날 찾는 거요?"

핸드백에서 박애란 이름으로 된 여권을 내밀었다. 할머니는 그걸 받아들고는 멀거니 넋나간 사람처럼 여권을 응시했다.

"어떻게 이 여권이 당신 손에 들어갔는지……."

"이 여권을 소지한 할머니가 로스앤젤레스 국제공항에 혼자 있었어요. 누굴 기다리는지 코를 무릎 사이에 박고 며칠이고 그러고 있었다니까요. 어제 제가 거제도 양로원에 모셔다 드리고 오는 길입니다. 다행히 조카 되는 분을 청량리에서 만나서 여길 왔습니다."

"그 바보 같은 여편네가 미국까지 가서도 자식을 찾지 못했단 말이야? 산속에서 기도만 하더니 그럴 줄 알았어. 내 곁에 있으라니까 나를 속이고 태평양을 건너가더니……. 쯧쯧쯧, 복이 없는 사람같으니라고."

예은은 일기장을 할머니 코끝에 바짝 내밀었다. 일기장을 받아든 할머니의 손이 심하게 떨렸다.

"빨리 죽기나 하지 왜 여태 살아서 그 많은 고통을 겪고 있을까. 아이쿠! 불쌍해라. 너무너무 가여운 사람."

"할머니! 이 일기장의 주인공 누구지요?"

할머니는 예은의 손을 잡고 안으로 들어갔다. 온돌방 아랫목은 따뜻했다. 예은과 마주앉은 박애란 할머니는 긴 사연을 풀어놓았다.

유두화 뿌리 삶아 먹고 죽을 사람들

1

설날 아침 칼바람은 산야를 덮은 하얀 눈으로 더욱 어깨를 움츠리게 했다. 오대산 산맥 중에서도 가장 험하다는 절벽에 독수리 둥지처럼 똬리를 틀고 앉은 기도원을 찬란한 아침 햇살이 감싸안았다. 동쪽으로 멀리 두 개의 우뚝 치솟은 산봉우리들을 휘감아 안고 있는 하늘이 감빛으로 물들고 있는 새벽, 두 사람은 너럭바위 위에 걸터앉아 있었다. 여자는 질식이라도 할 듯 파랗게 질려 있었고, 남자는 분을 이기지 못해 얼굴이 벌겋게 달아올라서 씩씩거렸다. 이따금 산새들이 날갯짓을 하며 나뭇잎을 스치고 지나가는 깊은 산속. 여자의 목에 두른 누리팅팅한 명주목도리가 얼굴색을 죽여서 병색이 더욱 짙어 보였다.

"이런 식으로 나가면 어떻게 하잔 말이야? 뭐라 말 좀 하라니까."

남자의 톤이 높은 목소리에 소나무 잎에 위태롭게 내려앉아 있던 잔설이 흩날렸다. 여자는 혼이 나간 듯 남자를 피해 얼굴을 옆으로 돌렸다. 그들이 앉아 내려다보는 저 밑에는 여자의 긴 치맛자락처럼 흘러내린 산자락에 장식품처럼 붙어 있는 바위와 흰눈이 함께 어우러져 한 폭 동양화의 느낌을 주었다. 여자는 남자의 성냄을 귓가로 흘리며 눈을 가늘게 뜨고 아침 운해(雲海)를 목에 두른 산봉우리 너머 아득한 곳을 멀거니 바라보았다.

"당신 나를 언제까지 이렇게 팽개쳐서 파멸시키려고 그래? 난 사내대장부라고. 성공을 해야 한다니까. 두 사람이 허리가 휘도록 뛰어다녀도 부족할 판에 어쩌자고 날마다 이러고 있느냐고."

남자만이 제 분에 못이겨 날뛸 뿐 여자는 망부석처럼 눈을 허공에 고정시킨 채 말이 없었다.

"이젠 귀까지 먹은 모양이군. 꼭 죽은 사람 같다니까. 당신 이미 세상을 버린 여자가 아니냐고. 그 걸 인정하라고. 병원에서도 살 수 없다고 사형선고를 내렸는데 어쩌자는 거야? 아기는 젖을 달라고 울어대서 이 집 저 집 돌아다니면서 젖을 얻어먹이는 일도 이젠 지쳤어. 당신이 가망 없이 죽을 여자라면 어서 다른 여자를 얻어야 하는 것 아니냐고. 갓난아이라도 봐줄 사람이 있어야 일을 하지. 이거 정말 미치고 환장하겠네."

아기란 말이 남자의 입에서 나오자 여자가 반응을 보였다.

"차라리 아기를 제게 데려다 주세요."

겨우 입을 연 여자를 죽일 듯 거칠고 험한 눈으로 째려보던 남자가 여자의 어깨를 세차게 잡아 흔들었다.

"당신 미쳤어? 곧 죽을 사람이 아기를 어떻게 기르겠다는 거야? 제발 나 좀 살려줘. 내 앞에서 사라져줄 수 없어? 아니지. 그냥 사라지면 내 입장이 곤란해지지. 죽어 장사를 지내야 결말을 보는 것이 아니냐고. 그래야 내가 자유로울 수가 있다니까."

"하나님이 목숨을 앗아가지 않는데 어떻게 죽어요? 절 보고 자살을 하라는 말인가요?"

"난 성공해야 한다니까. 당신처럼 무식한 여자를 데리고는 아무것도 할 수가 없어. 실은 명문대학을 나온 부잣집 딸과 요즘 사랑에 빠졌어. 그 여자 집이 도와주면 교회도 지을 수 있단 말이야. 당신이 허리가 휘게 보따리장사를 하면서 벌어들인 돈은 새발에 피라고. 어제는 장모 될 사람이 거금을 내놓았는데 웬만한 집 한 채 값이더라고. 날 살려줘. 제발 내 숨통을 그만 조이라고. 당신은 어쨌든 죽을 몸이고 난……."

여자의 두 손을 끌어안고 남자는 사정을 했다. 부처 앞에서 손을 합장하고 비는 시늉을 하기도 했다. 그런 남자를 여자는 그윽한 눈으로 바라볼 뿐 말이 없었다.

"나도 교회를 크게 짓고 내 동창들처럼 멋지게 목회를 하는 것이 소원이야. 그러자면 목사의 아내인 사모가 힘차게 뛰어야 하고 능력이 있어야 하는데 당신은 이렇게 산골짝에 처박혀 골골 죽어가고 있어. 하루이틀이 아니고 벌써 오래된 걸 당신도 알잖아. 이러다가 나까지 당신처럼 징그러운 물귀신에게 잡혀 끌려들어가 죽는 것이 아닌가 하고 진땀을 흘릴 적이 많아. 그놈의 애새끼는 왜 그렇게 보채면서 울어대는지 신경이 곤두서서 죽을 지경이야. 아기를 위해서라도 빨리 새엄마가 들어와야 한다는 생각이 들어. 이런 내 결심이 글렀다고 당신은 생각해?"

"아기를 위해서 새엄마가 들어와야 한다? 아기를 위해, 아기……."

여자가 남자의 말을 따라서 천천히 읊조렸다.

"맞아. 그래야 당신의 마음도 편할 것이 아니냐고."

"그럼 내가 당신에게 어떻게 해주기를 바래요?"

"죽어주는 거지."

"자살은 못합니다. 자살하면 하나님께 갈 수가 없잖아요."

반짝 여자의 눈에 독기가 서렸다. 미움이 묘하게 얽힌 가시돋친 눈이었다. 입을 참새 주둥이처럼 뾰족 내미는 것은 어려운 결단을 내릴 즈음에 항상 보이는 표정이었다. 남자는 이런 여자의 특성을 잘 알고 있기 때문에 더욱 애처로운 얼굴을 하면서 동정을 받아내려고 여자의 어깨를 감싸안았다.

"당신이란 여자를 나는 존경해 왔어. 이제 마지막 부탁이야. 나를 힘있게 밀어줄 수 없겠어? 이 길만이 당신이 그토록 사랑하는 아기와 내가 살 길이고, 또한 당신도 이 일로 인해서 보람을 느낄 거야. 당신이 하나님 앞에 섰을 적에 분명히 하나님은 잘 했다 칭찬할 것이 확실해. 당신은 언제나 그랬지. 하나님의 일이라면 아골 골짝 빈들에라도 간다고 말이야. 제발 내 말을 들어줘."

여자는 깊은숨을 두어 번 내쉬고는 결단을 내린 듯 몸을 추스렀다. 오랜 투병생활로 뼈만 앙상하게 남은 여자의 몸이 한 번 툭 건드려도 금세 풀썩 쓰러질 듯했다. 휘잉 찬바람이 두 사람이 앉아 있는 곳으로 오더니, 갑자기 작은 회오리바람이 되어 동글동글 직각으로 곧추섰다가 산개울이 흐르는 골짜기로 빠져 사라졌다. 여자의 치맛자락이 바람에 방향을 잡지 못하고 날렸다. 바람 탓일까. 여자의 뺨에 오돌오돌 닭살이 돋았다. 한참 동안 입술을 잘근잘근 씹던 여자가 마침내 입을 열었다.

"아기를 잘 길러준다는 조건으로 수락하겠어요. 그 여자가 친자식처럼 내 딸을 잘 길러준다면 전 모든 걸 당신의 말에 순종할 테니까 그렇게 하세요."

남자의 얼굴이 기쁨을 감추지 못해서 벌겋게 달아올랐다.

"당신이란 여자는 참말로 위대하다고. 하나님도 기뻐하실 거야. 홀아비로 살자니 얼마나 힘이 드는 줄 알아? 여자가 없다는 것은 집안이 지옥이 되는 거야. 방, 마당, 부엌이 온통 쓰레기통으로 변해버렸으니까 말이야. 집안에는 여자의 손길이 있어야 살아갈 수 있다는 것을 시간이 흐를수록 절실하게 깨닫게 되었어. 어차피 죽을 당신이니 이럴 수밖에 없지 않아? 당신을 기다린다 한들 세월만 낭비하는 셈이니 어떻게 하겠어. 당신이 내 마음을 이해할 수 있었으면 좋겠다. 이제 당신이 내린 결단으로 날 살린 셈이야."

여자는 남자가 무어라 말하든 상관치 않고 천천히 몸을 돌려 기도원으로 가려고 두어 걸음을 떼어놓았다가 현기증이 나는지 털썩 주저앉으면서 머리를 감싸안았다. 남자는 여자를 부축할 생각도 않고 동쪽 하늘을 향해 번쩍 두 손을 치켜들고 기지개를 켰다. 길고 어려운 숙제를 풀고 난 뒤처럼 남자는 의기양양했다. 여자는 그 남자를 뒤로하고 비틀거리면서 다시 일어나 기도원으로 통하는 가파른 산길을 기어올랐다. 남자가 여자의 등을 향해 소리쳤다.

"보름 뒤가 장례식이야."

장례식이란 말에 여자는 기어오르던 동작을 멈추고 뒤를 돌아봤다. 무슨 뜻인지 몰라 잠시 멍한 눈길을 아래로 던졌다.

"당신이 죽은 걸로 널리 알리고 빈 관을 가지고 장례식을 치를 테니까 그리 알라고. 그래야 기를 펴고 일을 하지. 아직 숨이 붙어 있는 아내를 기도원에 두고 장가갈 수는 없는 일 아냐? 그리고 이건 꼭 명심하라고. 호적에서 이름을 지워버릴 테니 그리 알아. 당신은 죽은 사람이야. 내 말 알아들었어? 당신을 진찰했던 의사가 내 절친한 소꿉친구인 걸 당신도 알지? 그에게 협조를 구하면 되니까 사망증명서를 떼는 것은 어렵지 않아. 기도원장하고도 이야기가 끝났어. 당신이 죽으면 이곳 양지바른 곳에 매장을 잘 해달라고 말이야. 돈도 듬뿍 주었으니까 살아 있는 동안 당신을 섭섭하게 하지는 않을 거야. 당신 병이 아무리 오래 살아도 한 달이나 가겠어? 의사의 말로는 지금 살아 움직이는 것이 기적이라고 하더군. 지금 당장 그 자리에서 죽는다 해도 놀라지 않을 거라고 했어. 그만큼 당신의 생명은 죽은 거나 마찬가지야. 아기와 내게 착한 일을 베풀어 주어서 정말 고마워."

여자는 산길을 다시 더듬어 올랐다. 그리고 중얼거렸다.

'죽은 여자라, 호적에서 이름까지 삭제되고 이 세상에서 없어져 버린 여자라. 그러면 지금 살아 있는 이 호흡은 무엇이란 말인가. 코끝에 호흡이 있다는 건 살아 있다는 증거인데 이걸 어쩌지? 그러나 딸이 새엄마를 얻어 잘살 수 있다고 하지 않는가. 어미를 잘못 만나 고생하는 불쌍한 것. 새엄마란 여자가 공부도 많이 하고 부잣집 딸이라니 너를 금이야 옥이야 길러줄 것이다. 그렇게라도 넌 행복한 삶을 살아야 한다. 이 세상에서 행복하게 살아야 할 권리가 너에게는 있다. 이 어미는 아예 잊어버려다오.'

기도원으로 돌아온 여자는 밤새워 제단 앞에 엎드려 있었다. 이제 세상에서는 죽은 여자로 공포가 되었으니 산을 내려갈 수도 없었다. 이렇게 기도하다가 숨을 거두면 되는 것이다. 이름도 이 세상에서 완전히 지워서 호적에서 삭제해 버린 여자가 아닌가. 온전히 하나님만 바라보면서 온몸을 그에게 맡겼다. 굶으면서 물만 먹고 열흘을 넘겼다. 아프던 몸이 편안해지기 시작했다. 참으로 놀라운 일이었다. 죽기를 고대하고 있는 여자의 마음에 찬란한 햇살이 내려앉기 시작했다. 온전히 자신을 버린 그녀는 새살이 돋아나듯 새사람이 되는 기분이 들었다. 세상이 아름답게 그녀 앞에 펼쳐졌다. 이렇게 아름다운 세상이 있다니! 이렇게도 찬란한 햇살이 내 옆에 있었다니. 이름도 육체도 이 세상의 기록에서 말살된 여인의 몸에서는 향기가 나기 시작했다. 기도원장도 요상한 표정을 지으면서 여자를 훔쳐보기 시작했다. 오늘, 내일 죽을 걸로 알던 병 깊은 여자였다. 오래 살아야 한 달을 넘기기 어렵다고 의사가 말했는데 여자의 육체가 파릇파릇 살아났다.

남자가 기도원을 떠난 지 보름이 되는 신새벽. 여자는 남장을 하고 기도원을 몰래 빠져나왔다. 기도원에서 막일을 하고 있는 남자의 옷을 슬쩍 입고 나온 것이었다. 바짓가랑이가 길어서 두 번 턱 접었다. 몸이 워낙 왜소한 기도원 일꾼이 걸치던 옷이라 입성이 그다 사납게 보이지는 않았다.

여자가 남자의 집에 이르렀을 적에는 한참 곡소리가 밖으로 새어나왔고 구경꾼들이 꾸역꾸역 모여들었다.

"사모님이 드디어 돌아가셨군. 아이쿠! 불쌍해라. 고생만 하다가 가셨어. 그래도 목사님이 이만큼 교회를 일으킨 것은 그 사모님의 수고가 아니겠어? 무거운 옷보따리를 이고지고 방방곡곡을 다니면서 장사를 해서 어깨가 한쪽으로 빼딱하게 기울고 걸음걸이도 비트적거려서 겉으로 보기에도 안쓰러웠는데 불쌍해라. 가엾어서 어떡하지? 아이쿠, 우리 사모님……."

모여앉은 할머니들이 치맛자락으로 얼굴의 콧물과 눈물을 닦고 있었다.

"좋은 세상으로 잘 가셨어. 하나님 앞에서 생명의 면류관, 승리의 면류관을 받아 쓰고 여길 내려다보고 계실 거야."

남장 여인이 안을 기웃거렸다. 거기 남자가 서 있었다. 수건으로 연신 눈가를 훔쳐가면서 슬퍼서 죽겠다는 듯 어깨를 들먹거렸다. 조문객들이 다가와서 위로하자 슬픔을 참지 못한 남자는 아내가 담긴 관을 끌어안고 꺼이꺼이 통곡하는 바람에 사람들의 오열이 물결쳤다.

"사모님을 얼마나 사랑했으면 저렇게 우는 것일까. 그래도 죽은 우리 사모님은 복이 많아. 나도 죽으면 내 남편이 저렇게 울어줄까."

젊은 아낙들이 이렇게 수군덕거리면서 연신 수건을 얼굴로 가져갔다. 그들 틈에 끼여 섰던 남장 여인이 앞쪽으로 비집고 들어가더니, 관을 부둥켜안고 서럽게 울고 있는 남자의 어깨 위에 가만히 손을 얹었었다.

정월 보름 다음날, 겨울 햇살을 타고 교회와 사택에서 흐느끼는 사람들의 슬픈 울음소리가 온동리 사방으로 퍼져나갔다. 교회가 자리잡은 곳은 그날 벌어 그날 먹고 사는 사람들이 모인 달동네였다. 더러는 막노동으로 돈을 긁어모아 허름한 집이라도 소유한 것이 감사하고 좋아서 기쁨을 감추지 못하는 착한 사람들이 모여 사는 마을이었다. 그런 바탕을 지녔기 때문에 저들의 슬픔은 자신의 친척이나 피붙이를 잃은 것이나 다름없었다. 더구나 빈촌에 들어와서 목회를 하는 목사의 아내가 고생만 하다 죽었으니, 그들의 마음은 걷잡을 수 없을 지경으로 치달아서 더러는 땅을 치면서 통곡했다. 제 엄마가 죽은 줄도 모르고 이웃의 젖을 실컷 얻어먹은 아기가 방긋방긋 웃어대는 것이 사람들의 눈물선을 자극해서, 젊은 아낙들의 흐느낌이 담을 넘어 맑고 청정한 겨울 하늘 속으로 빨려들어갔다.

"어린것을 두고 어떻게 눈을 감았을까. 우리 하나님도 너무하셨어. 나이 많은 나 같은 것이나 데려갈 것이지 이제 피어나는 꽃 같은 나이의 사모님을 데려갈 것이 무어냐고. 아이고, 아이고! 우리 사모님 가엾어라. 우리 목사님 불쌍해서 어쩌지."

팔순을 앞둔 할머니들의 넋두리에 이어 남자들도 무뚝뚝하게 한 마디씩 내뱉었다.

"차마 두 눈 뜨고 못 보겠군. 쯧쯧……, 저걸 어쩌지."

설마했던 남자는 불청객 여자가 나타난 것을 알아차렸다. 관을 끌어안고 피를 토하듯 울어대던 남자는 어깨에 손을 얹고 있는 남장 여인을 민첩하게 잡아끌고 바로 옆에 자라잡고 있는 사택 안방으로 들어갔다.

"쉬이! 어쩌자고 당신이 여길 왔어? 당신 진짜로 이렇게 약속을 깰 것이야? 이젠 돌이킬 수도 없는 지경까지 우린 와 있어. 당신 정말 내 말이 무슨 뜻인지 모르겠어?"

"여보! 내게 기적이 일어났어요. 병이 나았어요. 당신이 떠난 뒤에 열흘 금식하는 동안 하나님의 손이 나를 고쳐주셨어요. 저를 보라고요. 위에 딱딱하게 만져지던 암덩어리가 잡히지 않아요."

여자가 일어나서 안방을 한 바퀴 날렵하게 원을 그리면서 돌았다. 여자를 벌건 눈으로 훔쳐보던 남자의 눈이 독기를 뿜었다.

"날 무엇으로 만들려고 당신 이러는 거야? 그간 나를 괴롭힌 것으로 족하다고 생각하지 않아? 제발 여길 떠나줘. 이제 다 끝난 일이야. 빨리 떠나라니까. 내 앞에 영원히 돌아오지 말라고."

"그래서 당신의 체면을 생각해 이렇게 남장을 하고 왔

잖아요. 우리 도망가요. 멀리멀리 달아납시다. 내가 살아 왔기 때문에 당신의 입장이 난처하다면 장례식을 치른 뒤에 아기랑 우리 세 식구 멀리 도망가자고요. 깊은 산속에서 농사를 짓고 살아요. 화전민으로 살면 되잖아요. 산속에 버려진 사람들에게 복음을 전해요. 꼭 도시 목회만 하라는 법은 없잖아요. 산골을 찾아다니면서 쪽복음을 전하고 우리 손으로 수고한 감자랑 콩, 옥수수, 조를 양식삼아 먹고 살자고요. 사랑하는 우리 딸을 우리 손으로 귀엽게 기르자고요."

그때 밖에서 문을 두드리는 손길이 바빴다.

"목사님! 빨리 나오세요. 예식을 집도할 목사님이 오셨어요. 성가대원들도 다 모였고요. 벌써 장례식을 치를 시간이 15분이나 지났습니다. 목사님이 방에 들어가 우시느라고 못 나오신다고 성도들이 얼마나 울어대는지 교회 안이 울음바다입니다."

남자는 여자의 입을 손으로 틀어막고는 곧 죽일 것 같은 무서운 눈을 하고 험악한 표정을 지으면서 명령했다.

"기도원에 가 있어. 장례식을 치르고 올라갈 테니. 알았어?"

남장 여인은 방바닥에 털썩 주저앉았다. 방안을 둘러보니 그녀의 손때가 묻은 물건들은 하나도 없었다. 아랫목에 깔린 요는 청색 테를 두른 붉은 바탕에 뭉클뭉클 피어오르는 목단꽃을 수놓아서 신혼 방처럼 화사했다. 윗목에 놓인 장롱도 꽤 값져 보였다. 그녀가 보따리를 이고 다니면서 사놓은 허름한 세간들은 깡그리 없어지고, 기름이 자르르 흐르는 가구들로 안방은 요란한 치장을 하고 있었다.

'아아…… 나는 이미 이 집안에서 사라져 버렸구나. 이 방은 내가 살았던 데가 아니야. 모두가 낯설다니까.'

여자는 넋을 잃고 집을 빠져나와 교회로 향했다. 울음소리가 진동하는 장례식장 한구석에 팔짱을 끼고 눈을 지그시 감았다. 눈물이 줄줄 볼을 타고 흘러내렸다. 만약 내가 여기 살아 돌아왔소, 하고 외친다면 어떻게 될까. 걷잡을 수 없는 마음을 누르느라고 이를 악물었다. 관이 차에 실리는 것을 보면서 여자는 교회를 빠져나왔다.

귓가에 맴돌던 울음소리도 차츰 겨울 바람을 타고 멀리 하늘 속으로 빨려 올라가듯 사라져 버리고, 혼자 서울의 분요(紛擾)한 거리에 섰다. 어디로 갈까. 여자는 잠시 머무적거리다가 터벅터벅 걷기 시작했다. 자신도 모르게 여자의 발길은 사택으로 향했다. 그러나 사람들에게 둘러싸여 있는 아기를 보는 순간 여자는 맥없이 돌아섰다.

'아기를 위해, 남편을 위해.'

여자는 기도원으로 돌아와서 망부석처럼 날마다 아래 세상으로 뚫린 길을 향해 앉아 있었다. 하루가 가고 이틀이 가고 한 달이 가고 계절이 바뀌었다. 산야에 가을이 덮이면서 산꼭대기에 있는 나무들이 잎을 다 떨구었다. 그래도 여자는 날마다 문을 열어놓고 하염없이 밖을 내다보고 있었다. 산새가 나뭇잎을 스치고 지나가도 벌떡 일어서서 신을 신는 모습을 숨어서 지켜보던 기도원 원장이 다가왔다.

"지나간 일을 다 잊으세요. 이제 어떻게 하겠습니까? 소문에 듣자니 벌써 목사님은 새장가를 들어 잘살고 있다고 합디다. 장례식을 치른 뒤에 사람들의 마음이 동정과 사랑으로 변해서 교인들이 폭발적으로 불어나고 있다는 소문을 들었습니다. 아침 7시, 9시, 11시 이렇게 세 번 3부로 예배드려도 모자라서 성전을 크게 다시 짓고 있답디다. 그러니 지난날들은 잊으세요. 어쩌겠습니까."

"그래도 한 번쯤은 절 찾아와 주는 것이 도리가 아닐까요? 그 사람이 장례식에서 제게 약속을 했거든요. 꼭 기도원에 절 만나러 온다고 약속했어요. 그걸 어길 리가 없어요. 우리가 어떻게 만나 고생을 하며 개척한 교회이고, 처음 만나 얼마나 사랑했던 부부였는데, 설마……."

"솔직이 말씀드리겠습니다. 사모님의 장례식 뒤에 제가 전화를 받았습니다. 살아 있는 동안 생활비를 대줄 터이니 편하게 모시라고 합디다. 해서 지금 매달 돈을 받고 있습니다. 아무 걱정 마시고 교회와 남편과 자식을 위해 기도하시면서 여생을 이 기도원에서 보내시기 바랍니다."

여자는 그렇게 말하는 기도원장의 입을 쳐다보면서 깊고 깊은 나락으로 한없이 떨어져내리는 기분이었다. 밑모를 안개 속으로 떨어져내리듯 아득했다. 정신이 아물아물해지면서 온몸의 기운이 다 빠져나갔다. 여자는 옆으로 쓰러져 버렸다.

“그래도 한 번쯤은 절 만나보는 것이 인간의 도리가 아닐까요?”

“일이 이상하게 진행됐습니다. 의사의 말로는 한 달을 넘기기 어렵다고 했는데 이렇게 살아났으니 기적입니다. 분명 하나님의 섭리가 있을 것입니다. 일생 여기 사시면서 기도의 여종이 되는 길밖에 없습니다. 인간의 생각과 하나님의 생각이 이래서 다른 것이지요.”

“그럴 수는 없습니다. 여기서 어떻게 일생을 보냅니까?”

여자는 격렬하게 흐느껴 울기 시작했다. 앞으로 긴긴 세월을 여기서 이렇게 지낼 생각을 하니 숨이 막혔다. 세상이 그리웠다. 자식이 보고 싶어 견딜 수가 없었다. 사랑했던 사람들과 인연을 끊고 이렇게 산을 향해 홀로 앉아 기도나 하라고. 아무리 생각해도 여기서 이렇게 앉아서 죽을 수는 없었다.

여자는 기도원을 나섰다. 이번에는 남장을 하지 않고 나섰다. 그러자 기도원장이 여자의 손을 잡고 늘어졌다.

“남편을 위해, 그리고 그분이 성공적으로 부흥시키고 있는 교회를 위해 이렇게 나가지 마십시오. 그분은 성직자가 아닙니까. 한 사람의 유능하고 영향력 있는 제사장을 키우기 위해 주위의 많은 사람들이 희생하는 것은 당연한 일이니 몸 바쳐 제물이 되십시오. 그분의 목회를 위해 기도하면서 구도자의 자세와 마음을 지니고 살아야 합니다. 그게 하나님이 원하시는 길입니다."

"아무리 생각해도 이런 제물은 더러운 것입니다. 이런 거짓투성이 헌신을 하나님이 받아들이지 않을 것입니다. 가서 시정해야 합니다. 그렇게까지 목사의 길을 꼭 걸어야 합니까? 도덕적으로, 양심적으로 하나님 앞에 가증한 죄를 짓고 어찌 강단에 서서 설교를 합니까?"

여자는 기도원장의 손을 뿌리치면서 악을 썼다. 그렇게도 다소곳하고 얌전하던 여자의 어디에 이런 무서운 힘이 숨겨져 있었을까. 원장은 잠시 머쓱해서 물러서 있다가 다시 여자의 손을 우악스럽게 잡았다. 여자는 원장의 손에 잡혀서 방안으로 끌려들어갔다.

"실은 당신을 내게 맡겼습니다. 솔직이 말하자면 저와 부부가 되라고 허락했습니다. 그렇지만 제 나이가 칠십을 넘었기에 미안해서 언젠가 당신의 마음이 돌아서기를 기다리고 있는 중입니다."

여자는 기가 막힌다는 듯 눈을 동그랗게 뜨고 기도원장을 노려보았다. 가쁜숨을 내쉬면서 한참 노려보던 여자는 짐을 꾸리기 시작했다. 일 년이 넘도록 살아오면서 불어난 짐이 제법 컸다. 여자는 큰 눈뭉치를 다루듯이 짐을 방안에서 굴려서 밖으로 내놓았다. 그러자 기도원장이 파리손을 해가면서 빌었다.

"전 감히 제 아내가 되어달라고 강요하지 못합니다. 그

저 제 곁에 있으면서 부엌일이나 조금씩 봐주고 여기 찾아오는 사람들을 위해 기도해 주면서 지내십시오. 제가 얼마나 살겠습니까. 제가 죽은 뒤에 이 기도원을 인수받으세요. 그리고 세상을 위해 기도하는 여자 제사장이 되어 살아가는 것도 하나님이 기뻐하시는 일이 아니겠습니까."

원장의 말을 귓전으로 흘리면서 여자는 기도원을 등지고 아래 세상을 향해 발을 내디뎠다. 간신히 서울에 왔으나 수중에는 당장 저녁 먹을 돈 한푼이 없었다. 여자는 역 근처 음식점에 들어가 허드렛일을 하면서 밥을 얻어먹었다.

2

여자에게 어느 정도 돈이 모이기까지 이 년이란 세월이 흘렀다. 그야말로 이를 악물고 번 돈이었다. 아기를 찾아 떳떳한 엄마로 서겠다는 결심이 그 험한 일을 견디게 했다. 여자는 용기를 내어 떠나온 교회를 찾아갔다. 주일 저녁예배가 한참 진행되는 성전 안은 빈자리가 없을 정도로 사람들로 가득 찼다. 그녀는 어릿어릿 뒤에서 서성거리다가 간신히 사람들 틈을 비집고 앉았다. 성가대에 앉은 사람들을 헤아려 보니 백 명이 넘었다. 모두 낯선 얼굴들이었다. 그녀가 처음 개척했을 당시 가난했지만 착했던 그런 얼굴들을 찾아볼 수 없었다. 그러고 보니 그간 교회 주위의 집들이 저택으로 변했고, 교인들이 입은 옷들은 고급스러웠다. 그들과 비교하니 여자는 너무 초라했다. 걸친 옷이 남루해서 자꾸 머리가 숙여졌다. 옆에 앉은 사람이 여자를 피해 몸을 옴츠리는 것을 보니 날마다 설거지통에 담근 손에서 시궁창 냄새라도 나는 것일까. 주눅이 잔뜩 든 여자는 떳떳하게 얼굴을 들지 못했다. 부엌에서 막일할 적에 신었던 털신에 낀 음식 찌꺼기가 부끄러워서 두 발을 의자 밑에 밀어넣었다. 여자의 손은 막노동으로 거칠었고 물속에 항시 담그고 있던 탓에 퉁퉁 부어올라 죽은 붕어의 배때기처럼 보였다. 기름기 없이 푸수수한 파마머리는 화장기 없는 까칠한 피부를 더 추레하게 보이게 했다.

우렁찬 찬양이 울려퍼졌다. 성가대의 곡은 찬송가처럼 귀에 익은 찬양이 아니었다. 우렁차고 웅장하고 고결하고……. 아아! 여기는 우리 같은 서민들이 오는 곳이 아니구나 하는 생각으로 여자는 자꾸 오그라들었다. 그전처럼 허름하게 차려입고 눈물콧물 흘려가면서 기도하는 곳이 아니었다. 옷자랑을 하는 곳이요, 돈자랑을 하는 곳이요, 자신들이 받은 복이 넘치건만 그 위에 더 많은 축복을 받으려고 탐욕스럽게 앉아 있는 사람들이 가득 모인 곳이었다. 가난하고 버림받은 민초들의 교회가 아니요, 이미 축복을 넘치게 받아 주체 못하고 있는 사람들이 탐욕스럽게 더 많은 복을 받으려고 덤벼드는 귀족 교회로 변신해 있었다.

거북살스러울 정도로 거룩한 예배 분위기에 기가 푹 죽은 여자는 찬양대의 찬양이 끝나기 전에 자리를 박차고 일어섰다. 안내위원의 위엄 있는 눈이 어서 앉으라고 겁주는 시늉을 해서 여자는 비실비실 주저앉았다. 바늘방석에라도 앉은 듯 여자는 불편해서 몸을 비틀었다. 깊은 산의 맑은 공기에 익숙해 있는 탓인지, 교회 안의 공기는 한참 썩고 있는 퇴비 냄새 비슷해서 여자는 손바닥으로 입을 막았다.

설교단에 선 목사를 보는 순간 여자는 얼어붙어 버렸다. 살이 찌고 기름기가 도는 목사의 얼굴을 보는 순간 고개를 갸웃거렸다. 전혀 타인처럼 느껴졌다. 저 사람이 나와 함께 살을 맞대고 살았던 남자란 말인가. 도저히 믿어지지 않을 정도로 남자는 변해 있었다. 위엄이 있고 권위가 있으며 목소리도 걸걸하고 기름졌다.

예배가 끝난 뒤에 여자는 군중들 틈에 끼여 밀려나왔다. 입구에는 목사와 사모가 나란히 서서 인사를 했다. 우아하고 교양이 넘쳐 흐르는 사모를 보는 순간 여자는 움찔했다. 그때 목사와 눈이 마주쳤다. 여자는 우뚝 버티고 서서 목사의 두 눈을 뚫어져라 응시했다.

밀려나오는 사람들이 여자의 등을 밀어서 몇 발자국 앞으로 갔다. 더 밀리지 않으려고 여자는 두 다리에 힘을 주면서 연신 고개를 목사 쪽으로 돌렸다. 여자의 눈과 목사의 눈이 부딪혔다. 순간 뼛속까지 파고드는 미움의 빛이 둘 사이에서 부딪혀 찰나적으로 번뜩했다. 여자의 눈에서나 목사의 눈에서 똑같이 증오로 이글거리는 무서운 독기가 뿜어나왔다. 이상스러운 기운을 감지했는지 옆에 서 있던 사모가 목사의 얼굴을 의심쩍은 눈으로 흘겨보았다. 사모의 마음을 읽은 목사는 짐짓 부드럽고 후덕하고 사랑이 넘치는 표정으로 되돌아갔다. 손은 연신 나오는 성도들과 악수를 하고 의젓하게 목에 힘을 주면서, 목사는 모두가 들을 수 있는 음성으로 사모를 향해 말했다.

"이 여자가 나에게 상담을 요청하는 것 같군. 당신 먼저 집에 들어가 있어요. 여자의 눈빛을 보니 그냥 두면 자살이라도 할 것 같아. 사탄의 세력이 온몸에서 넘쳐나는 것을 당신도 감지할 수 있지? 이 밤을 넘기면 불쌍한 영혼이 될 것 같군."

밀려나오는 성도들이 이런 말을 듣고는 존경어린 시선으로 목사와 사모를 우러러보았다.

그때 여자는 이렇게 외쳐야 한다는 생각이 들었다.

'야! 이 더러운 놈아. 네가 감히 어떻게 강단에 서서 거룩한 하나님의 말씀을 외칠 수 있어? 거기서 당장 내려와서 목사직을 내놓고 모든 사람들과 하나님 앞에서 회개하고 용서를 빌어야 하는 것 아니냐. 이 나쁜 놈아!'

마음과 입에서는 강하게 단죄를 외치기를 바랐지만, 밀려나오는 인파의 거센 힘에 눌려 자라처럼 목이 움츠러들었다. 여자는 주춤 멈춰 서서 목구멍까지 올라오는 절규의 충동을 억누르느라고 가녀리게 몸을 떨었다. 속에서 솟구치는 무서운 힘을 가눌 수가 없어 얼굴빛이 희게 질려버렸다. 독을 푼 쑥물로 많은 영혼을 죽이고 있는 목사를 고발하면서 다음과 같이 외쳐야 하는 것이 아닐까.

'여기 모여 있는 많은 성도들이여! 제 말을 들으십시오. 제가 바로 이 목사의 본처입니다. 전 죽지 않았어요. 이 목사의 더러운 모략에 말려들었어요. 빈 관으로 장례식을 했고, 본마누라인 날 죽었다고 여러분들을 속이고 첩을 얻은 목사입니다. 칠계를 범한 목사입니다. 이 목사에게 돌을 던져야 합니다. 침묵하지 마십시오. 입을 열어 외쳐야 합니다. 순종이 미덕이라고 배웠기 때문에 의(義)롭지 않는 것까지 모두 참고 입을 열지 않으면 장차 이 나라의 교회들은 어디로 갈 것입니까. 먼 훗날 한국 교회가 치료할 수 없이 곪아 썩어문드러질 것입니다. 하나님도 이 모든 걸 보시고 참다못해 언젠가는 분노의 채찍을 들 것입니다. 모든 성도들의 영혼을 죽이는 이 더러운 목사를 고발합니다. 그래야 이 나라가 복을 받을 것입니다. 그렇지 아니하면 머지않아 무서운 하나님의 심판과 재앙이 이 민족과 나라에 임할 것입니다.'

여자는 이 말을 속으로 외치며 목사를 향해 마주서서 꼼짝하지 않았다. 거미줄에 걸린 모기처럼 여자의 눈에 눌려서 머무적대는 목사를, 우아하고 품위 있는 미소를 지으며 서 있던 사모가 흘끔 노려보았다. 사태를 수습하느라고 사모가 주위의 눈치를 보면서 짐짓 누구나 알아들을 수 있는 목소리로 말했다.

"이 여자 정신이 온전하지 않은 것 같군요."

어찌해야 할지 몰라 망설이고 있던 목사는 사모의 말에 정신이 든 듯 동정어린 눈으로 여자에게 큰 소리로 말했다.

"목사란 언제나 이런 일을 당하는 것 당신도 알잖아. 그래서 목사직이 힘들다는 거야. 강단에 서면 모든 목사는 여자들의 연인이 된다고 당신이 그랬잖아. 홀로 된 여자나 시집을 못 간 늙은 처녀들, 게다가 부부싸움이 잦은 여자들은 교회 와서 설교를 들으면서 설교 내용보다 목사님을 사랑하는 열병에 빠진다고들 하더군. 맞는 말이야. 그래서 이 자리가 참으로 힘들다고 목사들이 모이면 이구동성이야."

장로들이 모여들었다. 안수 집사들도 왔다. 차츰 호기심을 숨기지 못하는 사람들이 목사와 사모, 이상하게 돌아버린 여자 주위를 두꺼운 울타리를 만들면서 둘러섰다. 여차하면 미친 여자를 잡아채서 팽개칠 듯한 기운이 감돌았다. 키가 크고 몸집도 거대한 청년이 사람들의 벽을 뚫고 들어왔다. 합기도라도 한 사람들일까. 거구에 어울리지 않게 동작이 날렵했다. 목사의 보디가드 중의 한 사람이 무섭게 여자를 노려보면서 목사의 의도를 타진했다.

"끌어낼까요?"

"내가 처리할 테니 자네는 잠잠히 있어."

보디가드를 알아본 장로님들이 웅성거렸다.

"어어! 자네 잘 왔어. 꼭 옆에 붙어 있으라고 했는데 어딜 갔었나. 자네가 보이지 않으면 항상 이런 불상사가 생긴다고."

장로가 나무라는 투로 언성을 높였다. 다가오는 위협을 감지한 여자가 이를 드러낸 맹수처럼 돌변해서 목사의 가슴을 향해 돌진했다. 그건 예기치 못한 일이었다. 여자는 목사의 가슴을 쥐어뜯으면서 소름이 끼치도록 날카로운 목소리로 외쳤다.

"양의 탈을 쓴 이리 같은 놈아! 너 더러운 사탄아! 나사렛 예수 이름으로 명하나니 물러갈지어다. 물러갈지어다. 물러갈지어다."

여자가 무서운 힘으로 목사의 얼굴을 두 손으로 할퀴는 바람에 사람들의 입에서는 입에 담을 수 없는 징그러운 말들이 쏟아져나왔다.

"저 미친년을 죽여라!"

"정신이 돈 여자를 끌어내라!"

"마귀 들린 여자를 성전 밖으로 던져버려라!"

"음란 마귀가 교회 안으로 기어들어왔구나!"

순간 몸집이 큰 청년의 우악스러운 손이 여자의 얼굴을 강타했다. 그래도 여자는 목사의 넥타이를 잡은 손을 놓지 않고 붙들고 늘어졌다. 죽음을 각오한 몸짓이라 독이 오른 독사처럼 전신에서 파란 빛이 확확 뿜어나왔다. 목이 졸린 목사의 얼굴이 새파랗게 질렸다. 육중한 청년의 주먹이 여자의 얼굴을 수차례 짓이기자 얼굴에서 피가 줄줄 흘러내렸다. 장로 한 사람이 여자의 머리채를 잡아끌면서 등을 세차게 구타하기 시작했다. 거머리처럼 들러붙은 여자를 잡아떼느라고 성전 앞은 온통 아수라장으로 변했다. 개처럼 두들겨맞은 여자는 성전 입구에 쓰러져 버렸다. 얼굴을 위로 향하고 반듯이 누운 여자의 얼굴에서 피가 쉴새 없이 흘러내렸다. 산발한 머리는 이마 위에 어지럽게 흩어져서 그야말로 사람의 모습이 아니었다.

"이상도 하지. 돌아가신 사모님의 얼굴을 꼭 빼닮았어. 사탄이 사모님의 모습을 하고 교회로 기어들어왔군 그래."

"쯧쯧……, 죽어 이미 땅속에서 백골이 되어버린 사모님이 어떻게 살아날 수가 있겠어? 기도해야겠어. 교회가 부흥하니 사탄이 슬슬 작업을 시작하는군. 아이쿠! 모두 정신을 차리고 철야를 하고 통성 기도하면서 이겨야지. 저게 기어들어오면 우리 교회는 빠개져버릴 거야."

"우리 목사님 힘드셔서 어떻게 하지? 위로해 드려야지. 사모님도 힘들겠다. 어쩌지? 우리 모두 오늘 밤 모여서 철야를 하자. 기도하면 저런 마귀는 꼼짝 못하고 물러가버려."

"음란 마귀가 있다는 걸 육안으로 보라고 그 본모습을

하나님이 우리에게 보여주고 있어. 저게 바로 상사마귀와 음란마귀의 모습이다. 모두 똑똑히 보라고. 상식을 벗어난 행동을 하고 있잖아."

죽은 듯이 누워 있는 여자를 향해 한 마디씩 퍼붓는 말이 그녀의 귓속으로 모두 가시처럼 박혔다. 미친 여자를 보려고 모여든 사람수가 점점 늘어나자 목사는 흐트러진 몸매무새를 만지면서 권위가 뚝뚝 흐르는 목소리로 군중을 향해 외쳤다.

"여기 잃어버린 한 마리의 양이 있습니다. 제가 여기 있는 것은 이런 양을 위함이 아니겠습니까? 우리 예수님은 백 마리의 양 중에서 잃어버린 한 마리의 양을 찾아나섰답니다. 이 여인에게 돌을 던지지 마십시오. 제가 돌보겠습니다. 여러분들! 구경만 하지 마시고 이 가여운 여인을 어서 병원으로 옮기시기 바랍니다. 이 여자를 긍휼히 여기고 잘 돌봐야 합니다. 우리 모두 착한 사마리아인이 되십시다. 우리는 하나님을 믿는 사람들이 아닙니까? 우리의 착한 행위로 천국에 가서 상을 받을 것입니다."

그러자 둘러섰던 성도들이 발하는 감탄의 소리가 드높았다. 마치 천군천사들이 화답하는 소리 같았다.

'이런 목자를 둔 우리들이 복이 있습니다.'

'우리 목사님 참으로 멋지고 훌륭하셔.'

'이런 목사님을 모신 교회가 세상에 우리밖에 없을 거야. 우린 복받은 사람들이야.'

'이러니 우리 교회에 날마다 성전이 좁을 지경으로 많은 사람들이 모여들고 부흥하는 것이 아니겠어?'

'오늘도 오십 명이 넘는 사람들이 등록하고 좋아서 야단이야. 이거 우린 정말 교회다운 교회에 다니고 있는 거야.'

'이렇게 마음이 성결하니 우리 목사님을 하나님도 사랑할 수밖에 없지.'

'목사님의 머리 위에 빛이 임해서 광채가 발한다는 소문이야. 금요일 밤 철야가 끝날 즈음 그런 빛이 목사님의 머리 위에 임한대요.'

성전 입구가 칭송의 소리로 웅성거렸다. 이런 군중들 사이를 비집고 들어온 앰뷸런스가 여자를 병원으로 실어 갔다. 여자와 구급차가 떠난 성전 입구는 뽀얀 먼지로 자욱했다. 사람들의 몸에서 떨어진 세상의 풍진일까.

3

일주일이 흐른 뒤 여자의 얼굴엔 아직도 시퍼런 멍이 살아 있고 상처에 피딱지가 더께로 앉아서 몰골이 말이 아니었다. 하지만 머리를 단정하게 빗고 성도들이 날라다 준 원피스와 반코트를 입은 여자의 모습에는 평안함이 서려 있었다. 병원 복도는 환자들의 조반을 실은 손수레를 끌고 다니는 종업원들과 바쁘게 차트를 들고 종종걸음치는 간호사들이 있을 뿐 입원실은 조용했다. 아직 이른 시각이라 방문객도 없었다. 조반이 담긴 쟁반을 들고 들어온 종업원이 단정하게 옷을 차려입은 여자를 향해 놀라움을 표했다.

"환자복을 벗으셨군요. 오늘 퇴원하시는 모양이지요?"

여자는 머리를 끄덕일 뿐 입을 열지 않았다.

"좋은 목사님을 만나서 병원비는 모두 그분이 지불하셨어요. 정신차리고 새사람이 되어서 새로운 인생을 살아가세요. 어쩌자고 교회에 가서 난동을 부리셨습니까? 거룩한 곳에서 말입니다. 그것도 세상 사람들과 다른 거룩한 목사님을 향해서 그러면 어떡해요."

그간 매일 전화를 걸어 환자의 상태를 물어오는 목사의 성도 사랑에 감동했다는 간호사의 찬사에도 여자는 말이 없었다. '성전 앞에서 난동부린 미친 여자'란 제목으로 신문기사에까지 실릴 정도로 사랑이 넘치는 목사와 미친 여자의 이야기는 세간에 널리 알려진 사건이 되었다.

여자는 많은 간호사들과 의사의 인사를 받으면서 병원문을 나섰다. 찬란한 햇살에 눈이 부신지 여자는 현기증이 난 듯 비틀거렸다. 이런 여자의 팔을 잡아주는 사람이 있었다. 천천히 눈길을 돌려 팔을 잡은 목사를 알아본 여자의 눈이 잠시 혼란스럽다는 듯 흔들렸다. 그러나 일주일 전 팔팔하게 나댔던 기세는 사라지고 체념한 듯 여자는 희미한 눈빛으로, 자신보다 머리 하나는 더 큰 목사를 올려다보았다.

"우리 둘이 조용한 곳에 가서 잠시 이야기를 나눕시다."

목사는 무엇이 두려운지 주위를 둘러보면서 다급하게 말했다. 여자는 목사가 이끄는 대로 차에 올랐다. 두 사람은 서울을 빠져나가 북한강을 끼고 북쪽으로 내달렸다. 운전대를 잡은 목사의 손이 고생하지 않은 부잣집 여자 손처럼 갸름하고 매끄러웠다.

얼마를 달렸을까. 산속에 있는 조용한 음식점으로 가서 두 사람은 마주앉았다. 아침 식사를 비껴간 시간이라 식당은 썰렁하게 비어 있었다. 손님이라곤 두 사람뿐이었다.

"어쩌자고 산에서 내려온 거야? 일생 먹을 수 있는 돈을 기도원에 맡겼는데 거기 있지 무엇하러 교회에 왔느냐고. 내 잘못은 하나도 없어. 못된 병에 걸려 죽을 수밖에 없었던 당신을 살린 나를 나무랄 사람은 한 사람도 없단 말이야. 당신이 있었다면 이 교회가 이렇게 부흥할 수 있었겠어? 나는 하나님의 일을 하는 사람이야. 이 길만이 최선의 길이었어. 하나님도 내가 이렇게 충성한 걸 인정하고 기뻐하셔서 교회가 터질 지경으로 사람들이 모여들고 있어. 이런 마당에 당신이 나에게 초를 치려고 나타난 거냐고. 하나님의 일에 걸림돌이 되면 어떻게 되는지 몰라서 이래?"

목사의 목소리가 격앙해서 드높아졌다. 그간 병원에서 수없이 맞은 진정제 탓일까. 여자는 몽롱한 눈을 실실 감으면서 몸도 제대로 가누지 못했다.

"당신처럼 머리가 나쁜 여자에게 이번에도 반복해서 말하지만, 만약 내가 당신을 데리고 목회를 했다면 지금의 이 교회는 존재하지 않았을 거야. 목회도 때가 있는 법이지. 그러니 제발 이런 행동을 하지 말아줘. 당신이 죽지 않고 살아난 것은 우리 사이에서 태어난 딸아이를 위한 것이 아니겠어. 그 애는 당신의 기도가 필요하단 말이야."

딸이 거론되자 여자의 눈에 생기가 돌았다.

"제 딸을 한 번 보고 싶어요. 딱 한 번요."

"당신 미쳤어? 그 애를 본다니. 그 앤 지금의 엄마를 진짜 엄마로 알고 얼마나 행복하게 자라고 있는 줄 알아? 아이에게 혼동을 주지 말아줘. 호수처럼 잔잔한 아이의 마음에 파문을 일으키지 말란 말이야. 기른 정이 낳은 정보다 크다는 걸 모르는 모양이군. 일이 이렇게 된 걸 이제 어떻게 하겠어. 앞으로 당신이 할 일은 기도원으로 돌아가서 일생 목숨이 다할 때까지 이 교회와 나를 위해, 또 당신이 그렇게도 사랑하는 딸을 위해 여제사장이 되어서 기도해 주는 일뿐이야. 거기서 당신의 목숨이 다할 때까지 조용히 살아야지 당신뿐만 아니라 나와 딸이 편안해. 당신이란 여자는 이런 큰 목회를 감당할 사모감이 아니라는 점을 누구보다도 잘 알면서 왜 이러는 거야? 언제까지 내가 당신의 이런 횡포에 시달려야 하는지 미치겠어."

"멀리서라도 딱 한 번만 아이를 보고 가게 해주세요."

"절대로 그럴 수 없어. 당신이 그 애를 보면 울어대고 소란을 피울 터인데 그렇게 하면 일은 더 커져. 제발 날 살려줘."

목사는 가슴에서 돈이 담긴 두툼한 봉투를 꺼내놓고 일어섰다. 여자는 용수철처럼 튀기면서 일어나 돈을 목사 앞으로 밀어냈다. 그런 여자를 인상을 찌푸리며 목사가 노려보았다.

"한 시간 간격으로 버스가 오니 당신은 그걸 타고 가."

목사는 장교처럼 씩씩하게 명령하고 밖으로 나가 차를 몰고는 숲 사이로 사라졌다. 눈물이 그렁한 눈을 들어 창밖을 한참 동안 응시하던 여자가 무엇인가를 결심한 듯 입술을 잘근잘근 씹으면서 자리에 던져진 돈봉투를 거머쥐었다.

4

여자는 다시 교회로 향했다. 만날 사람이 생겼기 때문이다. 지난번 들렀을 적에 구름처럼 운집한 사람들 틈에서 여자는 용케도 개척교회 시절 고생했던 집사의 얼굴을 가려낼 수 있었다. 손톱에 시커먼 때가 끼도록 성전을 함께 돌봤던 사람이다. 개척 당시 배가 고파 굶주릴 적에 식구처럼 한솥밥을 먹은 사찰 집사였다. 오십 중턱의 나이였지만 가난에 푹 절은 남자는 앞니도 빠지고, 머리도 가르마를 중심으로 뭉떵 빠져버려서 귓가와 뒤통수에만 듬성듬성 머리가 남아 있는 것이 그제나이제나 변함이 없었다. 아내를 일찍 여위고 혼자 손에 딸 셋과 아들 둘을 기르느라고 박봉에 언제나 허기져 있던 사람이었다. 여자는 그 많은 식구들을 다 불러서 수제비를 끓이거나 보리밥을 해서라도 함께 끼니를 때운 적이 많았기 때문에 두 사람 사이는 아주 각별했다.

그 사람을 만나리라. 적어도 그 사람만은 나를 알아보고 많은 사람들 앞에서 증인이 돼줄 것이라 여겨졌다.

여자는 사찰 집사가 살고 있던 집을 더듬어서 달동네로 알려진 산기슭으로 걸음을 옮겼다. 가파른 산비탈을 숨이 턱에 차도록 헉헉거리면서 기어올랐다. 주위에 많은 판잣집들이 헐려나가고 거대한 새집들이 들어섰건만, 사찰이 살고 있는 산꼭대기에는 아직도 예전처럼 게딱지 같은 집들이 옹기종기 모여 있었다. 큰애가 고등학생이었으니 지금쯤 대학에 갔을 터이고, 그 아래 올망졸망 어린것들이 달렸으니 아마도 이사가기가 쉽지 않아 그 집에 그냥 살 것 같았다. 그 집 주위를 맴돌면서 조바심이 난 여자는 고개를 길게 늘이고 골목 구석구석을 살폈다. 그 집은 옛 자리에 그대로 있었다. 대낮이어서 그런지 집은 비어 있었다. 여자는 고갯길을 올라온 탓에 숨이 찼고, 아직 남아 있는 진정제의 약기운이 몸을 찍어 눌러서 정신까지 깊은 나락으로 빠져드는 것 같았다. 툇마루에 앉아서 연탄재와 쓰레기가 쌓인 쪽을 보았다. 낯익은 검은 플라스틱통이 한 쪽에 놓여 있었다. 그것은 그녀가 쓰레기나 잡스러운 것들을 담을 적에 쓰라고 준 그릇이었다. 마음이 놓였다. 이 식구가 아직도 이곳에 살고 있다는 뜻일 터였다. 방문은 허술해서 밀치자 힘없이 열렸다.

여자는 툇마루에 앉아 등을 벽에 기대고 약기운으로 잠이 들었던 모양이다. 참으로 길고 긴 단잠이었다. 정신을 가다듬고 사방을 두리번거렸다. 땅거미가 조그만 마당을 파고들어와 음산한 기운을 풍기며 밑으로부터 위로 기어올랐다. 누군가의 눈길이 집요하게 그녀의 얼굴에 멎어 있는 것을 감지하는 순간, 여자는 장승처럼 서 있는 남자의 눈길과 마주쳤다. 두 사람 사이에 잠시 어색한 기운이 서렸다.

"아아! 감재문 집사님. 절 알아보시겠어요?"

감 집사의 눈에 두려움이 서렸다. 한 걸음 뒤로 물러서면서 손사래를 쳤다. 휑해진 눈에 찬바람이 스친다고 생각하는 순간 감 집사는 입을 씰룩거리면서 울기 시작했다.

"저 죽은 것이 아니에요. 전 이렇게 멀쩡하게 살아 있어요."

여자가 다가가서 감 집사의 앙상한 오른손을 두 손으로 감싸 잡았다. 나이에 어울리지 않게 감 집사는 사시나무 떨듯 몸을 떨면서 제대로 얼굴을 들지 못했다. 이 사람도 죽은 사람이 나타났다고 믿고 있는 것일까. 다른 사람들처럼 귀신을 본다고 생각하고 있는 것일까. 유령이 나타난 걸로 알고 이렇게 겁을 먹는 것일까.

"전 귀신이 아니에요. 살아 있는 사람이에요. 전 이 세상 사람이라고요. 땅에 묻혀 썩은 것이 아니고, 이렇게 진짜로 살아 숨쉬고 있어요. 절 믿으세요. 우린 누가 뭐래도 알아볼 수 있잖아요."

감 집사의 눈에서 눈물이 볼을 타고 흘러내렸다. 이웃집에서 흐릿하게 스며나온 희미한 불빛에서 그 눈물은 빛을 발하듯 번들거렸다. 흐느낌을 삼키느라고 감 집사는 입에 힘을 주고 있었다.

"절 만져보세요. 죽은 사람이 아니고 살아 있는 사람이라고요."

그러자 감 집사는 달아날 듯이 뒤로 물러서면서 두 손을 깍지 끼어 배 밑에 감추면서, 잔뜩 겁에 질려 떨면서 착 가라앉은 음성으로 말했다.

"알아요. 사모님이 살아 계신 걸 알고 있었어요. 장례식에서 사모님을 보았어요. 허장(虛葬)인 걸 직감했지만 용기가 없었어요. 그 사실을 말할 수가 없었어요. 조직의 힘이 얼마나 무서운 걸 사모님은 아실 거예요. 교회도 거대한 조직이지요. 그걸 토설하는 날엔 제 식구들은 죽습니다. 먹고 살 길이 막혀요. 밥줄이 끊어지면 우리 아이들의 장래가 어떻게 되겠어요."

여자는 뒤통수를 망치로 얻어맞은 듯 전신이 굳어졌다. 그랬구나. 이 사람은 날 알아보았지만 교회라는 조직에 끼어서 생계가 달렸으니 사실을 은폐하고 차마 말을 하지 못했구나. 여자는 거북해서 쩔쩔매는 감 집사의 눈길을 뒤로하고 판잣집을 빠져나왔다. 여자의 등뒤에서 감 집사가 하는 말이 들려 왔다.

"개척교회 시절부터 우리와 함께 한 분이 아직도 교회에 남아 계십니다. 강성호 집사를 사모님은 기억하시지요? 그분이 지금은 이 교회의 장로님이 되셨답니다. 수석장로님으로 목사님의 오른팔 역할을 하고 있으니 그분 집을 찾아가 보세요. 그분만이 사모님을 알아보고 진실을 밝힐 수 있습니다. 그래도 장로님은 교회의 기둥이요, 마지막까지 남아 있는 교회의 양심이라고 믿습니다. 저 같은 피라미는 진실을 말하면 매장되지만 그분은 사업에 성공해서 재력이 있고, 세상의 지위도 있는 분이니 사모님을 구할 수도 있을 것입니다."

"그분의 집이 어디지요?"

"새벽 기도회에 나올 수 있는 거리에 살아야 한다고 주장하시는 분이지요. 옛날 집을 헐고 그 자리에 새로 저택을 지어 살고 계세요. 우리 교회 입구로 뚫린 골목의 첫번째 집을 사모님도 기억하시지요? 교회를 개척하면서 고생했던 어려운 시절 그 집에 자주 모여 예배를 드렸으니까요."

“그분이 수석 장로가 되었다고요? 성도들 중에서 제일 신앙이 돈독하고 교회를 위해 헌신했던 분이니 제자리를 찾으셨네요. 아무튼 감사합니다.”

“제가 집을 일러주었다고 장로님께 말하지 마세요. 그러면 저의 식구 밥줄이 끊어질 수도 있습니다. 제 입장을 알아주셨으면 해요. 전 파리 목숨입니다. 교회가 얼마나 말이 많고 무서운 곳인지 사모님도 아시지요? 살아남으려면 눈도 귀도 모두 막고 살아야 합니다.”

여자는 고개를 끄덕이면서 감 집사의 집을 빠져나왔다. 옛정이 그리워서 뒤를 돌아보니, 행여나 사람들의 눈에라도 띄는 것이 두려운지 그는 얼른 문을 닫고 집안으로 사라져 버렸다.

강성호 집사가 장로가 되었다. 그 당시 동대문시장에서 포장지를 팔던 사람이었다. 어려웠던 개척교회 시절 그의 집에서 자주 식사를 했고, 개척교회 창립회원들이 교회 근처의 그 집을 거점으로 전도운동을 열심히 했었다. 그 사업이 번창해서 부자가 되었다니 목숨 바쳐 교회를 섬긴 끝에 주어진 하나님의 축복이 아니겠는가. 이런 사람이라면 진실을 힘껏 외쳐줄 것이다. 거짓으로 포장된 목회는 그 생명이 길지 않을 것이고, 권모술수가 날뛰는 목회현장은 성령이 떠나가고 사탄이 자리를 잡고 있을 터이니, 그의 영혼이 벌써 모든 사실을 알아내고 무척 괴로워하고 있을 것이 확실했다. 새벽마다 무릎에 군살이 박히도록 눈물로써 기도하던 집사였다. 영적으로 예민하니 모든 걸 감지하고 있을 것이란 자신감도 들어서 여자의 발걸음이 제법 가벼웠다.

감 집사가 일러준 대로 그 집은 대궐처럼 으리으리했다. 붉은 벽돌 담이 어찌나 높은지 여자는 초인종을 누르고도 안이 궁금해서 문 사이로 눈을 들이대고 안마당을 살폈다. 잔디가 심어진 한가운데로 완만한 곡선을 그리면서 휘어진 길에 외등 불빛이 사뭇 환상적이다. 잎사귀가 넓은 후박나무가 미끈한 몸매를 자랑하고 있었고, 도장나무가 현관으로 들어가는 길가에 나란히 심겨져서 정원사의 손길이 많이 간 흔적이 역력했다. 현관 입구에 심은 다섯 이파리 소나무 두 그루는 영양이 풍부한지 불빛에 드러난 빛깔이 사뭇 푸르다 못해 진한 무청색을 띠었다. 여자의 인기척에 뒤뜰에 묶인 개가 동네가 떠나가게 짖어댔다. 다시 초인종을 눌렀다. 이번에는 다섯 번이나 집게손가락에 힘을 주어서 천천히 눌렀더니 사람은 보이지 않고 인터폰으로 무뚝뚝한 남자의 음성이 들렸다.

"벨을 눌러놓고 왜 말이 없어요? 빨리 말을 하시오. 도대체 누구요?"

"장로님을 만나 뵈러 왔습니다."

"누군지 이름을 대란 말이오. 약속도 않고 왔다면 만날 수 없어요. 그렇게 쉽게 만나뵐 분이 아닙니다. 그분은 너무 바빠 시간이 없어요. 더구나 지금 식사 중입니다."

"그럼 식사가 끝날 때까지 기다리겠습니다."

"그렇게 말하지 말고 누군지 신분을 밝히란 말이오."

"제 신분은 목사의 아내입니다."

"그럼 사모님이란 말씀이세요?"

"그렇습니다."

안에서 주고받는 대화에 사모님이 오셨으면 어서 모셔 들이라는 점잖은 남자의 음성이 끼여들었다. 이어 찰칵 쇠문이 열리고 장로 부인이 대문 쪽으로 다가서며 사랑이 뚝뚝 묻어나는 목소리로 말했다.

"아니, 사모님이 이 시간에 우리 집엔 어떻게 오셨습니까? 전화를 주시면 저희가 찾아가지요. 바쁘신 분이 친히 저희 집까지 이렇게 찾아오시다니 우리 사모님은 정말로 슈퍼 우먼이시라니까요. 그러니까 우리 교회가 이렇게 부흥하는 것이 아니겠어요?"

대문에 기대어 몸을 그늘에 숨기고 여자는 숨을 가다듬었다. 이 사람은 나를 알아볼 것이다. 함께 두 손을 맞잡고 이 교회를 개척하면서 얼마나 눈물을 많이 흘리면서 교회를 위해 기도했었던가! 믿음이 돈독한 권사니 나를 알아볼 것이다. 권사는 머리를 대문 밖으로 내밀면서 여자의 얼굴을 보는 순간, 귀청이 찢어질 정도의 비명을 내질렀다. 외마디소리에 장로도 뛰어나오고 건장한 청년 두 사람이 구두도 신지 못한 채 맨발로 달려나왔다.

"권사님! 무슨 일입니까? 혹시 강도라도……."

“당신 무슨 일로 그렇게 비명을 내질러?”

장로는 식사를 하던 수저를 든 채였다.

“저 여자를 보세요. 저 여자가 글쎄…….”

장로의 눈이 여자의 얼굴에 멎는 순간 숨을 훅 들이마셨다. 침묵이 흘렀다. 여자의 강렬한 눈이 장로의 눈에서 떠나질 않았다.

“절 알아보시겠지요? 설마 절 모른다고 말할 수 없을 것입니다. 전 죽은 사람이 아니고 살아 있는 사람입니다.”

두 청년은 쓰러질 듯이 몸을 가누지 못하는 장로 부인을 양쪽에서 부축하고 안으로 사라졌다. 여자는 장로와 단둘이 남았다. 장로는 눈살을 찌푸리고 여자를 한참 노려보았다.

“이건 사탄이 들어간 여자구먼. 내가 어떻게 당신을 안다고 이렇게 나대는 거요?”

“장로님이 되셨다고요? 우리가 개척을 할 때는 강성호 집사라고 불렀지요. 제겐 그 칭호가 더 정겹고 가깝게 느껴져요.”

강성호 집사라는 말이 여자의 입에서 나오자 장로의 기세가 꺾였다.

“잠시 안으로 들어가십시다.”

여자는 강 장로를 따라 안으로 들어가서 거실에 앉았다. 강 장로가 잠깐 기다리라는 말을 남기고 거실로 들어가고 파출부가 뜨거운 커피를 내왔다. 여자는 화려하게 치장한 거실을 훑어보았다. 대단한 변화였다. 지위도 변했고 사는 방식도 바뀌었으며, 비싼 가구들은 눈이 부실 지경이었다. 처마에 메주를 매달아 놓고 아랫목에선 이불을 뒤집어쓴 채 익어가던 담북장에서 풍기는 구리터분한 냄새가 물씬 고인 그런 집이 아니었다. 라일락 향기가 은은하게 고인 강 장로의 서양 집이 여자에겐 너무 낯설었다.

벽에 걸린 예수의 초상화도 비싼 것인지 금테두리를 해서 번쩍거렸다. 예전 그의 집에 걸렸던 예수상은 이와 정 반대였다. 예수의 코와 빰에까지 파리가 똥으로 점점이 칠을 해놓고 바탕이 누렇게 들뜬 그림이었다. 그런데 생활이 기름지니 예수의 초상화도 덩달아 부자 예수로 둔갑했다. 그야말로 예수도 이 집안의 화려한 장식품이 되어 매달려 있었다.

5

'주님! 저와 함께하셔야 합니다. 제 입술을 주장하여 주세요. 무엇을 말해야 할지 할말을 입에 불어넣어 주세요. 불쌍한 저를 긍휼히 여겨주세요. 저는 주님밖에는 아무도 없습니다. 그러니 저를 떠나지 마시고 저와 함께하세요. 저는 주님밖에 의지할 것이 없습니다.'

기도를 마친 여자에게 음성이 들려 왔다.

'딸아! 너 여기를 찾아온 목적이 무엇이냐?'

'억울합니다. 도저히 용서할 수 없을 정도로 괴롭습니다.'

'용서하거라. 그래야 네 마음이 편안하게 될 것이다.'

'이상해요. 마음으로는 용서했다고 다짐하건만 내 깊은 곳에서는 아직도 앙금으로 남아서 저를 괴롭힙니다.'

'나를 십자가에 못박으라고 외쳐대는 무리들의 함성을 듣느냐?'

여자는 움찔했다. 기도원에서 금식하면서 강단에 쓰러져 죽기를 갈구하던 때 들었던 함성이었다. 주님이 십자가에 못박히기 위해서 골고다로 향하던 바로 그 현장에 그녀는 서 있는 기분이었다. 순간 여자의 눈에 눈물이 흥건하게 고이기 시작했다.

'딸아! 나를 사랑하느냐?'

여자는 숨을 죽이고 가만히 있었다.

'딸아! 나를 전적으로 의지하고 원수를 내게 맡겨라. 왜 네 속에 있는 네 생각이 너를 지배하고 있느냐. 나를 백 퍼센트 의지해야 한다. 네 속에 내가 들어가야지 내 대신 네가 앉아 있으면 어떡하니. 내가 네 안에 들어가서 널 다스려야지 너는 살 수 있다.'

여자는 조용히 머리를 끄덕였다. 강성호 장로는 하던 식사를 마저 하는 것인지 여자를 거실에 앉혀놓고 나오지 않았다. 아마도 이 일을 어떻게 대처할까 기도하는 것일까? 아니면 목사와 통화를 하는 것일까. 차츰 여자의 눈에 사물들이 새롭게 다가오기 시작했다. 빛을 발하는 모든 가구들에게서 구리터분한 냄새가 뿜어나오기 시작했다. 차츰 그 냄새가 역겨워지더니 시체가 썩는 냄새로 변했다. 비릿하기도 하고 밀폐된 시골 뒷간에서 눈과 코를 싸하게 했던 그런 독한 냄새 같기도 했다. 이게 무슨 냄새일까. 여자는 손으로 입과 코를 막았다. 속이 뒤틀리면서 구역질이 나기 시작했다. 빨리 이 장소를 빠져나가고 싶었다. 산속 기도원으로 가면 자연의 싱그러운 냄새가 그녀의 이 울렁거림과 역함을 치료할 것이란 마음이 불같이 뜨겁게 달아올랐다. 죄악 냄새가 만연한 이 더러운 곳을 빠져나가야 한다. 어서 도망쳐야 한다. 여기서 바랄 것이 무엇이란 말인가. 살아서 숨을 쉬는 자연 속에 발을 내딛는 순간 역겨운 냄새가 걷히고 몸도 거뜬해질 것이란 확신이 오기 시작했다.

강 장로가 두 건장한 청년을 달고 거실에 들어섰다. 여자는 바짝 긴장했다. 강 장로는 맞은편에 무례할 정도로 두 다리를 쩍 벌리고 앉아 고개에 힘을 주고 여자의 얼굴을 응시했다. 여자도 당당하게 머리를 들고 마주 바라보았다. 여자는 비위가 상했다. 강 장로에게서 나는 냄새가 거실에 고인 냄새보다 더 지독했다. 모든 냄새의 근원이 바로 강 장로인 걸 코가 예민하게 찾아내 주었다. 강 장로는 손을 들어 두 청년에게 지시했다. 위험하지 않은 사람을 만나고 있으니 들어가라는 신호였다. 그들이 나가고 강 장로의 입이 열렸다.

"아무리 생각해도 우리 목사님의 잘못이 아닙니다. 그 당시에는 모두가 사모님이 살 수 있다고 생각한 사람은 없었으니까요. 또 사모님이 너무 오래 교회를 비운 것도 사실이고요. 목사의 아내가 병들면 누가 교회에 옵니까. 자기 아내도 고치지 못하는 목사가 믿는 하나님을 누가 믿으려 하겠습니까. 성도들이란 그런 사모님과 목사님을 무시하지요. 목회자의 가정엔 질병이 없다는 것으로 믿고 있는 현실입니다. 병들었다면 그건 사탄의 역사이니 기도를 게을리해서 하나님이 주신 심판이라고 단죄하고 있는 형편을 사모님도 잘 아시잖아요."

그럼 하나님이 끔찍이도 사랑했던 사도 바울이 병들었던 것도 심판이란 말이냐고 대들고 싶었으나 여자는 숨을 깊이 마시면서 참았다. 사도 바울의 병은 교만하지 않게 하기 위해서 하나님이 주신 가시라고 했는데 그것도 모르고 저렇게 무식한 소릴 하고 있나 싶어 강 장로가 한없이 가엾게 보였다.

"솔직이 말해서 목회자의 가정은 밑거름이 되어야 하는데 그때 우리 목사님 혼자서 그만큼 교회를 지킨 것은 하나님의 보호하심이었지요. 목사님이 빨리 결단을 내리지 못하고 조금만 더 있었으면 우리 교회는 문을 닫았을 것입니다."

여자는 벙어리가 되어 가만히 앉아 있었다.

"온몸과 마음을 다 바쳐 헌신하는 훌륭하신…… 지금 우리가 모신 사모님이 없었다면 이 교회가 이렇게 성장했겠습니까. 주일마다 앉을 자리가 없을 정도로 구름처럼 몰려드는 성도들을 보면서 놀라운 성령의 역사에 항상 감읍할 뿐입니다. 그런데 이제와서 이러시면 어쩌자는 것입니까. 주의 일을 열심히 희생적으로 하고 있는 우리 좋으신 목사님을 끌어내려 죽이렵니까."

비로소 여자는 장로의 말을 받았다.

"그게 성령의 역사라고 믿습니까? 교회에 몰려드는 인파를 보고 하나님의 역사라고 믿으세요? 열 명의 의인이 없어 멸망한 소돔과 고모라를 생각해 보십시오."

여자의 도전적인 말에 강 장로는 잠시 움찔하더니 요상한 웃음을 입가에 흘리며 말했다.

"그건 하나님만이 아시는 것이지요. 한국 교회는 기막히게 성장하고 있습니다. 만 명이 넘는 대형 교회들이 우후죽순처럼 여기저기 일어나 호텔보다 더 크게 성전을 짓고 있어요. 주일이면 차들이 모두 교회로 향합니다. 이 정도로 몇 년만 계속되면 이 나라의 모든 사람들이 교회로 몰려서 초대형 교회가 더 늘어날 것입니다. 전도를 하지 않아도 주일마다 제발로 들어오는 새 신자들을 보면 눈물이 납니다. 이런 하나님의 역사를 놓고 소돔과 고모라를 들고 나오다니! 우리나라는 하나님의 축복이 넘쳐서 주체할 수 없을 지경입니다. 헌금도 폭포수처럼 쏟아지지요. 길거리를 보세요. 잘잘 기름이 돌고 있습니다. 미국보다 풍요로운 나라입니다. 미국에 가보면 우리나라보다 더 누추하고 초라하지요. 이게 하나님의 축복이 아니고 무엇입니까."

강 장로의 얼굴은 기쁨으로 들뜨기 시작했다. 자신의 말에 도취해서 자신감이 철철 넘쳤다. 여자가 그 얼굴에 물을 끼얹었다.

"의롭지 못하고 거짓이 충만한 곳에 세워진 것은 무너지게 마련입니다. 기초가 썩었는데 어떻게 오래 지탱합니까. 장차 소돔과 고모라보다 더한 무서운 하나님의 심판이 임할 것입니다. 이제라도 늦지 않았으니 회개하고 다시 기초를 쌓아야 합니다. 교회의 지도자들이 재를 머리 위에 뿌리고 베옷을 입고 땅을 치면서 하나님 앞에 회개해야 합니다. 그 길만이 살길입니다. 썩은 뿌리 위에 세워진 교회는 장로님이 말한 것처럼 밀려드는 사람들의 무게를 이기지 못해 무너지게 되어 있습니다."

강 장로는 발끈했다.

"그럼 우리 교회가 무너지기를 바라면서 저주하고 있군요."

"제 말은 회개하란 뜻입니다. 너무 늦기 전에 회개해야 합니다."

여자의 말에 더욱 힘이 주어졌다. 강 장로는 잠시 입을 다물고 미움이 가득한 눈으로 여자를 노려보았다. 거지처럼 차린 초라한 여자가 감히 이 자리가 어떤 자리라고 무엄하게 이렇게 지껄이고 있느냐는 빛이 역력했다.

"지금 한 말의 뜻은 목사님을 강단에서 끌어내리란 뜻이 아니오. 그건 있을 수 없는 일입니다. 지금 교회가 목사님을 중심으로 얼마나 똘똘 뭉쳐 있는데 강단을 깨버리란 말입니까. 거짓도 하나님의 일을 하는 데는 필요한 것입니다. 저도 사업을 하지만 정직하게 다 까발리면 돈을 벌 수 없어요. 적절한 하얀 거짓말과 적당한 가면을 써야 장사가 잘 되지요. 이 나라의 모든 구조가 그렇게 되어 있으니 교회라고 다를 것이 없습니다. 저도 적당히 시대 풍조를 따라 눈 가리고 살짝살짝 속임수를 써가면서 사업을 운영했더니 이렇게 부자가 되었습니다. 세상 살아가는 원리나 교회를 운영하는 원리가 다 비슷한 것이 아니겠습니까?"

"장로님의 사업장은 어떤지 모르지만 하나님의 성전은 의로워야 합니다. 깨끗해야 합니다. 죄의 냄새가 고여 있지 말아야 합니다. 모든 창문을 열어놓고 다시 깨끗이 청소해서 성전에 죄의 냄새가 고여 있지 말아야 합니다. 그래야 장로님 댁에 고여 있는 이 냄새를……."

강 장로는 동문서답식으로 혼자 중얼거렸다.

"깨끗한 물에는 물고기도 모이지 않는 법이야. 물이 적당히 더러워야 물고기들이 먹을 것이 많으니까 몰려드는 것이지."

"사택을 찾아가야겠습니다."

여자는 단호하게 말하고 일어섰다. 장로는 고압선에라도 닿은 듯 화들짝 놀라면서 손사래를 쳤다.

"절대로 안 됩니다. 그건 제가 목숨을 걸고 막을 것입니다. 고요한 호수에 돌을 던지는 것이나 마찬가지입니다. 슬쩍 지나가면 조용하고 다 좋은 걸 왜 이제와서 건드려 소란을 피우려고 합니까? 제가 묻고 싶은 것은, 사모님은 정말로 목사님을 사랑하십니까? 주의 일을 위해 목에서 피가 나도록 복음을 외쳐대는 목사님을 사랑합니까?"

여자는 말없이 얼굴에 잔잔한 미소만 머금었다.

"기도원에서 목숨을 걸고 기도하시는 사모님이 있기에 이렇게 교회가 성장한 것이 아닙니까. 하나님은 이런 사모님을 얼마나 귀히 여기시겠습니까. 사모님의 희생으로 우리 교회는 이렇게 크게 성장했습니다. 세계에서 이렇게 짧은 시간에 성장한 교회는 우리 교회가 아마 처음일 것이라고 주위에서 칭송이 자자합니다. 교회 성장의 비밀이 숨겨진 교회라고 야단들입니다. 전세계의 모든 학자들의 연구 대상이 되어서 미국의 신학자들이 몰려와서 연구를 한다고 법석을 떨 정도니까요. 그러니 어쩔 것입니까. 사모님이 참으세요. 순종이 제사보다 낫다고 하지 않습디까. 하나님의 뜻에 순종하십시오."

"죄를 은폐하라고요? 그 죄가 많은 영혼을 죽이고 교회가 무너지는데도 은폐하라고요? 죄의 냄새가 고인 곳에 모여드는 성도들은 영혼이 죽게 마련입니다. 회칠한 무덤에 들어간 성도들의 몸에서도 시체 썩는 냄새가 고여서 풍기게 마련입니다. 함께 무너져내릴 것입니다. 함께 죽을 것입니다. 함께 지옥에 갈 것입니다. 이대로 가면 이 나라도 교회도 가정도 장로님의 사업도 모두 무너져 폐허가 될 것입니다. 의(義)가 강물처럼 흐르는 곳에 교회도 국가도 기업도 가정도 바로 서게 되어 있습니다. 그게 바로 성경 말씀이고 하나님의 뜻입니다."

여자의 기가 펄펄 살아났다. 어디서 그렇게 우렁찬 목소리가 나오는지 천둥처럼 엄청난 소리가 여자의 입에서 마구 쏟아져 나왔다. 안에서 낌새를 보고 있던 보디가드들이 뛰어나와 여자의 양어깨를 우악스럽게 잡았다. 강 장로는 분을 이기지 못해서 얼굴이 노래졌다.

"입을 여십시오. 입을 열어야 합니다. 부정을 보면 바로 말을 하는 성도가 되어야 합니다. 악한 일에도 입을 다무는 침묵은 순종이 아니라 죄에 동참하는 것입니다. 입을 여십시오. 입을 열어 말하십시오. 우리 교회와 민족이 사는 길은 입을 열어 거짓과 죄를 고백하고 베옷을 입고 재를 뿌리면서 통곡하고 회개하는 길밖에 없습니다."

"어허! 이거 보자보자 하니 참을 수가 없군. 마귀가 들어간 여자하고는 상대가 되질 않아. 저런 여자를 하나님은 왜 빨리 데려가지 않고 살려두어서 우리 교회의 걸림돌이 되게 하는지…….”

양어깨를 청년들의 손에 잡힌 채 현관문에 이른 여자를 강 장로가 불러세웠다. 가슴에서 두툼한 봉투를 꺼내면서 강 장로는 비굴하게 웃었다.

“여기 돈이 있습니다. 일생 편안히 사실 수 있는 액수입니다. 그러니 이걸 가지고 산으로 가셔서 조용히 우리 목사님을 위해 기도해 주십시오. 우리 교회를 위해 기도해 주십시오. 사모님의 이런 희생이 교회의 밑거름이 된 것이 아니겠습니까. 지금 이렇고 저렇고 까발려야 성도들만 상처를 입을 터이니 어쩔 것입니까. 모든 짐을 대신 지고 가는 예수님을 생각하시면서 참으십시오. 우리 목사님을 힘껏 밀어드리십시오. 복음을 외치고 있는 그 열정을 사랑하십시오. 그렇게까지 해야만 했던 목사님의 마음을 이해하십시오.”

여자는 조용히 강 장로가 건네주는 돈을 뿌리치고 돌아섰다. 순간 십자가 위에 높이 달린 예수가 눈앞에 거대한 화면으로 펼쳐졌다. 예수를 십자가에 못박으라고 악을 쓰는 무리의 외침이 귀가 따갑게 들려 왔다. 망치 소리가 귀청을 찢었다. 주님은 얼마나 외로우셨을까. 나도 너무나 외롭다. 가슴이 찢어지도록 고독하다. 이 넓고 넓은 세상에 혼자 나동그라진 상대적인 고독에 여자는 몸을 떨었다.

6

현대의 우상은 돈이 되어버렸다. 신앙도 사랑도 모두 돈으로 계산한다. 옛날처럼 금이나 은으로 우상을 만들어 놓고 절하는 시대가 아니다. 하늘이나 달을 향해, 돌이나 나무를 향해, 바다를 향해 절하는 시대가 아니다. 돈을 쌓아놓고 절하고 섬기는 시대로 변해버렸다. 이 사실에 여자는 몸을 떨었다. 목사인 남편이 그녀를 버린 것도 따지고 보면 돈을 섬겼기 때문이 아니겠는가.

그렇게 좋은 신앙을 지녔던 강 장로도 불의를 돈으로 해결하려고 그녀 앞에 돈을 내밀었다. 지난 세월 함께 눈물로 기도했던 순수한 믿음을 다 어디에 내버렸단 말인가.

하늘의 별처럼, 바닷가의 모래처럼 많은 사람들이 거리를 따라 물결치며 흘러갔다. 이 많은 사람들이 어디에서 와서 어디로 가고 있는 것일까. 이 물결 속에 자신의 몸을 빌려 태어난 딸아이는 잘 자라고 있겠지. 그러고 보니 딸의 이름조차 모르고 있는 자신이 미워지기 시작했다. 그 딸을 향해 그리움보다 진한 미안함이 뭉클뭉클 치밀고 올라와서 여자의 목을 막았다. 숨을 쉴 수가 없도록 큰 덩어리가 목구멍을 막아서 여자는 길가에 쪼그리고 앉아 가슴과 배를 움켜잡고 토악질을 했다. 간신히 숨은 뚫렸지만 딸을 향한 찡한 가슴앓이는 뼛속까지 파고들어가면서 온몸의 세포 구석구석까지 자릴 잡았다. 억누를 수 없는 육신의 정이 솟구쳐서 여자는 정신을 차릴 수 없었다. 미칠 것만 같았다. 여자는 공중전화로 달려갔다. 찾아야 한다. 아이를 찾아야 한다. 그 아이는 내 품에 안길 권리가 있고 나는 그 딸을 사랑해야 할 의무가 있다. 교회 전화번호를 찾아내서 떨리는 손으로 숫자 하나하나에 신경을 곤두세워 돌렸다. 신호음이 떨어지면서 바로 상냥한 안내자의 음성이 경쾌한 복음성가를 타고 흘러나왔다.

"할렐루야! 공공교회입니다. 어떻게 도와드릴까요?"

"목사님 댁 전화번호를 알고 싶은데요."

"어떤 목사님을 말하십니까? 우리 교회에는 목사님들이 여러 분인데요. 우리나라에서 손꼽히는 교회 안에 드는걸요."

안내자는 교회 자랑을 하느라고 목소리에도 애교가 넘쳐흘렀다. 아마도 그렇게 하라고 교육을 받은 모양이다.

"그 교회를 맡고 있는 담임목사를 말합니다."

"우리 당회장 목사님을 말하시는군요. 미안합니다. 당회장님의 전화번호는 가르쳐드릴 수가 없습니다."

"목사님은 성도를 위해 계신 분인데 전화번호를 감추는 법이 어디 있습니까? 무엇인가 잘못되었군요."

조금 전 나긋나긋하던 안내자 음성이 갑자기 표독스럽게 바뀌었다.

"이렇게 큰 교회에서 우리 당회장 목사님의 위치는 말씀 준비하기도 바쁘고 힘드시는데 모든 사람들의 전화를 다 받으면 어떻게 목회를 합니까. 급한 일이면 자매님이 소속된 구역을 대세요. 그 교구 담당목사님을 바꿔드리겠습니다."

"당회장 목사의 전화번호를 알아야겠습니다."

"그 전화번호는 대줄 수가 없습니다."

팽팽하게 맞서는 말씨름이 치열하게 계속된 끝에 결국 교회 안내자가 화를 버럭 내면서 고함을 쳤다.

"뭐 이런 여자가 다 있어. 별꼴 다 보겠네."

"뭐라구……."

여자는 속에 고인 서러움과 슬픔을 쏟아낼 대상을 찾은 듯 결사적으로 악을 쓰면서 덤벼들었다. 온몸의 피가 역류해서 몽땅 거꾸로 솟구쳐나올 듯한 절규요, 신음이었다. 전화는 끊기고 여자는 동그마니 홀로 인파 속에 남았다.

그래도 만날 사람이 있다는 기쁨이 그녀를 일으켜세웠다. 기억을 더듬었다. 여자는 옛날 사택이 있던 곳을 향해 걷기 시작했다. 속이 비어서 현기증이 났지만 여자는 딸을 볼 수 있다는 소망을 버리지 않고 힘있게 앞을 보면서 걸었다. 귓속으로 위잉 하는 귀울음이 지나갔다. 비틀거리면서도 여자는 허리와 목에 힘을 모았다. 오직 딸을 만나야겠다는 소망이 용솟음쳤기 때문이었다.

'사택을 찾아야 한다. 그곳에 가야 딸을 만날 수 있다.'

옛날 사택 자리를 찾아갔다. 하지만 여자가 찾아간 곳엔 엉뚱한 사람들이 살고 있었다. 이웃을 찾아서 돌아다녔지만 모두 이사를 갔는지 아는 얼굴이 없었다. 하루종일 다녔으나 허탕이었다. 동사무소에 갔으나 알려줄 수 없다고 머릴 흔들었다. 복덕방에서조차 모른다고 했다.

문득 슈퍼마켓의 대형 유리에 비친 자신의 모습을 훑어보았다. 너무나 초라했다. 스스로 보기에도 실성한 여자의 모습이었다. 타인들의 눈에 미친 여자로 보일 것이 분명한 차림이었다. 이런 모습으로 딸을 만날 수는 없었다. 우선 몸을 추스르고 음식을 먹어 힘을 내야 했다. 사우나에 가서 목욕하고 미장원에서 머리를 자르고 그리고 옷을 한 벌 사서 입으니 자신이 보기에도 다른 여자로 보였다. 설렁탕을 배가 부르도록 먹고 여자는 다시 딸이 사는 집을 찾아나섰다. 당회장이 되어 자신과는 너무나 다른 별세계의 높은 자리에 있는 옛날 남편이 사는 집을 찾아가야 한다.

주일 저녁예배가 끝난 뒤에 당회장 목사의 뒤를 추적하리라 마음먹었다. 여자의 몸에 차츰 힘이 나기 시작했다. 딸에게 앙증맞도록 예쁜 옷과 인형을 사줘야지. 여자는 어미노릇을 할 수 있다는 생각에 도취되었다. 주일 저녁예배가 끝난 뒤 여자는 목사의 뒤를 악착같이 따라붙었다. 놓치면 죽을 것 같은 집념이었다. 목사는 사모와 함께 성도들의 인사를 받으며 자가용에 몸을 실었다. 인자한 미소를 띠고 성도들을 향해 손을 흔드는 목사가 성자처럼 보이는지 모두 머리를 숙였다. 자가용은 인파를 헤치고 큰길로 나가더니 차들의 물결 속에 묻혀버렸다. 낭패였다. 어떻게 사택을 알아낼 수 있단 말인가. 여자는 미로에 빠진 기분이었다.

모든 걸 포기하더라도 자신의 몸에서 태어난 피붙이는 찾아야겠다는 오기가 하늘까지 뻗어올라서 여자의 눈엔 빛이 나기 시작했다.

'딸을 찾아 자그마한 방을 얻어 둘이 함께 살리라. 그 딸을 잘 키워 성공시키리라. 그간 어미가 다 하지 못한 사랑을 주리라. 어린 딸의 마음에 상처를 준 것에 대하여 용서를 빌리라.'

여자는 교회 사무실로 향했다. 복도에서 유니폼을 입은 청년을 만났다. 순간 자신이 생각하기에도 갸륵한 지혜가 솟아났다.

"당회장 목사님 댁에 선물할 것이 있어 왔는데 주소를 알고 싶어요. 저는 이 교회의 이름도 없고 빛도 없는 말단 성도입니다."

"먼 곳에 사시는데 선물을 사무실에 맡기시지 그래요."

"금방 잡수셔야 될 생물이라 댁을 알았다가 가지고 가려고요."

"제가 마침 사택 세탁기를 설치하러 가는 참인데 제 차에……."

여자는 운전석 옆에 올라탔다. 차는 한강 다리를 건너서 한참 달리다가 큰 빌딩 숲속을 파고들어가 한가운데 자리잡은 아파트 앞에 섰다. 주변에는 고급 음식점과 부자들이나 들어갈 수 있음직한 값비싼 보석상과 옷가게들이 즐비했다. 산속이나 시골에서는 상상도 못할 화려한 색깔이 난무했다.

"함께 들어가시겠습니까?"

"아녜요. 동수와 호수만 주세요. 선물을 가져오려고요."

전기기사는 순순히 아파트 주소를 알려주었다. 여자는 사택 주소를 적으며 자연스럽게 물었다.

"목사님은 자녀들이 몇이나 되나요?"

"쌍둥이 아들이 있는 것으로 압니다. 늦게 결혼하셔서 아직 아기들이지요."

"그 위로 딸이 있지요?"

"글쎄요. 제가 형광등도 갈고 다른 전기시설을 점검하려고 여러 번 갔었는데 따님은 본 적이 없습니다. 쌍둥이 아들만 보았습니다."

여자의 얼굴이 일그러졌다. 현기증이 나는 머리를 부여잡고 휑한 눈으로 기사의 얼굴을 응시했다. 여자의 얼굴에 이상한 기운이 스치는 것을 감지한 기사는 손사래를 치면서 말했다.

"전 잘 몰라요. 제가 목사님 댁의 사정을 어떻게 압니까. 아마도 아들들 위로 따님이 있어서 유치원에 갔을 수도 있지요. 다만 제가 갔을 적에 본 적이 없다는 말입니다."

여자는 숨통이 트이는 얼굴을 하고 차에서 내렸다. 그

리고 며칠 아파트 입구에 몸을 숨기고 서성거리면서 드나드는 사람들을 관찰했다. 기사 말대로 그 집 쌍둥이 꼬마 아들들과 목사 부부는 드나들었으나 딸은 볼 수가 없었다. 딸이 너무 커버려서 알아볼 수 없는지도 모른다. 여자는 전기구이 통닭을 하나 사들고 아파트 경비에게 접근했다. 그에게서 가장 정확한 정보를 얻을 수 있다고 믿었기 때문이었다.

"안녕하셨어요? 전 공공교회 성도입니다."

"아하! 그래요? 이 동에 그 교회 목사님이 사십니다."

"그 집 아이들이 몇이나 되나요?"

"아들만 둘이지요. 쌍둥이인데 아기들이지요."

"딸도 하나 그 위로 있을 터인데 모르세요?"

"글쎄요. 딸은 본 적이 없습니다. 아들만 둘이지요."

"아녜요. 딸이 하나 있어요. 아들들 위로 있어요."

"없어요. 본 적이 없어요. 제가 항상 이 자리에 목이 묶인 도사견처럼 지키고 있는데 그걸 모를 리가 있습니까? 제가 더 잘 알지요. 그런데 그 딸이 당신과 무슨 상관이 있다고 이렇게 경비실에 와서 야단입니까? 목사님처럼 경건하신 분에게 혹시 외도해서 낳은 딸이라도 있단 말입니까?"

여자는 물밀 듯이 밀려오는 배신감에 젖어들었다. 이럴 수가 있단 말인가. 딸을 위해 억울함도 참았는데 그 딸을 어디에 버렸단 말인가. 여자는 목사를 향한 미움으로 이

를 갈았다

'죽일 놈 같으니라고. 양의 탈을 쓴 이리 같은 놈아! 네가 감히 이런 죄를 짓고 강단에 서서 하나님의 말씀을 선포한단 말이냐. 나 하나 죽인 것은 용서하지만 딸을 죽인 것은 용서할 수 없다. 가면을 쓴 무서운 사탄아! 하나님의 진노를 어떻게 피하려고 이런 짓을 했느냐. 딸을 어디에 버렸단 말이냐. 사랑하는 내 딸이 어디에 가 있단 말이냐. 어디서 어미를 찾으면서 울고 있단 말이냐.'

여자의 흐느낌에 경비 아저씨가 놀라서 눈이 휘둥그래졌다. 경비는 아직도 온기가 남아 있는 통닭을 여자의 가슴에 안겨주면서 등을 밀어냈다.

"이 아주머니 정신이상에 걸린 것이 아니오? 어서 이 앞에서 물러나요. 이러다가 나까지 문제되면 큰일나요. 그러잖아도 내가 감원 물망에 올라서 전전긍긍하고 있는 판에 이거 야단났군."

여자는 아파트 경비실에서 쫓겨났다.

그때 새까만 자가용이 아파트 앞에 섰다. 기사가 공손하게 허리를 굽히고 차문을 열었다. 여자는 벽에 기대어 누가 차에서 내리나 훔쳐보았다. 사모였다. 여자는 물불을 가리지 않고 사모를 향해 돌진했다. 그리고 사모의 가슴팍에서 빛을 발하는 진주목걸이를 잡고 늘어졌다.

"내 딸을 어디에 버렸느냐? 내 딸을 내놓아라. 이 저주받을 나쁜 연놈들아. 세상에서 가장 악독한 것들아."

갑자기 당한 일에 사모는 당황해서 얼굴이 하얗게 질렸다. 경비가 여자의 등을 뒤에서 껴안아 떼어냈다. 자가용 기사가 여자의 머리채를 잡아 힘차게 내팽개쳤다. 여자는 허수아비처럼 시멘트 바닥에 나동그라졌다.

"이 미친 여자가 아까부터 와서 행패를 부려서……. 사모님! 미안합니다. 앞으로는 절대로 이런 일이 없을 것입니다."

경비의 비굴한 음성이 아파트 숲속으로 빨려들어갔다. 여자는 반듯이 하늘을 향해 누워 가슴 위에 두 손을 모았다. 뜨거운 눈물이 눈꼬리를 타고 흘러내려 주차장 바닥을 적셨다. 누워서 바라본 하늘은 참으로 깊었다. 도심지의 하늘이 이렇게 깊어 보이기는 오랜만이었다. 한없이 파인 깊은 하늘이 여자의 마음을 아늑하게 감싸안아 안정감을 주었다. 여자는 머리를 옆으로 돌려 일어나다 말고 시선을 못박았다. 사모와 운전기사가 땅바닥에 떨어진 진주 목걸이 알들을 줍느라고 정신이 없었다. 내팽개쳐서 차가운 바닥에 나동그라진 여자보다 그들은 보석이 더 귀중했다. 아아! 그토록 물질, 돈이 좋으냐! 순간 여자는 연민의 정을 느꼈다.

'사람인 나는 여기 이렇게 찬 땅바닥에 누워 있는데 저 사모는 비단으로 곱게 치장을 하고 진주 알을 찾느라고 정신이 없구나! 진주보다 더 귀한 딸아이를 찾아나선 여자가 하찮은 진주 알을 찾아 눈이 벌건 가여운 사모를 향

해 돌진했으니 이 얼마나 부끄러운 일이냐!'

여자는 다시 눈을 하늘로 향하고 반듯이 누웠다. 평안함이 물밀 듯이 가슴으로 파고들어왔다. 죽어 땅에 묻힌다면 이런 기분일까. 엉뚱하게 여자는 죽음을 생각하고 있었다. 땅속의 영원한 안식을 떠올리고 있었다. 뒷다리를 다친 벼룩이 땅바닥에 엎드려 귀를 땅에 바짝 대고 울려오는 소리를 듣는다면 이런 기분일까. 여자는 뒷다리를 다쳐 뛰어오르지 못하는 벼룩을 떠올리며 피식 웃었다. 그러자 세상이 온통 기묘하게 생겨먹었다는 생각에 박장대소가 터졌다.

"어머! 무슨 여자가 땅바닥에 네 활개를 펴고 누워 손뼉을 치면서 징그럽게 웃어. 정신이 완전히 갔군."

"요즘 중소기업들이 많이 도산하고 있다던데 혹시 그런 일로 충격을 받는 사업가의 아내가 아닐까?"

"이러고 있을 것이 아니라 경찰을 불러야지."

"아니야. 앰뷸런스를 불러서 병원으로 보내야 해."

여자는 이 모든 소리가 실제가 아닌 환청인가 싶어 도리질을 했다. 사람 냄새가 역하게 여자의 코를 자극했다. 이건 뒷간의 덜 발효된 구린 냄새 정도가 아니었다. 코와 눈을 맵게 하는 푹 썩은 분뇨가 풍기는 그런 냄새도 아니었다. 산속 기도원 생활에 익숙해 있는 여자만이 맡을 수 있는 도시인의 지독한 냄새였다.

눈을 크게 뜨고 주위를 살폈다. 사람들이 여자를 둘러

싸고 있었다. 키가 작은 아이들은 큰 구경거리를 놓칠세라 어른들의 바짓가랑이 사이로 비집고 들어와서 마치 구령이라도 보듯 호기심 어린 눈을 번득거렸다.

"왜들 이러세요? 불쌍한 여자를 구경하는 요즘 사람들의 고약한 취미에 몸서리쳐진다니까. 오나가나 눈요깃거리다 싶으면 그저 장사진을 이루니. 좀 비켜요. 아이쿠! 이놈의 사람 물결!"

군중들을 헤집고 들어선 사람과 눈이 마주친 여자는 잠깐 몸을 떨었다. 사모였다. 범접하기 어려운 매서운 표정에 모두 눌려서 사람들은 물살을 가르듯 길을 내주었다. 여자는 사모에게 강제로 팔이 잡혀 흙이 묻은 옷을 털 생각도 못하고 승강기 쪽으로 끌려갔다.

"역시 목사의 아내라 우리하고 차원이 다르구나. 저런 여자를 집안으로 끌고들어가는 것을 보라고. 목사의 아내가 되려면 저 정도는 돼야지. 정신이 온전치 못한 여자를 집안으로 데리고 가니 참 놀랍군. 존경할 만한 인물이야."

경비원이 모든 사람들이 들으라는 듯 어깨를 으쓱거리면서 큰 목소리로 말하자, 군중 속에서 또 칭송을 늘어놓았다.

"저분이 보통 사모냐고. 일류대학에서 남자들을 젖히고 일등으로 졸업을 했다고 하더군. 그뿐인가. 집안도 손꼽는 재벌의 딸인데 목사에게 시집와서 얼마나 겸손한지!"

"당신은 어떻게 그렇게 소상하게 사모님에 대해 알고

있소?"

"제가 그 교회 성도니까요. 우리 교인들이 사모님 칭찬을 얼마나 하고 있는지 아세요? 사실 우리 목사님은 거칠고 우악스러운 면이 있어서 모두 무서워하지요. 그런데 저 사모님이 얼마나 많은 사랑을 가지고 우리를 대하는지 저 사모님 때문에 교회에 나오는 성도들이 많아요. 더구나 재벌 집안이라 친정 기업의 직원들이 모두 우우 몰려나온답니다. 그래야 사모님께 잘 보여 승진할 기회를 얻지요."

저들의 지껄임이 승강기 문이 닫히면서 모두 차단되었다. 단 둘이 승강기 안에 남게 되자 사모의 얼굴이 표독스럽게 돌변했다.

"당신 왜 이렇게 우릴 귀찮게 구는 거예요?"

"그걸 몰라서 그래요?"

"난 합법적인 이 가정의 주부예요. 목회자 가정을 일으키느라고 얼마나 고생을 했는지 알아요? 잔잔한 집안에 돌을 던지듯이 이렇게 소란을 떠는 짓이 사탄이 아니고 무엇이에요. 당신은 아주 지독한 여자야. 아주 몹쓸 년이야. 이 가정을 파괴하려고 작심을 한 여자라구."

"본처가 있는 걸 알고 결혼한 너는 그럼 착한 여자냐? 엄밀히 따지면 넌 첩이야. 조강지처를 몰아낸 세컨드라고."

"뭐라고? 넌 죽었다고 했어. 죽은 여자 자리에 들어간 것이 무엇이 잘못이냐?"

"어쩌지? 난 죽지 않고 이렇게 살아 있는데."

"그건 너희 문제이지 난 전혀 몰랐다."

"이제 알았으니 내 자리를 내줄 거냐?"

"말도 되지 않는 소릴 하고 있군. 어디 한 번 해보지. 누가 이기나."

"네 자리를 넘볼 정도로 난 악한 사람은 아니다. 또 그 자리는 신물이 나서 싫다. 거저 주어도 내팽개칠 거야. 내가 이러는 것은 내 딸을 찾기 위해서다. 내 딸을 어디에 버렸어?"

"이미 다 끝난 일을 가지고 왜 이래? 돈도 많이 줬잖아."

"돈을 누가 달랬어? 제발 내 딸이 있는 곳을 알려……."

승강기가 멈추자 사모는 우악스럽게 여자의 등을 밀어냈다. 집안으로 밀려들어온 여자는 거실의 거대한 유리문을 통해 파고든 햇살을 받으면서 요염하게 피어난 양란들의 현란한 색깔에 눈이 어지러웠다. 연분홍 빛이 도는 가구들은 산속 절간 앞마당의 연못에서 입을 벙긋 벌린 연꽃을 떠올리게 했다. 온통 분홍색 일색으로 요란하게 꾸민 집안에 정신을 빼앗기고 있을 때 초인종이 요란하게 울렸다. 이어서 남자의 목소리가 거실을 잡아 흔들었다. 목사였다. 저주의 대상인 바로 그 목사가 들어섰다.

"어쩌자고 저 여자를 여기에 들여놓은 거야? 빨리 내쫓지 않고 뭐해?"

씩씩거리는 목사에게 사모가 삿대질을 하며 악을 썼다.

"당신이 내쫓아!"

목사는 한숨을 내쉬고 사모를 바라보았다.

"이번 한 번만 용서할 터이니 당신이 이 모든 문제 해결해요. 난 더 이상 이러고 살지 못하니까. 아주 요절을 내고 말라니까요. 당신 저 여자가 죽었다고 했잖아요. 죽은 여자가 어떻게 여길 찾아와서 난리예요. 처음부터 당신이 날 속인 걸 다 알았어요. 내가 바본 줄 알아요? 이제 더는 못 참아요. 창피해서 머리를 들고 다닐 수가 없으니 알아서 해요. 어쩌다 내 인생이 이렇게 꼬였는지 모르겠네."

목사는 한켠에 서 있는 여자에게 독설을 퍼부었다.

"정신이 돌아도 한참 돌았군. 돈으로 다 해결했는데 뭣 때문에 내려와서 사람을 들볶아. 당신 또 돈이 필요한 거야? 돈독이 들었나 왜 이렇게 돈을 밝혀? 그러다가 제 명에 못 죽어."

이 목사야말로 돈밖에 모르는구나. 어떻게 돈이 모든 걸 해결한다는 사고방식을 가지게 되었을까. 구제불능이구나. 여자는 거실 벽 구석에 몸을 기대고 서서 정신을 가다듬었다. 14층 아파트니 여차하면 몸을 날려 아파트 밑으로 목사를 끌어안고 뛰어내리는 한이 있어도 딸의 소재를 알아내야겠다는 다짐을 하고 있었다.

갑자기 현관 쪽이 소란했다. 우람하게 생긴 다섯 사내가 들어서더니 다짜고짜 여자의 어깨를 우악스럽게 잡아끌었다.

"이 손 놔요. 역시 당신답네. 당신이 어떤 사람인 줄 아니까 우리 협상해요. 내가 낳은 딸 행방만 한 마디 해줘요. 그럼 순순히 물러날 테니까."

"이 미친 여자가 무슨 소릴 하고 있어? 입 닥치지 못해?"

다섯 사내 중 가장 몸집이 크고 근육질이 튀어나온 사내의 신호에 따라서 사지를 움직이지 못하도록 찍어 눌린 여자는 핀에 꽂힌 곤충처럼 퍼덕거렸다.

"찔러! 어서 찌르라니까. 그냥 끌고 나갔다가는 저 여자 성격에 발악해서 주민들 눈에 띌 수가 있으니 어서 찔러. 준비해온 것 있잖아."

팔뚝에 날카로운 바늘이 꽂히는 순간 여자는 아득하게 밑으로 꺼져내리면서 깊은 잠속으로 빠져들었다.

이내가 먼 산을 둘렀고 향기가 진동하는 아름다운 정원을 여자는 혼자 거닐고 있었다. 상큼한 라일락 냄새가 났다. 오월이면 기도원 뒷산을 온통 뒤덮었던 아카시아꽃 냄새도 물씬 풍겼다. 눈을 들어 위를 봐도 온통 꽃들의 천국이었다. 여자는 꽃밭 사이로 좁다랗게 난 길을 따라 걸으면서 팔을 휘둘러가며 찬송을 불렀다. 꽃을 따서 귓가에 꽂고 머리에도 찔렀다. 은은한 찬송과 꽃향기가 진동하는 곳이니 분명 여긴 천국 입구임에 틀림없었다. 아아! 내가 드디어 천국에 왔구나. 그런데 두고 온 세상에 무슨 욕심이 있고 미련이 있어서 이다지도 마음이 무겁단 말인가. 내 영혼아, 기뻐해라. 넌 드디어 천국에 온 것이다. 이렇게 외치면서도 눈에서는 눈물이 흘러내렸다. 기쁨과 환희의 눈물이 아니었다. 왜 내가 이럴까. 여자는 잠시 멈춰서서 머리를 한껏 젖히고 하늘을 우러러보면서 곰곰이 생각해 봤다. 그건 딸 때문이었다. 지상에 두고 온 딸 때문이었다. 아빠에게 버림받고 어딘가에 버려져 있을 딸 때문이었다. 갓난아기 때 보았으니 아직도 여자의 눈에는 입을 오무락거리면서 젖을 빨았던 딸아기가 눈앞에 어른거렸다. 귀청이 찢어지도록 아기의 울음소리가 천국 문을 뒤흔들어 여자는 뒤돌아서서 뛰기 시작했다.

"이거 깨어나는 것 같아. 약을 너무 소량으로 쳤던 거 아니야? 그 주사 한 방에 그냥 찍소리도 못하고 곧바로 죽는 줄 알았는데 상당히 질긴 생명력을 지닌 여자구만. 이런 상태에서는 소생이 어려운 법인데. 끈질긴 목숨이야. 아무튼 지독한 여자야."

"이 여자는 이미 죽은 것으로 되어 있어서 호적에도 없다고 하던데. 이 세상 사람이 아니야. 집안에서 기르는 강아지만도 못한 존재지. 육신만 사람 형상을 가졌지 사람이 아니라고 했어."

"그래도 한 여자의 일생이야. 살아 있는 생명체야. 목숨은 하늘에 있는 것이 아니겠어?"

그들의 두런거림을 들으면서 여자는 짐짓 세상에 온 것을 기뻐했다. 딸이 숨쉬고 있는 지구로 돌아온 것은 생각할수록 환희였다.

"이 지역에 지천인 유두화 뿌리를 삶아 먹이면 되잖아."

"예쁜 꽃을 자랑하는 유두화에 무슨 독이 있다고 그래."

"그 뿌리를 삶아먹으면 독이 몸에 퍼져서 서서히 죽어간다고 하더군. 그러니 그 방법을 쓰는 것이 좋겠다."

"그거 좋은 생각이야. 어차피 죽이라고 했는데 우리 손에 피를 묻히면서 죄를 지을 필요가 있겠어? 자기들은 천국에 가겠다고 악을 쓰면서 왜 우리만 이런 짓을 하고 지옥에 가야 해? 기도원장에게 특별한 약이라고 속이고 유두화 뿌리를 구해주면 되겠군."

"그럼 한약방에 가서 그 뿌리를 사와야 하나?"

"야, 자식들아! 너희들은 왜 머리가 그렇게 돌아가지를 않니? 이 동네에 지천인 것이 유두화가 아니냐."

"맞아! 여긴 남쪽 바다를 끼고 있으니 유두화가 지천이겠구나. 우리가 여섯 시간을 달려왔으니 이 나라 땅 끝이잖아. 어서 나가서 뿌리를 한 자루 가득 캐어다가 기도원장에게 주자꾸나. 이 여자의 병에 특효한 의사의 처방이니 한약을 달이듯 정성을 다 하라고. 이걸 하루도 빠지지 말고 매일 숭늉처럼 먹이라고 말이야."

여자는 눈을 감고 숨을 죽여가면서 저들이 주고받는 대화를 엿들었다. 사내들은 여자의 의식이 없는 줄 알고 기도원장에게 인계시켰다. 사내들이 떠나고 기도원장은 의사가 준 한약이라고 사기대접에 담긴 뜨거운 탕을 여자 앞에 내밀었다.

"무슨 뿌린지 모르지만 아주머니가 이걸 마셔야 미친

증상이 없어지고 근본 치료가 된다고 하니 정성스럽게 기도하고 드시구려."

육순을 넘긴 여자 기도원장이 주는 약을 받아서 입에 대는 순간 환청이 들렸다.

'목에 수건을 두르고 마셔라. 넌 어째서 그렇게 지혜가 없느냐. 서서히 마시는 척하면서 수건에 약물을 흘려라.'

여자는 머리맡에 있던 수건을 꺼내 목에 두르고 서서히 입가로 약물을 흘리며 속으로 뇌었다.

'나는 살아야 한다. 이걸 먹고 죽을 수는 없다. 살아서 딸을 찾고 교회를 구해야 한다.'

7

여름 산은 강한 생명력이 넘쳐흘렀다. 무청처럼 짙은 초록색이 산야를 뒤덮었다. 계절의 흐름을 따라 다가오는 죽음을 거부하는 몸짓을 하면서 매미들은 악을 쓰면서 울어댔다. 간밤에 내린 비로 산 개울물이 불어나서 돌덩이를 몇 개 놓아 만든 징검다리도 사라진 아침에 여자는 기도원을 등지고 서울로 향했다. 거의 반 년 만의 외출이었다. 기도원장의 정겨운 사랑이 여자의 육신을 살렸고, 산 속의 적요 속에 갇혀 오로지 기도에만 매달린 것이 영혼을 가다듬게 했다.

기도원이 산자락에 휘감겨 시야에서 사라지면서 여자의 마음은 걷잡을 수 없는 미움으로 치닫기 시작했다. 우주를 뒤집어엎을 만한 여자의 마음은 가히 다이너마이트 같은 힘으로 폭발할 곳을 찾았다. 마음을 다스려야 한다. 여자는 중얼거렸다.

'내가 예수를 믿지 않았다면 총으로 목사를 쏴 죽였을 것인데. 아아! 예수를 믿는다는 것이 이렇게 괴로운 줄을 미처 몰랐구나. 이를 어쩔꼬. 내 영혼아! 내 영혼아! 너는 잠잠할 수 없겠느냐.'

여자는 이를 악물고 앙금으로 가라앉아 있던 증오의 용트림을 누르려고 진땀을 흘렸다. 서울로 향하는 버스에 올라 자리를 잡은 여자는 구체적인 생각을 했다.

'목사를 죽여야 한다. 이것이 한국 교회를 위하는 길이다. 그 목사는 수많은 사람들의 영혼을 지옥으로 인도하는 주범이다. 사탄이다. 사람이 아니다. 많은 영혼을 죽이는 사탄 중의 괴수사탄인 대왕(大王) 사탄이다. 그런 목사를 죽이는 것이 하나님이 내게 명한 소명이다. 그 목사의 모든 것을 잘 알고 그 정체를 꿰뚫어보는 내가 그를 죽여야 한다. 그 길만이 하나님의 몸된 성전과 성도들을 위한 길이다.'

이런 마음이 들자 여자의 눈에서 형형한 빛이 뿜어나오기 시작했다. 신열이 올라서 볼이 화끈거렸다. 모든 사물들이 달라 보이기 시작했다. 왜 여태 자신의 생명이 꺼지지 않고 타고 있었는지 그 까닭이 명확해졌다. 말기 위암 환자였던 여자가 살아난 이유를 이제야 알게 된 셈이다. 여자에게 주어진 소명은 살인을 하는 것이다. 이건 애국하는 일이요, 하나님을 위한 일이니 순교의 각오를 하는 것과 마찬가지가 된다. 살인자로 낙인찍혀 사형당하더라도 그건 곧 순교자가 되는 길이었다.

순교라는 단어가 주는 힘은 대단했다. 어깨에 날개라도 달린 듯 여자는 민첩하게 움직였다. 끝이 송곳처럼 뾰족한 날카로운 칼을 사서 가슴에 품었다. 목사의 등뒤로 다가가서 심장을 겨냥해서 한방에 찔러 죽여버리면 되는 것이다. 그러나 법정에 서서 그 목사의 사탄성을 고발하지는 말자. 교회를 위해서 입을 닫기로 하자. 나만 죽으면 되니까. 목사와 내가 죽어버리면 이 모든 것은 끝이 난다. 만약의 경우를 대비하여 혀를 깨물어 말 못하는 벙어리가 되면 만사는 잘 돌아갈 것이다. 평소에는 감히 생각할 수도 없는 지혜가 떠올라서 자신이 그렇게 똑똑한 여자인 걸 왜 지금까지 몰랐는지 의아할 지경이었다.

여자는 처녀처럼 변장하기로 했다. 어깨 밑까지 내려오는 집시 스타일의 가발을 사서 앞이마를 덮어썼다. 화장을 짙게 하고 초록색이 약간 도는 색깔 있는 안경을 쓰니 이십대 초반의 여자처럼 보였다. 요란한 붉은색 원피스를 택했다. 농익은 앵두색 구두를 사서 신고 보니 점점 여자는 붉은색 깊숙이 도취하기 시작했다. 목사의 심장에서 뿜어나올 피를 연상시키는 새빨간 치맛자락을 만지작거리면서 여자는 살인 음모의 황홀감에 젖어 몸을 떨었다.

해가 넘어간 시각, 한여름의 햇살이 교회의 벽과 지붕에 흠뻑 고여 있다가 땅거미를 타고 열기를 훅훅 토해냈다. 성전 입구에 다가선 여자는 잠시 멈춰서서 이마 위의 땀을 손등으로 문지르고는 정문을 통과해서 사무실 쪽으로 향했다. 사무원도 퇴근한 모양이다. 여자는 까치발을 하고 당회장실이라 씌어진 방 앞에 섰다. 불빛이 문 밑으로 새어나와 어두운 복도 바닥을 밝혔다. 창문 커튼이 조금 열려 있어 안이 빠끔히 보였다. 여자의 가슴이 뛰기 시작했다. 가슴에 품고 온 칼을 만져보면서 여자는 숨을 몰아쉬었다. 안에서 주고받는 대화가 복도까지 흘러나왔다.

"이건 우리 둘만 아는 비밀로 합시다."

"그걸 말이라고 하십니까? 우리는 같은 배를 탄 사람들로 이젠 한 몸이나 마찬가지가 아닙니까?"

"자! 약속한 돈이 있으니 집을 한 채 장만하구려. 이 일을 혼자만의 비밀로 해야지 같은 침대에서 자는 아내에게라도 발설하면 그때는…… 알지요? 내 성격을."

"그 점은 안심하셔도 좋습니다. 전 아내하고 이야기를 잘 나누는 성격이 아니니까요."

안에서 주고받는 대화 내용에 여자는 빨려들어갔다. 창가에 몸을 바짝 붙였다. 다행히 복도의 어두움이 여자의 몸을 검은 천으로 싸안듯이 감싸주어서 담대하게 안을 들여다볼 수가 있었다.

"내가 이런 짓을 하는 것은 순전히 성도들을 위한 것이오. 저들은 눈에 보이는 뚜렷한 증거를 요구하고 있어서 그게 날 항상 괴롭힌단 말이오. 그게 사람을 죽인다니까. 조용조용 성경을 가르치면 모두 달아나고 몇 사람 남지 않아. 어렵고 지겨운 성경 내용보다 가슴이 터질 듯한 황홀감에 사로잡혀 팔딱팔딱 뛰기를 갈망하고 있단 말이야. 무식한 목사였다면 얼마나 좋아. 난 저들이 원하는 것이 무엇인지 너무나 잘 알고 있어. 그게 나를 괴롭히고 있어. 무엇을 원하고 있는지 저들의 눈을 보면 알 수 있는 눈을 지닌 것이 문제지."

목사의 말에 아부하는 말이 간지러울 정도로 여자의 귓가를 스쳤다.

"그런 지혜를 지녔으니 이렇게 큰 교회로 성장시킨 것이 아닙니까. 아무에게나 그런 능력을 주시지 않아요. 하나님이 목사님을 택해서 그런 놀라운 지혜를 주셨지요."

어깨가 으쓱해진 남자가 턱을 오른손으로 고이고 장황하게 늘어놓기 시작했다. 자신의 말에 취해서 책상을 두드리면서 연설을 하듯 음성이 점점 고조되었다.

"요즘 십대 아이들이 유명 가수의 콘서트에 가서 날뛰는 걸 본 적이 있어. 난 그 광경을 보면서 세상 것을 향해 저렇게 광분하는데 창조주인 하나님을 향해 저렇게 못하는 것이 무엇일까 부끄러움을 느꼈어. 구세주인 주님을 향해 팔딱팔딱 뛰면서 미친 듯이 환호하고 기쁨에 들뜨는 상태로 성도들을 이끌 수는 없을까 하는 것이 내 연구과제였어. 어째서 세상 가수의 노래를 들으면서 광분하는데 하나님을 찬양하는 노래를 들으면서 저들처럼 날뛰는 기쁨의 감정이 없느냐 이거야. 십대의 젊은이들처럼 우리 성도들도 가슴이 뜨겁고 눈물이 나고 등이 화끈해지는 걸 원하고 있어. 텔레비전을 보듯이 총천연색으로 믿음도 앞에 쫘악 펼쳐지기를 갈망하고 있다는 뜻이지. 이 시대의 목회는 연극이 필요해. 아주 신바람나는 연극을 연출할 필요가 있단 말이오. 재미있는 연극이나 텔레비전 드라마가 사람의 혼을 빼앗듯이 사람들을 모이게 하는 방법은 신비하고 재미있는 것을 보여주는 수밖에 없어. 손으로 장풍을 넣듯이 탁하면 우르르 뒤로 넘어지는 연극만으로 만족하질 않으니 어쩔 거야. 최면제 역할을 하는 마약을 쓸 때 매번 양을 늘이는 것과 같은 원리를 우리도 이용하자는 거야. 세상이 깜짝 놀랄 큰 이적을 저들은 두 눈을 똑바로 뜨고 보기를 소원하는 심리를 이용하자는 것이지. 내가 저들 앞에서 홍해를 가르는 모세처럼 기막힌 요술쟁이가 되어 능력 있는 종으로 믿기고 싶은 거야. 그러니 어쩔 거요. 죽어가는 영혼을 하나님 앞으로 인도하려면 수단방법을 가리지 말고 해야지. 당신 내 마음을 이해하겠지? 이게 바로 모든 목사들이 당면한 고통이라니까. 시간이 갈수록 더 진한 무드를 원하니까 말이야. 자! 이제 시작하지. 우리가 이 일을 처음 했을 때처럼 더디고 느리게 하지 말고, 아주 순간적으로 화려하게 짧고 굵게 해내야 된다고. 알았지?"

순간 방안의 불이 탁 꺼졌다. 바깥쪽 외등으로 인해 방안의 두 사람이 희미한 빛 속에서 부유(浮遊)했다.

여자의 목이 간질거렸다. 이어 코끝이 가렵고 재채기가 날 것 같아 여자는 손바닥으로 입을 틀어막았다. 방안의 비밀스러운 사건을 놓칠세라 여자는 코까지 틀어막아 가며 숨을 참았다. 목사의 머리에 후광이 어리기 시작했다.

"더 환하게 해봐. 강도를 높이라고. 수천 명의 성도들이 확실하게 볼 수 있도록 더 강렬한 빛으로 바꿔보라니까."

남자는 거울 앞에 앉아서 자신의 머리 위에 둥글게 빛을 발하는 빛의 강도를 측정하고 있었다.

"이걸 자주 사용하면 탄로가 날 터이니 적절하게 이용하자고. 철야기도 시간이 좋겠군. 자정쯤 모두가 잠이 와서 중언부언 기도를 하면서 끄덕끄덕 졸 때 어둠을 가르면서 번쩍 밝히라고."

"아무 때나 제가 어떻게 이걸 사용합니까? 신호를 해주어야지요."

"아! 그렇지. 처음에는 약하게, 아주 희미하게…… 차츰 빛의 강도를 더해 가야겠지. 사람들이 환성을 발하면서 잠에서 깨어나 탄성을 발하기 시작할 적에 아주 강렬한 빛으로 내쏘는 거야. 그건 순간으로 해야 돼. 그 다음에 확 꺼버리라고."

"그런 기술적인 것은 제가 뒤에 숨어 처리할 수 있어요. 목사님이 하실 일은 제게 신호를 주셔서 언제쯤 비춰라 해야 제가 일을 시작하지요. 저는 어느 때 비춰야 할지 잘 모르니까 목사님이 적절하게 지시를 해야지요. 중요한 것은 서로 한몸처럼 호흡을 맞춰야 하는 것이 아닐까요?"

"내가 오른손을 이렇게 올리면서 주여! 한 번 외칠 적에 약한 일 단계 빛을 내 머리에 만들라고. 그 다음 주여! 주여! 두 번 외치면서 두 손을 번쩍 들고 위를 올려다볼 적에 중간색으로 빛을 만들면 되지. 그 다음 조금 시간을 벌면서 사람들의 시선을 집중시켜 주여! 를 세 번 외치면서 껑충껑충 뛰어오르면 그때는 삼단계의 가장 강렬한 빛을 비추라는 뜻이야. 그때쯤이면 사람들이 모두 박수를 치면서 환호성을 터뜨릴 거야. 설령 내가 강대상을 소리내어 걷어차지 않아도 자네는 그때를 감지하게 될 터이니 걱정하지 말게. 그리곤 재빠르게 그 빛을 꺼버려. 그러면 사람들이 꿈인가 생신가 하면서 헷갈릴 거야. 그게 바로 사람을 사로잡는 거야. 신비해야 사람들은 매력을 느껴. 눈으로 본 것인데도 영안을 뜨고 본 것 같은 환상에 사로잡혀 황홀경에 빠지게 하는 거야. 졸음이 오다가 갑자기 눈앞에 펼쳐지니까 알딸딸한 상태에서 본 것이라 정신을 차릴 수 없는 거지. 이건 희귀해야 효과가 있어. 효율성을 따져서 일 년에 딱 한 번이나 두 번 해야지 자주 하면 재미가 없어. 흥미를 잃게 되지.”

안에서는 세 단계의 빛을 조정하느라고 주여! 한 번, 두 번, 세 번 외쳐대고 목사의 머리 위에서 후광이 찬란하게 빛을 발하고 있었다. 여자의 가슴이 쿵덩쿵덩 뛰기 시작했다. 저들은 자본주의 사회의 비지니스를 모방한 기법을 펼치고 있었다. 이제 죽여야 할 이유가 확실해졌다. 단순히 목사와 여자 사이에 증오로 자란 미움의 덩어리가 살인을 불러온 것이 아니란 당위성도 이제 명백해졌다. 저건 죽여야 할 상대였다. 이 시간 이 자리에 그녀를 세운 것은 성령의 인도라는 확신도 섰다. 뱀처럼 빠르고 지혜롭게 행동해야 한다. 인간의 마음으로 조급하게 굴다가는 일을 망칠 수 있다.

여자 혼자의 힘으로 곰처럼 몸집이 큰 목사와 몸이 날렵한 청년을 당해낼 재간이 없을 것이다. 목사가 혼자 남아 기도한다고 엎드려 있을 적에 뒤로 살짝 다가가서 심장이 있는 왼쪽 등을 비수로 팍 찌르면 일은 끝나는 것이다. 칼끝이 가슴을 관통할 정도로 젖 먹은 힘을 다해서 찔러야 하리라. 여자의 몸에서 땀이 흘러내렸다. 작열하는 태양열을 잔뜩 먹은 성전이 뿜어내는 열기 때문만은 아니었다. 여자의 가슴에서 뿜어나오는 열기 또한 대단했다. 바짝 타오른 목이 간지럽다고 느껴지는 순간 여자는 건잡을 수 없는 큰 재채기를 터뜨리고 말았다.

그 순간 방안의 불이 켜졌다. 여자의 눈이 목사의 눈에 꽂혔다. 달아나야 한다. 그러나 움직일 수가 없었다. 차가운 눈. 그건 사람의 눈이 아니었다. 목사의 눈에서는 으스스한 빛이 뿜어나왔다. 사람을 오싹하게 만드는 눈이었다. 살기가 어린 눈이었다. 그 눈에서 뿜어나오는 독기에 잡혀 발을 떼어놓을 수가 없었다. 독사의 독에 사로잡혀 오금이 저린 개구리처럼 몸을 옥죄는 무서운 괴력에 여자는 안간힘을 쓰며 빠져나왔다. 두 남자가 복도로 뛰어나오는 동안 여자는 한길로 번개처럼 빠져나와 인파 속에 파묻혔다. 큰길이 성전에서 가까운 것이 다행이었다. 겁이 나서 여자는 반 시간이 넘도록 인파를 따라 빨리 걷기 시작했다. 사람 속에 묻히니 차츰 마음이 안정되기 시작했다. 아무리 생각해도 그 자리를 벗어난 것은 이상한 힘에 사로잡혀 새처럼 날아오른 듯했다.

집안보다 해가 진 거리가 시원해서 여름 밤은 온통 사람들로 붐볐다. 사람의 물결을 따라 여자는 천천히 걷는 속도를 늦췄다. 오랜만에 신은 뾰족구두의 뒤축이 발꿈치를 아프게 해서 저절로 엉덩이가 흔들렸다. 어깨까지 늘어진 가발을 만지작거리면서 여자는 조금 전에 마주쳤던 목사의 눈을 떠올렸다.

'그 목사는 사람이 아니고 독사야. 그를 죽인다 한들 그게 무슨 소용이 있단 말인가. 바로 그 목사는 사람의 탈을 쓴 독사다. 인간이 아니다. 독사의 탈을 쓴 인간이다. 이리의 탈을 쓴 사탄이다.'

퍼뜩 여자의 머리에 강한 생각이 스쳤다.

'목사 안에 거하는 악한 영을 미워해야지 어찌 사람을 미워할 수 있겠느냐. 너는 악령을 죽이기 위해 사람을 해칠 것이냐.'

여자는 새로 사 신은 구두에 물집이 생겨 절뚝거리면서 걸었다. 시간이 흐를수록 아픈 뒤꿈치 때문에 더 이상 걸을 수가 없었다. 땅바닥 위에 펄썩 주저앉고 싶었다. 여자는 이를 악물었다. 농익은 앵두색 구두에 빨간 원피스를 입은 여자가 길바닥에 주저앉을 수는 없었다.

사방에서 십자가의 형광등이 빛을 발하기 시작했다. 환한 낮에는 숨어 있던 십자가들이 어둠 속에서 모습을 드러낸 것이다. 여자는 한길에서 가장 가까운 교회로 향했다. 아주 작은 교회였다. 성전에 들어가 머리를 숙였다. 강단가에 몇몇 사람이 둘러앉아 열심히 기도하고 있었다. 여자는 뒷문에서 제일 가까운 자리에 앉아 머리를 숙였다. 뺨 위로 뜨거운 눈물이 흘러내렸다. 걷잡을 수 없는 눈물이 쏟아졌다. 그녀의 의지와는 관계없이 흘러내리는 눈물이었다.

'가여운 사람. 불쌍한 사람.'

눈에 번갯불이 스치듯이 번쩍 하는 순간 파고든 이 생각은 가슴과 머리에 깊이 자리를 잡았다. 그렇게도 죽도록 미워했던 그 목사가 가엾게 보이고 불쌍하다는 생각을 하다니! 이건 아니다. 머리를 흔들면서 생각을 떨쳐버리려고 여자는 안간힘을 썼다. 그러나 그 생각은 힘으로 밀쳐낼 수 없는 것이었다.

다음날 여자는 험한 산 벼랑에 자리잡은 기도원을 찾아 나섰다. 사람이 찾을 수 없을 정도로 험한 지형에 속한 기도원을 동경했다. 이 세상에서 제일 가파르고 험악한 산속의 기도원이라면 더욱 좋았다. 그게 한국에 없으면 티베트의 산속이나 아니면 아프리카의 적도 근처라도 좋았다. 심지어 남미의 아마존 강가에라도 찾아갈 마음이 용솟음쳤다. 이 세상과 결별하는 방법은 그 길밖에 없었다.

8

여자의 생은 산을 끌어안고 혼자 외롭게 살면서 기도만 하라고 창조된 것일까. 어쩔 수 없이 여자는 산속을 헤집고 다니면서 살 곳을 물색할 수밖에 없었다. 사람들이 무서웠다. 사람 냄새가 싫었다. 남편에게 버림받고 세상을 등지고 기도원에서 살면서 세상 사람이 모르는 냄새를 알게 된 것이다. 이 세상은 아기에게서 나는 신선하고 향긋한 냄새를 잃었다. 나이를 먹어가면서 인생의 더께만큼 살갗에 눌러붙은 도시의 풍진 냄새는 세월이 갈수록 악취를 풍긴다는 사실을 알고 어떻게 그들 틈에서 살 수가 있단 말인가.

사람이 징그럽도록 싫었다. 정보사회의 거대한 물결도 두려웠다. 자동차도 들어올 수 없는 오지를 택하기로 했다. 수도와 전깃불까지 등진 곳, 심지어 전화도 없고 편지를 나르는 집배원까지 감히 발길을 들여놓을 수 없는 곳을 찾아 산속을 헤맸다. 깎아지른 절벽을 수십 군데 휘돌아서 계곡을 수없이 넘어선 끝에 오두막집처럼 서 있는 기도원을 찾았다. 옛날에 지어진 암자였으나 너무 험한 곳에 자릴 잡아 중들이 살기를 포기하고 팔아버린 곳이라고 했다. 기도원에 이르는 길이 너무 좁아서 송아지로 들어갔다가 황소가 되면 빠져나올 수조차 없는 곳이었다. 시월 초승부터 늦은봄까지 눈이 녹지를 않아 속세와는 철저하게 단절되는 지역이었다. 여자가 그렇게도 소망했던 바로 그런 기도원을 찾아낸 셈이다. 여자는 기도원 주소는 물론 지역의 이름까지 알 필요가 없었다.

그녀를 찾아올 사람이 없었다. 이미 이 세상 사람이 아니기 때문이다. 친정붙이라야 고아원 출신들 몇 뿐인데 그들에게 이런 구차한 모습을 보여주고픈 마음이 전혀 없다. 어머니라 불렀던 고아원 원장에게는 정이 없었다. 이런 여자의 처지를 알고 남편도 그녀를 우습게 여기고 버린 것이다. 죽었다고 소문을 내고 말이다. 그러고 보니 여자는 땅속이 아닌 땅위의 무덤 속에 살고 있는 셈이다. 살아서 돌아다녀도 아무도 몰랐다. 이 세상에서 유일하게 살아 움직이는 미라였다.

종일 하늘과 산과 개울을 바라보고 사는 생활이 시작되었다. 온몸에 산나무 냄새와 산풀 향기가 물씬 고였다. 산새들의 울음소리와 산바람 소리에 익숙해지면서 여자의 마음은 차츰 산 빛으로 물들어갔고 산의 일부가 되었다.

기도원 주인은 하나뿐인 아들이 중증의 뇌성마비로 몸을 뒤트는 것을 사람들에게 보이고 싶지 않아 입산하여 벌써 이십 년을 지낸 육순이 가까운 여인이고, 아들은 서른을 넘겼으나 화장실 출입도 못하는 신체 불구자였다.

여자는 이들을 위해 아침 햇살을 따라 산기슭에 지천으로 자라는 산나물을 뜯어오고 나무를 져다가 처마 밑에 키가 넘도록 쌓아놓았다. 아래 지역보다 겨울이 긴 이곳은 땔감이 겨울 양식만큼이나 소중했다. 여자지만 입술에 루즈를 바를 필요도 없고 얼굴에 로션을 칠할 이유도 없는 삶이었다. 입이 한없이 옆으로 돌아가는 아들을 앞에 앉혀놓고 턱받이 수건을 배꼽까지 가리고 밥을 먹이고 있는 어머니와 아들의 웅얼거림이 이따금 산의 정적을 깨뜨렸다. 초봄부터 산나물을 뜯어다 삶아 말리고 가을이 오면 머루와 다래를 소쿠리 가득 따 날랐다. 도토리를 주워다가 독에 붓고 기도원 주위에 채마밭을 일구어서 감자, 옥수수, 조를 심고 수확하는 것이 주요 일과였다.

겨울, 눈이 내리면 여자는 방에 앉아서 성경을 읽고 찬송을 부르면서 울부짖는 기도를 했다. 넓고 넓은 이 지구 위에 오직 한 사람, 바로 그녀가 하나님 앞에 뽑혀서 기도

하라는 소명이 주어졌다고 믿었다. 여자는 딸이 보고플 적에는 아래 세상을 향해 목이 찢어지도록 부르짖었다.

'너는 오랫동안 이 땅에서 행복하게 살아야 한다. 엄마가 누리지 못한 기쁨이며 행복을 두 몫으로 받아라. 세상에서 제일로 행복한 삶을 만끽해야지. 예수님이 엄마 대신 너를 인도하고 있으니 그 손을 꼭 잡아라. 세상 풍파에 시달려 죽고 싶을 때 네 곁에 있는 예수님의 못박힌 손자국을 만져라. 힘을 줄 것이다. 너는 행복하게 살아야 할 권리가 있다. 너는 사랑받기 위해 태어난 딸이다. 내 목숨까지 주어도 아깝지 않을 금쪽 같은 내 딸아! 이 세상에 오직 하나뿐인 내 핏줄아…….'

여자는 지난날 속에 묻힌 온갖 아름다운 것들을 떠올렸다. 그녀가 기도 속에 그려보는 그대로 딸이 아름답게 성장할 것을 믿었다. 부자들의 안방과 부엌을 눈앞에 그려보면서 딸이 그런 풍요로운 삶을 살게 해달라고 빌었다. 나날마다 딸은 성화된 아름다운 아이로 그녀의 가슴에서 무럭무럭 자랐다. 이런 여자를 놓고 병신 자식을 둔 기도원장이 위로를 했다.

'자식은 하나님이 주신 기업이라 했소. 내 무릎 위에 잠시 맡겨놓은 하나님의 소유란 뜻이지. 20세가 되면 모두 떠나니 자식이란 잠시 창조주가 내게 맡긴 것인데 그걸 몰랐어. 다른 자식과 달리 내 아들은 일생 나와 함께 사는 것이 하나님의 뜻인 걸 깨닫지 못하고 내 소유인 줄 알고 얼마나 괴로워했는지 몰라. 온몸을 뒤틀면서 사람 같지 않은 모습을 한 아들을 데리고 수없이 고층 아파트의 옥상엘 올라가서 껴안고 함께 아래로 뛰어내리려고 했었지. 그러나 그때마다 성령의 손이 나를 붙들었어. 이제야 이런 아들을 내게 주신 뜻을 깨닫게 되었다오. 이곳 산골이 얼마나 좋소. 천국을 닮은 곳이 아니오. 하나님은 이 땅 위에서 내게 이런 천국의 맛을 누리라고 이런 아들을 내게 허락한 것이오. 이곳엔 미움도 없고 욕심도 없고 오직 높은 곳을 향해 기도하면서 내게 맡겨주신 이 아들, 만 명보다 더 귀한 내 아들을 돌보면서 살아가니 이 얼마나 행복하오. 자식이란 하나님의 것이오. 자네 따님도 그분의 손길에 잡혀서 어딘가에서 잘 살아가고 있을 것이오. 그러니 우리 감사해야 하오. 내 남편처럼 이런 자식을 둔 것을 불평하고 비관하면 일찍 죽어요. 속을 끓이면 암이 생기는 것이라오. 내 남편은 안수집사 직분까지 받았어도 감사할 줄 모르고 아들로 인해 불평하고 울부짖고 울다가 갔어요. 이런 자식을 둔 것이 창피해서 주눅이 들고 원망만 하다가 죽었다니까. 그러니 우리 기쁨으로 삽시다. 이 땅에서 영원히 사는 것이 아니고 잠시 살다가 갈 것이니 이 생활도 날을 계수하는 지혜가 필요한 것이오.'

기도원장이 아무리 위로해도 비가 내리는 날이면 여자는 마음을 평안하게 다스릴 수가 없었다. 산골을 헤매다가 딸 생각이 나면 무조건 아래 세상을 향해 뛰어내려가고픈 충동을 누를 수가 없었다. 어쩔 수 없이 여자는 기도 원장에게 속사정을 털어놓았다.

"그 어린것이 거리를 혼자 방황하다가 굶주리고 추워서 죽어버린 것이 아닐까요? 문득 그런 생각이 들 적에는 나도 어서 죽고 싶다는 생각을 누를 수가 없습니다."

"사람이 한 번 태어나서 죽는 것은 정한 이치요. 우리가 이런 상태로 영원히 이 지상에서 살아가는 것이 아니고 죽어야 한다는 것이 얼마나 위로가 되는지! 이곳에 이렇게 잠시 머물다가 우리가 갈 곳은 영원한 본향, 천국이니 그 소망이 얼마나 좋소. 내 아들은 저세상에서 온전한 육신으로 변해서 걸으며 뛰면서 나를 안아줄 것이오. 난 그날을 기다리면서 기쁨으로 살고 있소. 그러니 힘을 내요. 죽든지 살든지 우리는 주의 것이니 우리가 만날 곳은 저 천국이 아니겠어."

"그럼 이 세상에서 제 딸을 만나지 못한다 해도 천국에서 꼭 만나는 것이 확실하군요."

"맞아요. 그러니 계속 기도하세요. 기도한 자식은 망하는 법이 없다고 하더군. 하나님이 크게 쓰실 그릇인 당신의 딸을 위해 기도하라고 우주만큼 큰 기도 그릇을 만들어 자네 앞에 놓아준 것이 틀림없소. 당신의 기도 소리에 따님은 험하고 힘든 인생의 계곡을 무사히 통과하면서 살아갈 것이 틀림없어."

우주만큼 큰 기도 그릇이라! 이 말이 참으로 큰 위로가 되었다. 아하! 하나님은 내게 특별한 딸을 주셨구나. 우주만큼 큰 기도 그릇을 앞에 놓고 기도로 채워야 하니 딸을 위해 무릎을 꿇을 적에는 기쁨이 충만해서 산새처럼 하늘을 날 것 같았다.

그러나 남편을 떠올릴 적에는 전신에 소름이 쫙 깔렸다. 산속으로 들어올 때는 불쌍한 사람, 가여운 사람이라는 마음을 가지고 왔지만 시간이 흐를수록 미움이 머리를 치켜들었다. 감정과 의식의 세계에서는 이미 용서하고 긍휼히 여기는 마음으로 가득 찼으나, 어느 순간 휘몰아치는 미움의 소용돌이는 무의식 속에 앙금으로 가라앉았던 모든 걸 몽땅 휘저었다. 그 미움의 구정물은 여자의 마음을 더럽게 분탕질하다가 나중에는 토네이도보다 더 엄청난 거대한 힘으로 머리끝까지 덮쳤다. 여자는 이럴 때 견딜 수가 없어서 기도줄을 놓지 않으려고 안간힘을 다 했다. 처절한 몸부림으로 전신을 얼마나 꼬집고 뒹굴었던지 온몸이 멍으로 퍼렇게 물들기도 했다.

'주님! 이 미움에서 저를 건져주세요. 이 무서운 토네이도 같은 험한 태풍 속에서 저를 잡아주세요. 무의식 세계에서도 남편을 긍휼히 여기고 사랑하게 해주세요. 바다 같은 사랑으로 제 마음을 변화시켜 주세요. 제 힘으로는 도저히 그럴 힘이 없으니 예수님의 마음으로 제 속을 채워주세요. 제가 그리스도와 함께 십자가에 못박혀 죽게 하시고 내 속에 온전히 그리스도만 살아서 내 생각, 내 주장, 내 미움까지 다 쏟아내 버리고 성령으로 충만하게 채워주세요. 오직 주님만 살아서 나를 주장하여 주세요. 저는 죽고 주님만 살아서 이 육신을 주장해 주세요. 주님의 심장이 내 속에서 뛰기를 소원합니다.'

남편을 향한 미움을 죽이기 위해 여자는 처절한 싸움을 했다. 밤낮을 가리지 않고 기도하면서 물까지 마시지 않고 죽을 각오를 했다. 매일 이렇게 매달려 기도하다 보니 나중에는 무릎이 굳어서 일어설 수도 없었다. 낙타의 무릎처럼 딱딱한 군살이 무릎에 박혔다. 그래도 여자는 기도줄을 놓지 않고 팽팽하게 잡아당겼다.

그렇게 지내던 어느날 놀라운 꿈을 꾸었다. 머리에 후광을 인 남편이 나타났다. 청년을 데리고 성도들의 눈을 속일 연극을 하던 교회에서 마지막 본 후광이 또렷하게 살아났다. 갑자기 눈앞에 하늘과 땅을 연결한 대형 스크린이 펼쳐지는 것이 아닌가. 총천연색이었다. 너무나 색깔도 선명했고 먼지 알갱이까지 볼 수 있는 투명함이 눈을 놀라게 했다.

가짜 후광을 인 남편이 수술대 위에 대(大)자로 눕더니 숨이 끊어질 것 같은 신음을 토해냈다. 이따금 아픔이 극에 달하는지 등을 활처럼 휘면서 귀청이 찢어질 듯한 단말마의 소름끼치는 비명을 내질렀다. 그 소리를 참을 수 없어서 여자는 자신도 모르게 남편을 도와주려고 와락 그에게 다가갔다. 그 순간 공중에서 큰 음성이 들려 왔다.

"딸아! 네 남편의 정체를 알고 싶으냐?"

"네, 알고 싶습니다."

"내가 너에게 똑똑히 보여주마."

언제 들어왔는지 눈처럼 흰 가운을 입은 의사가 수술대 옆에 서 있었다. 그의 머리에서 빛나는 후광은 어찌나 강렬한지 바라볼 수조차 없었다. 등을 여자 쪽으로 돌려서 의사의 얼굴은 볼 수가 없었다. 오른손에 든 칼이 번쩍 차가운 빛을 뿜어냈다. 그 날카로운 칼을 몸부림치고 있는 남편의 오른쪽 발바닥에 대는 것이 아닌가. 단말마의 비명이 귀청을 찢었다. 의사는 가운데 발가락으로부터 뒤꿈치까지 날카로운 수술 칼로 죽 그었다. 새빨간 핏줄기가 천장으로 솟구쳤다. 남편의 비명은 짐승의 울부짖음으로 변해서 곧 숨이 넘어갈 듯했다. 참기가 어려운지 등을 활처럼 휘면서 몸부림쳤다. 여자는 두 손으로 얼굴을 가렸다.

"딸아! 얼굴에서 손을 떼고 발바닥 속을 똑똑히 보아라."

남편이 고통을 이기지 못하고 울부짖는 것이 너무 처절해서 여자는 귀를 막은 채 의사가 갈라놓은 발바닥을 응시했다. 아악! 여자는 현기증이 나서 비틀거렸다. 차마 눈뜨고 볼 수 없는 것이 눈에 들어왔기 때문이었다.

"네 마음을 괴롭히는 미움을 없애기 위해 한 번 더 보거라. 이것을 기억해야 네 기도가 살아날 것이다."

여자는 다시 한 번 그 발바닥을 들여다보았다. 뱀 두 마리가 서로 엇갈려 꼬리와 입을 물고 있었는데 마치 에털 알

콜 속에 담긴 것처럼 퉁퉁 부어서 꼼짝않고 박혀 있었다.

"다른 쪽 발바닥도 보여주마."

남편은 다른 쪽 발을 의사의 손에서 빼내려고 발버둥을 치면서 외마디소리를 내질렀다.

"아닙니다. 됐습니다. 너무 아파하니 째지 마세요. 불쌍해요."

의사는 여자의 간청을 무시하고 파란빛이 번쩍이는 칼날을 발바닥에 대고 죽 내려그었다. 남편의 비명이 다시 천지를 진동했다. 거기에도 뱀 두 마리가 서로 엇갈려 누워서 입과 꼬리를 물고 나란히 발바닥 살속에 박혀 있었다.

"딸아! 이번에는 머릿속을 보여주마."

의사는 남편의 머리털을 휘어잡고 칼을 높이 들었다. 남편은 도망가지도 못하고 두 손으로 머리를 감싸안고 피해보려고 몸부림쳤다. 그 모습이 너무 애처로워 볼 수가 없었다. 의사의 손이 거침없이 남편의 머릿속을 가르려고 칼을 댔다.

"주님! 본 것이나 다름없습니다. 너무 아파하니 제발 머리에는 칼을 대지 마세요. 이제 알았습니다. 절대로 그를 미워하지 않을 것입니다. 진정으로 불쌍히 여기는 마음뿐입니다."

눈을 뜨니 동녘이 희뿌윰하게 밝아오고 있었다. 온몸은 땀으로 흠뻑 젖어 있었다. 여자는 무릎을 꿇고 두 손을 모았다. 눈물이 펑펑 흘러내려 무릎을 적셨다. 강물처럼 흘러내리는 눈물 속에서 그녀는 똑똑히 보았다. 수천 마리의 뱀들이 남자의 머릿속에서 꿈틀거리는 것을! 여름 장마 끝에 함지박에 그득 잡아놓은 미꾸라지들보다 더 많은 뱀들이 미끈거리는 등을 번쩍이면서 난무했다. 온갖 색깔로 몸을 치장한 독사들이 서로 엉켜붙어서 강렬한 빛을 뿜어냈다. 밖으로 향한 독사의 입에서 검은 실 같은 혀들이 밤송이의 가시처럼 남편의 머리를 뒤덮었다. 여자는 진저리를 쳤다. 숨이 턱턱 막혀 왔다. 구역질이 나서 여자는 연신 손으로 입을 틀어막았다.

"주님! 저 가여운 남편을 위해서 제가 할 일이 무엇입니까?"

"저 독사들을 한 마리씩 다 잡아 죽여야 하리라."

"주님! 저는 뱀을 죽일 무기도 없고 기구도 없습니다. 어떻게 셀 수 없이 많은 저 독사들을 저 혼자 다 죽일 수 있단 말입니까?"

"이 땅에서 네가 할 일이 바로 그것이니라."

"아닙니다. 저는 그럴 능력이 없습니다. 절대로 못합니다."

"너는 할 수 있다."

여자는 세차게 도리질을 하면서 입술을 깨물었다.

'기도 외에는 이런 류가 나갈 수 없다.'

천둥처럼 멀리서 들려 오는 음성이었다.

광야의 식탁

1

위성도시의 중심가를 벗어난 산기슭에 자리잡은 교회는 하늘을 치솟은 십자가와 십 층이 넘는 교육관으로 인해 그 위용이 바로 옆에 치솟은 산봉우리와 쌍벽을 이룰 지경이다. 대도시에서 개척한 교회가 땅값이 뛰면서 비싸지자 그걸 팔아가지고 위성 도시의 넓은 터를 사서 거대한 교회를 건축했다는 정보를 이미 듣고 왔지만, 진짜로 이 교회는 유럽의 고풍스러운 거대한 성(城)보다 더 웅장했다. 정문을 들어서자 봄바람을 타고 무르익은 꽃잔디의 연보라색 꽃망울들이 환상적인 분위기를 풍기면서 성전의 정원을 뒤덮었다. 주일을 지난 다음날이라 교회는 텅 비어 있었다. 돈이 아주 많은 교회로구나 생각하며 예은은 유리창을 통해 성전 안을 들여다보았다. 채색 유리로 장식한 옆면은 예수님이 양 한 마리를 안고 지팡이를 들고 냇가에 서 있는 인자한 자태가 아로새겨져 있었다.

중세기 수도원의 분위기가 물씬 나는 성전 안을 넋을 잃고 바라보던 예은은 정원 뒤쪽에서 들려 오는 두런거림에 신경을 곤두세우고 까치발로 복도를 돌아 그들 가까이 갔다. 신부처럼 하얀 깃 달린 제복을 입은 손 목사는 등을 그녀 쪽으로 돌리고 있었고, 꼽추인 몸에 사찰 직분을 맡은 김 집사는 정원의 잡초를 뽑느라고 앉은자세였다.

"설마 저를 위해 그런 일을 한 것은 아니겠지요?"

"……."

"말씀해 주세요. 너무 괴로워서 간밤에 한숨도 자지 못했습니다. 다른 사람은 몰라도 사찰님의 마음을 전 환하게 읽을 수가 있답니다. 그만큼 절 사랑하시고 계시니까요."

"아무 말 말고 그냥 계세요. 목사님을 의심하는 사람은 없을 것이니 그냥 넘깁시다."

"어떻게 그런 일이 일어날 수 있어요? 김수덕 장로님의 생명이 달린 문제예요. 그분의 차는 이 나라에서도 몇 개 안 되는 최고급 외제 차인데 그런 차가 어떻게 브레이크 고장으로 언덕을 구를 수가 있느냔 말이에요."

"차 사고가 어째서 저와 관계가 있다고 이러십니까?"

"사고가 나기 전날 밤 그 차가 교회 주차장에서 하룻밤을 잤으니까 말이지요. 사찰님은 교회 차들을 전부 수리할 수 있는 기술이 있잖아요. 그 점이 저를 밤새 괴롭혔습니다."

김 사찰은 갑자기 대화의 줄기를 바꾸었다.

"설마 사표를 쓰신 것은 아니겠지요?"

"그들이 강제로 권모술수를 동원해서 받아갔어요."

"안 됩니다. 그렇게 물러가면 성도들이 다칩니다. 싸워야 합니다. 목회 현장도 싸움터입니다. 마귀하고 접전하는 최전선이지요. 그렇게 가버리시면 마귀들이 승리를 외치면서 많은 성도들의 영혼을 먹어버립니다. 절대로 그대로 돌아서지 마십시오. 제가 이렇게 애원합니다. 저도 목회라면 어느 정도 아는 사람입니다."

그들의 대화가 너무 심각해서 예은은 몸을 문 뒤쪽에 숨기고 눈과 귀를 모았다.

"제가 이 교회를 뜨는 것도 다 하나님의 뜻입니다. 한 마리의 참새가 땅에 떨어지는 것도 하나님의 허락 없이 되는 일이 아니라고 했습니다. 투쟁보다는 평화로운 방법을 택하는 것이 현명한 길입니다."

"아닙니다. 아니에요. 목사님이 잘못 판단하신 것입니다. 몸과 마음을 바쳐 힘껏 싸운 뒤에 패하는 것은 하나님의 뜻이라 할 수 있지만 싸워보지도 않고 물러선다는 것은 나약한 증거입니다. 제가 이렇게 목사님의 몸처럼 하나가 되어 있는데 그렇게 물러서지 마세요."

손 목사의 음성이 조금 높아졌다.

"그들이 사표를 써가지고 와서 강제로 도장을 받아갔어요. 그것도 이렇게 말하면서 말이오."

손 목사의 말을 종합해 보면 장로들의 주장은 다음과 같았다.

'사태가 이렇게 되었으니 교회를 안정시키려면 그냥 무마책으로 사표를 낸다고 연극을 하세요. 그러면 그런 일에 무슨 사표냐고 모두 머리를 흔들면서 장로님들이 도와서 즉시 반환할 것입니다. 그러면 목사님 목회가 평안할 것입니다. 연극으로 사표에 도장을 찍어보란 말이오. 잠깐 연극을 하라는 말이오. 진짜가 아니라니까요.'

"그래도 절대로 사표에 도장을 찍지 않으셨어야 하는데."

김 사찰이 머리를 세차게 흔들었다. 그러자 손 목사는 천천히 그간 일어난 일들을 남의 일처럼 말했다.

"장로님들의 말이니 목사란 그냥 따를 수밖에 없었습니다. 더구나 묘한 사건을 만들어 투서를 돌리면서 저를 매장하려는 판에 그걸 돕겠다는 장로님들의 말을 어찌 거부하겠어요. 더구나 그 분위기가 얼마나 살벌했는지 아세요? 마치 검사가 죄인을 심문하는 것 같았습니다. 저는 성직자예요. 그런 자들에게 어떻게 설교를 할 수 있단 말입니까. 설령 제가 사찰님의 주장처럼 싸워 이겨서 이 교회에 남는다고 합시다. 저들이 내 설교를 듣겠어요? 설교가 받아들여지지 않는 현장에서 목회를 한다는 것은 비극이지요. 차라리 신발의 흙까지 털어버리고 이곳을 뜨고 싶은 마음뿐이에요."

두 사람 사이에 잠시 침묵이 흘렀다. 예은은 계속 몸을 문 뒤에 숨기고 그들이 주고받는 대화에 귀를 기울였다. 멀리서 경찰 차의 웽웽거림이 있더니 이내 세 대의 경찰차들이 교회 안으로 들어왔다. 우락부락하게 생긴 사복형사가 차에서 내리더니 손 목사 앞으로 다가섰다.

"김수덕 장로님을 죽이려고 한 것은 분명히 목사님이셨지요?"

"어떻게 목사가 장로님을 죽이려든단 말이오."

"그 차가 사고나기 전날 교회 주차장에 하룻밤을 묵었다고 합디다. 주위 사람들의 증언으로는 범인이 일부러 브레이크에 손을 댔다고 해요. 살인을 시도할 만큼 장로님과 목사님 사이가 악화되어 있었다는 관계자들의 증언도 있었습니다."

잡초를 한 손에 든 채 김 사찰이 벌떡 일어섰다.

"우리 목사님을 이렇게 들볶지 마세요. 어떻게 목사님이 살인할 마음을 품었다고 이러십니까. 결국 원로 목사의 오른팔인 김 장로님이 우리 목사님을 내쫓으려고 이런 연극을 꾸민 것이겠지요."

그러자 형사가 김 사찰의 야윈 팔을 우악스럽게 잡아챘다.

"교회 청소나 하는 사찰 주제에 자기 위치나 알고 잠잠할 것이지 왜 이런 일에 끼여드는 거요. 저리 비켜요. 건방지게 굴지 말고."

형사의 손에 잡힌 김 사찰이 벌렁 땅바닥에 나뒹굴었다. 손 목사가 쓰러진 김 사찰을 부둥켜안아서 일으켰다.

"이러지들 마시오. 노인을 이렇게 우악스럽게 다루는 법이 어디 있소. 더구나 성치 않은 몸인데. 문제가 있다면 저를 상대로 하세요."

"으흠! 저 꼽추가 목사님하고 한패가 된 모양이군. 장로님들과 짝꿍이 되어야지 어쩌자고 병신 사찰하고 한통속이 되어서 이러시오. 성도들을 요 며칠간 수십 명 만났는데 참으로 기막힌 일이오. 모두 침묵하더라고요. 침묵이란 묵인이란 뜻이오. 모두가 목사님이 김 장로님을 죽이려 했다고 그렇게 침묵으로 시인하고 있단 말이오."

손 목사의 얼굴이 심하게 일그러졌다. 벙어리처럼 말을 하지 않고 고뇌의 표정을 숨기지 못한 채 눈물이 그렁한 눈으로 형사들을 바라보았다. 세 대의 차에서 내린 형사들이 교회를 에워싸고 살벌한 얼굴로 성전 안을 이리저리 쑤시고 다니다가 당회장실을 박차고 들어가서 벽면을 잔뜩 메운 책들을 한 권씩 끄집어냈다. 시체의 오장육부를 해부하듯이 그렇게 형사들은 목사의 책들을 한 권씩 뒤집기도 하고 털어보기도 했다. 무슨 증거를 찾으려고 저렇게 혈안이 되었단 말인가! 교회 안은 온통 벌집 쑤신 것처럼 웅성거리고 소란하고 요란했다. 시간이 흐를수록 많은 사람들이 교회로 몰려와서 기웃거리기 시작했다.

'목사가 죽일 놈이지! 권력을 잡으려고 눈이 어두워 사람을 죽이려고 했어. 원로 목사의 목을 조이려고 그 짓을 한 것이 분명해.'

'아니야. 이건 순전히 세력 다툼이야. 원로 목사가 장로들을 시켜 젊은 목사를 매장시키려는 음모라고. 교회가 정치판처럼 더러운 현장이 되어버렸어. 이제 이 나라에 무서운 바람이 불어올 거야. 마지막 보루인 교회가 무너져내렸으니 나라꼴이 말이 아니겠군.'

'미국에서 공부를 사십까지 하고 온 목사가 무얼 알겠어. 이건 순전히 독사 같은 장로들의 모략에다 사십 년이 넘도록 이만한 크기의 교회로 성장시킨 원로 목사의 농간이 분명해.'

'그래도 당회장 목사인데 얼마나 병신 같았으면 목회도 못하고 이런 일을 당해. 리더십이 문제가 된 것이 아니겠어?'

'이런 구성원을 가지고 어떻게 목사가 목회를 하겠어. 그야말로 아들이나 와야 아버지 비위를 맞추면서 목회를 하지. 다른 목사가 와도 계속 있지를 못하고 중간에 나가버릴 거야.'

'목사를 이런 식으로 내보내면 이 교회가 어디로 가는 거야?'

'이게 바로 대형 교회의 문제점이야. 원로 목사가 자기 왕국으로 교회를 세워놓고 물러나기가 싫은 거지. 천국을 포기하고 지옥에 갈지라도 좋사오니 하는 마음이라고. 눈에 보이는 지상의 교회에 욕심이 더 많거든.'

'교회도 대기업하고 똑같군, 똑같아.'

여기저기 모여서서 수군덕거리는 사람들을 향해 김 사찰이 외치기 시작했다.

"여러분들! 이성을 가지고 뱀처럼 지혜롭게 객관적으로 판단하셔야 합니다. 큰 죄를 짓지 마십시오. 여러분들! 입을 여십시오. 말을 하십시오. 무조건 순종은 죄악입니다. 순종이 미덕이라고 가르친 한국 교회의 무지를 털고 일어서야 합니다. 의로운 일에 순종이지 불의를 보고도 순종하라고 성경은 말하고 있지 않습니다."

그 사이를 뚫고 험악한 얼굴의 형사들과 알 듯 모를 듯 묘한 웃음을 머금은 장로들이 다가와서 김 사찰의 팔과 허리를 끌어당겼다. 질질 끌려가면서도 김 사찰은 목이 쉬게 외쳤다.

"나는 병신이오. 이렇게 병신이 되고서야 입을 열 줄 알게 되었소. 여러분들! 입을 여십시오. 나처럼 만신창이가 되어서야 입을 열지 말고 지금 소리를 내십시오. 선과 악은 분별할 줄 알아야 합니다. 여러분들! 입을 열어 성령이 여러분들 귀에 대고 하시는 말을 하십시오. 공의를 위해 침묵하면 모두가 함께 망합니다. 다가올 하나님의 심판을 어떻게 하려고 이러십니까."

김 사찰의 절규가 교회 울안에 메아리처럼 울려퍼졌다. 예은은 사람들 틈에 끼여 이리저리 밀려다니면서 손 목사의 손에 채워지는 수갑을 보고 몸을 떨었다.

2

목사가 손에 수갑을 차고 성전 뜰을 걷다니! 예은은 정신을 차릴 수가 없었다. 어쩌자고 성도들은 이런 상황에도 침묵만 하고 있단 말인가. 우리 목사님, 우리 목사님! 불러가면서 울어야 하는 것이 아닐까. 예은은 군중들 틈에 끼여 서서 발을 굴렀다. 단 한 번도 그의 설교를 들은 적이 없지만 얼굴이나 음성을 봐서는 절대로 법을 어기고 구속될 사람 같지가 않았다. 입이 근질거려 참지를 못한 예은은 옆에 선 나이 지긋한 노인의 팔을 잡았다.

"이 교회 권사님이시죠?"

고희를 넘긴 듯 깊은 주름이 얼굴에 깔린 노인은 머리를 끄덕였다. 눈가로 끈적끈적 눈물이 번지고 있었다.

"권사님이란 교회 여성 지도자에 속하는 직분이 아닙니까? 입을 열어 말씀하세요. 정말로 이 교회 목사님이 이렇게 수갑을 차고 잡혀갈 만큼 나쁜 짓을 했단 말입니까?"

예은의 거센 항의에 노(老)권사는 머리를 흔들었다.

"우리는 순종을 미덕으로 알고 살아왔고 또 그렇게 교회를 받들었습니다. 위에서 하는 일들을 우리가 무어라 말할 수 있습니까. 그저 가슴앓이로 눈물 흘리며 기도할 뿐입니다."

"기도, 기도……. 행동이 따른 기도를 하셔야지 눈멀고 귀막고 기도만 한다면 나무 위에 올라앉아 도를 닦고 있는 수도승과 다른 것이 무엇입니까. 마치 절간의 중처럼 예수를 믿고 있군요."

예은의 질타에 나이든 권사는 겁을 잔뜩 먹은 눈을 하고 두리번거리다가 군중들 틈으로 숨어버렸다. 예은은 홀로 중얼거렸다.

"망조가 든 교회로군. 교회가 이 꼴이니 이 나라에 큰 혼란이 오겠어. 선과 악을 구별 못하고 침묵만 하고 있으니, 쯧쯧……. 정치가가 무너지고 법관이 무너지면 위험하다고 했지. 그 뒤를 이어 교사들이 무너지고 제일 마지막 보루인 종교가 부패하면 나라가 망하는 것을 역사가 증거했어."

손 목사는 잡혀가고 경찰차들도 사라지자 군중들도 하나, 둘 자리를 뜨기 시작했다. 성전 뜰은 다시 휑하니 비었다. 산기슭을 핥고 불어오는 봄바람이 연보라빛을 싱싱하게 뿜어내는 꽃잔디 위를 덮쳤다. 봄열을 타고 성전 뜰이 졸음에 잠겼다. 평화로운 곳이었다. 눈이 아물거릴 지경으로 봄바람이 실어다 준 졸음이 예은의 몸을 감싸안았다.

민경덕 목사를 찾아 여기까지 왔으나 교회가 이 지경이니 말을 건넬 사람도 없었다. 성전에 혼자 남은 예은은 꽃잔디 옆 긴 의자에 털썩 주저앉았다. 이제 어디로 갈 것인가?

그때 빈 성전 뜰 안으로 어린아이들 대여섯 명이 와르르 몰려들어왔다. 봄기운을 타고 세상에 나온 나비들을 잡겠다고 아이들은 꽃잔디 위를 이리저리 마구 뛰어다녔다. 갑자기 성전 뜰이 생기로 가득 찼다. 혹시 이 아이들이 민경덕 목사를 알까? 알고 있을 수도 있다는 생각이 예은의 뇌리를 스쳤다.

"애들아! 너희들 이 교회에 계시는 목사님들 중에 민경덕 목사님을 아니?"

잠자리채를 들고 나비를 따라 정신없이 뛰어다니는 아이들은 어느 누구도 예은의 말에 귀를 기울이지 않았다. 어쩔 수 없이 목소리에 힘을 주어 고함을 치듯 예은은 외쳤다.

"민경덕 목사님이 이 교회에 있느냐고 묻지 않느냐?"

아이들이 귀청을 찢는 음성에 놀라서 주춤 동작을 멈추고 예은을 쳐다보았다.

"너희들 설마 귀가 먹은 것은 아니겠지? 민경덕 목사님이 이 교회에 계시냔 말이다."

아이들 중 제일 큰 아이가 예은 앞으로 다가왔다.

"그런 목사님 없어요. 여긴 아까 잡혀간 목사님하고 부목사님 열 분이 있는데 민씨 성을 가진 목사님은 없어요. 전도사님들 중에도 민씨는 없어요. 요 옆에 사는 할아버지 목사님이 제일 힘이 세니까 거기 가서 물어보세요."

아이들은 나비를 따라 성전 뒤쪽으로 우우 몰려가 버렸다. 그때 예은의 등을 가만히 흔드는 사람이 있었다. 뒤를 돌아보니 김 사찰이었다.

"아, 사찰님! 용케 사람들 손에서 벗어나셨군요."

김 사찰은 예은을 한참 바라보다가 입을 열었다.

"무슨 일로 민경덕 목사를 찾으시죠?"

"민경덕 목사님을 아세요? 그분에 관해서 말씀해 주세요. 그분을 찾아 벌써 한 달 동안 이렇게 돌아다니고 있어요. 제가 얻은 정보로는 이 교회에 가면 만날 수 있다고 해서……."

"아직도 민경덕 목사가 사람들의 마음속에 살아 있단 말이오? 이 세상에서 사라진 지 오래 되었는데 말이오."

"뭐라고요? 사라졌다면 돌아가셨단 뜻입니까? 전 그분을 꼭 만나야 돼요. 그럴 만한 사연이 있습니다. 시간이 급합니다. 꼭 만나서 전할 말이 있거든요."

김 사찰의 눈에서 강한 빛이 일었다가 스러졌다.

"죽어 무덤에 묻힌 사람에게 전할 말이 무엇이란 말이오. 다 소용없는 일이오. 모두가 피었다가 스러지는 들꽃이지요. 아침 안개 같은 인생, 바람에 나는 풀잎이나 꽃잎처럼 이 세상에서 잠시 있다가 사라질 존재지요. 모든 것이 헛되고 헛되니 다 헛된 것뿐이오."

두 사람은 나란히 벤치에 앉았다. 봄기운은 강하지만 아직도 북풍이 남아 있는 탓일까. 겨드랑이 밑을 파고드는 바람이 차가워 몸을 웅크리게 했다.

"아까 왜 그토록 강렬하게 목사님 편을 드셨어요?"

"당신도 그럼 그 현장에 있었단 말이오? 아이쿠! 답답해. 주님이 곧 재림하실 징조가 마구 나타나고 있습니다. 이렇게 불의가 판을 치고서야 어찌 이 나라와 교회가 존립할 수 있겠소. 교회가 돈과 정치에 관여하여 살아남은 나라는 없습니다. 망조든 이 나라의 운명이 훤하게 보입니다."

"그럼 아까 잡혀가신 목사님이 죄가 없단 말씀이세요? 무죄한 목사님이 잡혀가는데 왜 성도들은 구경만 하죠? 어째서 성도들이 벙어리 구경꾼이 됐죠?"

"시대가 그렇게 만들고 있어요. 모두가 구경꾼이지 참여자가 아니니까요. 그게 우리의 문제입니다. 주인 의식이 없이 그저 방관자로 남아서 손가락 하나 까딱하는 것을 싫어하거든요. 지도자들도 그런 와중에 자신이 가진 기득권과 평안을 흔들리게 하고 싶지 않은 것이지요."

"잡혀간 목사님은 어떤 죄목을 쓰셨습니까?"

"미친놈들, 살인 미수랍니다. 제가 죽일 놈이지요. 제가 잡혀갈 자리에 그분이 잡혀갔어요. 제가 죄인이지 목사님은 죄가 없어요. 그분을 잘 받들지 못한 제 죄가 큽니다."

김 사찰은 머리를 푹 숙였다. 고뇌의 빛이 전신을 타고 돌았다. 두 사람 사이에 잠시 대화가 끊어졌다. 얼마나 시간이 흘렀을까. 김 사찰은 격렬하게 흐느끼다가 푸념을 늘어놓았다.

"제 몫의 십자가를 지고 가야겠는데 왜 이렇게 무섭지요. 겁이 나요. 감옥에 가는 것이 무섭고 사람들 앞에 나서는 것이 무서워요. 제 과거가 다 파헤쳐지는 것이 몸둘 바를 모르게 자존심이 상하고……. 만약 교수형에 처해지면 숨이 끊어지기까지는 상당히 아프겠지요. 그래도 그 아픔은 사람들의 입방아보다 낫겠지요? 차라리 따지지 말고 뚝딱 죽여주면 좋은데 도마 위에 올려놓고 이러쿵저러쿵 하는 것은 견딜 수가 없단 말이오. 신문에 실리고 텔레비전에 나와서 많은 사람들의 눈총을 맞아야 하고……. 아아……. 그게 무서워요."

예은은 못이 박힌 김 사찰의 거친 손을 두 손으로 꼭 잡았다.

"하나님 앞에 설 때는 수정 바다 위를 지나는데 그 맑은 바다 위에 우리가 산 모든 행위가 비친다고 했어요. 용기를 내세요. 지은 죄가 무엇이든 모두 털어놔 보세요. 우리 함께 고통을 나눠요."

그러나 사찰은 얼굴을 들어 예은을 바라보지 못했다.

"힘을 내세요. 우리는 하나님의 백성이잖아요."

김 사찰은 심하게 몸을 떨다가 자리를 털고 벌떡 일어섰다. 예은은 그의 뒤를 따라 성전 뜰을 나섰다.

"경찰서로 가시는 것인가요? 제가 동행해 드릴까요?"

김 사찰은 뒤도 돌아보지 않고 대꾸도 없이 앞만을 보고 걸었다. 예은은 그 뒤를 바짝 따라붙었다.

3

예은은 김 사찰이 손짓하는 비닐하우스 안으로 들어섰다. 코를 찌르는 연탄 냄새를 참지 못하고 예은은 손바닥으로 입을 틀어막았다. 여기서 어떻게 사람이 살 수 있단 말인가. 구름 한 점 없는 봄볕에 익은 눈이 침침한 비닐하우스 동굴 속에서 잠시 방향감각을 잃고 어찔했다. 눈이 어둑한 비닐하우스의 빛에 적응이 되자 찬찬히 주위를 둘러보았다. 바닥엔 무늬가 뭉그러진 비닐장판이 깔려 있고 그 위에 다듬지 않은 나무판대기로 얼기설기 엮어 만든 평상이 있었다. 김 사찰은 평상 위에 걸터앉았다.

비닐하우스는 동굴처럼 길었다. 그 한켠에 김 사찰과 같은 연배로 보이는 노파가 앉아 있었다. 노파 곁에는 한때 밍크란 이름을 달고 부잣집 안방을 장식했음직한 밍크 담요가 땟국에 절은 채 놓여 있었다.

예은은 로스앤젤레스의 집을 떠올렸다. 그곳은 너무 화

려했다. 부드러운 양탄자 촉감이 발끝에서 살아났다. 김 사찰에게 너무 미안한 생각이 들었다.

검은 비닐봉지에 버려진 라면 찌꺼기와 반쯤 먹다 열어 놓은 된장 뚝배기에서 울컥 역한 냄새가 풍겼다. 예은은 그 냄새를 이겨내기 위해서라도 김 사찰에게 말을 걸어야 했다.

"왜 혼자 사세요? 친척이 아무도 없으세요? 등을 맞대고 잘 할머니도 없느냐고요. 아니면 아들이나 딸이 있을 거 아니에요?"

두 사람을 지켜보던 누더기를 걸친 노파가 신경질적인 음성으로 끼여들었다.

"젊은 여자가 왜 여기까지 들어와서 그런 걸 물어요? 글감을 찾아서 작가나 기자 양반들이 이따금 여길 들러 그런 질문을 하더니만. 당신 혹시 글이나 써서 돈을 벌려고 나대는 신문사 사람이 아니오? 어서 나가요. 우린 그런 동정을 받기 싫으니 썩 저 문으로 나가라고요. 어서! 이러고 사는 것이 당신들 밥벌이감으로 둔갑하는 걸 참을 수 없다니까. 여긴 버려진 인생들이 모여 사는 집단 동굴일 뿐이야. 그러니 이대로 놔둬요. 요즘 젊은것들은 당돌하다니까."

그대로 있다가는 노파에게 무슨 봉변을 당할지 몰라 예은은 김 사찰의 손을 잡아끌었다.

"우리 밖으로 나가요. 제가 멋진 식사를 대접할게요."

노파는 적의 어린 시선으로 쏘아보며 외쳤다.

"우리가 달동네에서 쫓겨날 적에도 이런 수법을 썼다니까. 한 사람, 한 사람씩 불러내 음식을 먹이면서 집을 깔아뭉개버렸지. 쓰레기 인생들이 사는 집이란 것이 밥 한 그릇의 가치밖에 되질 않으니까. 저 여자 쫓아가서 밥 한 끼 얻어먹고 그나마 몸을 의지하고 있는 이 비닐하우스에서 쫓겨나면 어쩔 거요. 정신차려요."

김 사찰은 노파의 말에 그다지 신경을 쓰지 않고 예은을 따라 나서며 물었다.

"나 같은 사람을 찾아온 당신은 아무리 봐도 기자나 소설가 나부랭이 같지는 않소. 무엇이 목적이오? 왜 나를 추적하는 거요?"

"전 민경덕 목사님을 찾아다니고 있어요."

"왜 그 사람을 찾는단 말이오?"

"그 목사님을 만나야만 풀릴 문제가 생겨서 그래요."

"무슨 문제요?"

"할머니 한 분이 양로원에서 죽음을 앞두고 있어요. 돌아가시기 전에 꼭 그분을 찾아서 모시고 가야 해요. 할머니는 말을 못해요. 충격으로 인해 말을 못하는 것인지, 아니면 일부러 벙어리 흉내를 내는 것인지 잘 모르겠어요. 아무튼 저와 얼마간 함께 지내면서도 전혀 입을 열지 아니하더라고요. 그러나 그 눈엔 이생에서 마지막 누군가를 보고 싶다는 염원이 담겨 있었어요. 제 짐작으로는 남편을 만나고 싶다는 간절한 마음이지 싶어요. 그러니 제발……."

"당신은 도대체 누구요?"

"전 그분과 아무런 연관도 없어요. 단지 제 마음속에서 우러나오는 일을 할 뿐이에요. 아니, 정확하게 말하면 이상한 무엇에 끌려가고 있어요. 어떻게 표현할 수 없는 힘에 묶여 이러고 있는 거라고요. 아마도 그 할머니가 남기고 간 일기가 저를 집요하게 잡고 늘어지나 봐요. 어쩌다가 제가 그 일기를 읽게 되었어요. 그 일기에 무척 감동했어요. 딸을 죽도록 사랑했던 어머니의 마음이 담겨 있어요. 기구한 인생을 살았던 그 할머니의 일생을 말해주었어요. 남편을 위한 기도가 얼마나 치열하고 사랑이 넘쳤는가를 전하고 있어요. 미국에 입양된 딸은 어머니를 거부했어요. 이름이 없는 어머니를 받아들이려 하지 않았어요. 이 문제를 풀기 위해서는 일기 속에 나오는 민경덕 목사를 찾아야 해요. 그 할머니의 본명이 그래야 확인이 되거든요. 또 제 자신의 문제도 있어요. 저도 어머니를 찾아……."

김 사찰의 눈에 이상한 빛이 스치고 지나갔다. 이윽고 김 사찰의 입이 열렸다.

"인간이란 누구나 이 땅에 잠깐 머물렀다 가는 나그네들이지요. 이미 이 땅덩어리에서 사라진 하찮은 사람을 찾아다닌다는 것은 부질없는 짓이오. 돌아가시오. 세월이 흐르면 다 잊혀질 인생들이 아니던가요. 게다가 나는 당신이 찾는 민경덕 목사를 전혀 알지 못한단 말이오"

"교회 뜰에서는 그분이 이미 죽어 땅에 묻혔다고 하시지 않았나요? 어떻게 돌아가셨으며, 어디에 묻혔는지 저는 그분에 대하여 알아야 할 의무가 있다고 믿습니다. 그만큼 일기의 내용이 강렬했기 때문이지요. 한 여자의 한(恨)을 어찌 무시합니까. 이걸 한이라고 말하긴 너무 가볍지요. 그걸 믿음만이 버티어줄 수 있는 인내라고 표현해야겠지요. 인간의 힘으로는 상상할 수 없는 힘이 일기 안에 있었어요. 비밀을 지키기 위해 입을 봉한 할머니란 판단이 서요. 할머니는 자기를 버린 사람들을 사랑했기 때문에 국제공항에서 조국에도 오질 않고 그대로 거기에 앉아 목숨이 끊어지기를 바랐던 것이 분명해요."

갈비집에 자리를 잡은 예은은 강한 식욕을 느꼈다. 많이 먹을 수 있을 것 같아 갈비를 4인분이나 주문했다. 그런 예은의 얼굴을 물끄러미 바라보던 김 사찰이 무거운 음성으로 물었다.

"그 할머니는 지금 어디에 있소?"

예은의 얼굴이 밝아졌다.

"거제도 요양원에요. 한데 할머니 얘기에 앞서 궁금한 게 있어요. 사찰님 다니는 교회가 왜 그 지경이 되었지요?"

"앞으로는 돈을 처바른 대형 교회가 필요없다고 생각합니다. 성도들이 죽어라 하고 헌금해서 지었지만 그 안에 있는 모든 성도들이 함께 침몰하고 있어요. 두고 보세요. 거대한 조직체인 교회가 곧 무너져내릴 것입니다. 속이 곪아문드러져서 세상 물결에 휩쓸려 떠내려가고 있어요. 난파 직전이지요."

"무슨 말씀을 그렇게 하십니까. 하나님의 집, 성령이 거하시는 집을 그렇게 말하시면 교회에서 돈을 받아 살고 계신 것이 우습잖아요. 성전은 하나님의 방주라고 들었습니다. 예수님이 재림하실 때까지 교회는 영원히 존재할 것입니다."

김 사찰은 예은의 얼굴을 물끄러미 바라보았다. 연민의 정이 담뿍 어린 눈이었다.

"그렇게 믿고 교회에 다니는 평신도들이 대부분이지요. 그러나 저처럼 교회 내부에 깊숙이 들어가 보면 정말로 교회가 존재해야 하는지 깊은 갈등 속에 빠지게 됩니다. 한마디로 교회가 부패했습니다. 파워 게임의 현장으로 싸움이 치열한 것은 물론이고 세상 물결의 현장이 되어버렸습니다. 모두 교회를 사교장이나 사업체로 착각하고 있지요. 초대교회의 첫사랑을 잃어버린 교회를 바라보노라면 이 나라의 앞날이 걱정됩니다. 교회들이 다 무너져내려야 합니다. 그 폐허 위에 다시 재건해야 합니다. 새롭게 이 나라의 교회가 다시 태어나야 한다는 말이지요. 제 생각으로는 지금도 루터의 종교개혁이 계속해서 일어나야 한다고 믿고 있어요."

루터의 종교개혁이 필요한 현실이다. 이 말에서 예은은 김 사찰이 예사로운 분이 아니라는 생각이 들었다.

"교회가 다시 태어나야 된단 말이지요. 참으로 심각한 문제네요. 전 너무 바빠서 주일 성수도 제대로 못하는 입장이라 늘 죄책감을 가지고 살고 있기 때문에 그런 건 잘 몰라요."

"평양에서 불어온 성령의 바람을 타고 이 나라의 교회가 무섭게 부흥했습니다. 그러나 물질적으로, 양적으로 팽배하면서 썩기 시작했어요. 전 오랫동안 현장에서 너무나 똑똑히 보아왔습니다. 티끌 같은 작은 허물들은 기를 쓰고 정죄하고 교회 건물만큼 큰 죄악들은 너무 커서 우리의 눈에서 벗어났으니 이를 어쩌지요. 한 사람을 죽이면 살인자가 되지만 수천 명을 죽이면 영웅이 되는 타락한 세상 풍조와 똑같아요. 하나님의 심판이 무섭습니다. 하루살이 같은 죄는 잡아내고 낙타만큼 큰 죄는 흘려보내는 셈이지요."

"마치 이 나라의 정치판을 두고 하시는 말씀 같군요."

"으하하하…… 맞아요, 맞아. 한 나라를 지키는 마지막 보루인 교회가 무너지면 그 다음이 나라가 아닙니까. 교회가 지켜주지 못한 국가는 교회의 부패함을 그대로 답습하게 마련이니까요."

"그럼 제일 문제가 되는 것은 교회의 지도자들의 자질 문제가 되겠네요."

"맞아요. 제사장들이 부패했어요. 이중인격을 지닌 것이 문제지요. 카멜레온처럼 앞에서는 거룩하고 인자하지만 뒤에서는 사악한 것이 그들의 삶입니다. 그건 주위 사람들이 그렇게 만들기도 하지만 자신을 관리하는 일에 게을러서 그런 일이 일어나는 것이지요."

"교회 지도자들의 각성이 필요하다는 뜻이군요."

따끈한 엽차가 나오고 이어서 주문한 음식이 나왔다. 갈비와 함께 얼큰하고 혀를 톡 쏘는 민어찌개도 나왔다. 두 사람은 먹는 일에만 빠져서 대화를 잠시 중단했다. 김 사찰의 식욕은 대단했다. 예은의 두 배를 먹었다.

그때 눈이 날카로운 두 사내가 식당 안으로 들어서더니 예은쪽을 흘끔거렸다. 두 사내가 이내 방으로 들어와 김 사찰을 끌어냈다.

"왜 이러세요. 나이든 노인에게 웬 행패예요."

예은이 숟가락를 든 채 삿대질을 해댔다.

그때 묘한 웃음을 삼키면서 식당 밖에 서 있던 노파가 들어왔다. 비닐하우스에서 만났던 할머니였다.

"형사들을 달고 다니는 나쁜 여자로군. 처음부터 예사롭게 보지는 않았어. 몹쓸 년 같으니라고. 이제 얼마 살다 죽는다고 백발 노인을 추적해서 경찰에 넘겨."

"저들이 형사라구요?"

예은은 놀란 표정으로 노파를 바라보았다.

"우린 밑바닥 인생을 살면서 여러 번 이런 일을 당했어. 배운 것이 많은 사람이 이런 인생살이에 끼여드는 것은 뻔할 뻔 자가 아니겠어? 사찰 노인은 오히려 잡혀가 죽는 것이 편할 거야. 시신을 치워줄 사람도 없는 이리로 다시 나오는 것보다 만 번 낫지. 이봐요. 참으로 불쌍한 사람이군. 하필이면 형사들의 끄나풀이 되어 살다니, 쯧쯧……. 난 이래서 배운 사람이나 많이 가진 놈들을 싫어해. 싫은 정도가 아니라 저주한다고. 이래서 공산주의가 생긴 것이 아니겠어? 가난한 사람들에겐 그쪽이 낫다는 말들을 많이 들었어."

외모와는 달리 노파는 상당히 유식했다. 여기서 살기까지 그 인생의 사연이 많을 것 같았다.

"할머니 뭔가 오해하고 계세요. 전 경찰 끄나풀이 아니에요. 사찰 노인이 잡혀간 경찰서를 좀 가르쳐 주세요."

노파의 입이 경멸로 일그러졌다.

"그렇게 시치미를 떼지 말아요. 여기서 한 정거장 거리의 대로에 우뚝 솟은 경찰서를 모를 사람이 어디 있단 말이오. 그렇게 말하면 내가 속을 줄 알고 치사한 연극을 하고 있군."

노파는 눈을 흘기면서 예은을 향해 퉤퉤 침을 뱉었다. 예은은 노파에게 신경쓸 마음의 여유가 없었다. 다른 일 다 제치고 민경덕 목사를 찾기 위해서 김 사찰을 다시 만나야 했다. 예은은 경찰서 쪽을 향해 뛰었다.

"왜 여기 와서 이러는 거요?"

예은을 밀어내는 경찰의 눈에는 귀찮아 죽겠다는 빛이 역력했다.

"잡혀온 사찰 노인의 죄목이 무엇입니까? 노인을 개, 돼지처럼 그렇게 마구 끌고 가는 법이 어디 있습니까."

"아하! 살인 공범자로 잡혀온 할아버지 말이군요."

경찰의 입에서 살인 공범자란 말이 튀어나오자 예은의 음성이 높아졌다.

"제가 그분을 잘 알아요. 절대로 살인할 마음을 품을 사람이 아닙니다. 머리를 보세요. 백발이 아닙니까. 그런 노인이 어떻게 살인을 시도할 수 있겠어요. 상식적으로 생각해도 그럴 분이 아니에요. 게다가 몸이 불편한 노인이 어떻게……."

그때 김 사찰을 끌고 갔던 형사가 다가왔다.

"아주머니는 할아버지와 어떤 관계요?"

"전 그분을 교회에서 만났는데……."

"교회에서 만났다고요? 그럼 그 교회 교인이란 말이오?"

"아뇨. 전 사람을 찾아서 미국에서 나온 재미교포입니다."

"그럼 찾고 있는 사람이 사찰 노인이란 말이오?"

"아뇨. 사찰 할아버지와 관계가 있는 사람이에요."

예은의 목소리가 정상을 되찾자 형사는 조용히 이야기를 나누자고 턱으로 의자를 가리켰다.

"사찰 노인의 과거가 오리무중이라 수사가 난관에 부딪혔는데 서로 도움이 될 것 같군요. 조회 결과 주민등록증하고 지문이 틀려요. 가명이라 실명을 대라고 지금 다그치고 있어요. 이름을 대라면 꿀먹은 벙어리처럼 딴청을 부리며 횡설수설하니 더 이상 수사를 진행할 수가 없어요. 사찰 노인의 이름이 무엇인지 아세요?"

그러자 옆의 형사가 퉁명스럽게 끼여들었다.

"그냥 처리해 버려. 지문까지 맞춰보면서 이까짓 문제로 골치 아플 것 없어. 본인이 그 사람이라고 하면 그렇게 처리해요. 가지고 있는 주민등록증이 맞는데 왜 자꾸 문제를 일으키려고 해요."

머리를 갸웃거리면서도 담당 형사는 처음대로 조서를 꾸몄다. 예은이 기어들어가는 목소리로 말했다.

"사찰 집사라고 하던데요. 그것밖에 몰아요."

"그럼 당신이 찾고 있는 사람의 이름은 무엇이죠?"

"민경덕이란 사람인데 목사예요."

"민경덕이라……."

형사는 큰 미끼라도 낚은 듯 안으로 사라졌다. 조금 있더니 김 사찰의 고함소리가 들려 왔다.

"나 혼자 살인을 시도했소. 그럼 되었지 왜들 이렇게 난리요. 절대로 우리 목사님은 그런 일을 계획도 시키지도 않았단 말이오. 내가 살인 미수범이오. 그러니 나를 사형대로 올리시오. 목사님을 놓아주고 나를 죽이면 되는 일이오."

"이 사람이 도대체 미쳤군. 당신이 아무리 목사를 두둔하려고 해도 증거가 있어야지. 김수덕 장로가 타고 있던 차는 웬만한 차가 들이받아도 끄떡하지 않을 정도로 단단한 독일제 차라고. 그런 차의 내부를 알 수 있는 사람은 공부를 많이 한 목사님이지 당신같이 나이먹은 노인이 아니야. 당신이 외제 차 내부가 어떻게 생겼는지 알기나 해? 우리가 조사한 바로는 지능적으로 브레이크에 손을 댔어. 그것도 다음날 아침 떠날 곳의 행선지까지 알아서 시간 계산까지 하는 치밀함을 보였어. 험한 산비탈을 달릴 적에 고장이 나도록 조작한 것을 보면 당신 같은 사람은 상상도 못할 지능적이고 고차원적인 수법을 썼다니까. 그걸 할아버지가 했다고요?"

"저는 자동차를 조립할 수도 있는 기술이 있습니다. 한 번 시켜보세요. 금방 척척 해낼 터이니. 절대로 우리 목사님은 그런 일은 하지 않았어요. 제가 차에 손을 댔습니다. 저를 잡아 가두고 목사님은 놓아주세요."

"그렇다면 목사가 그런 일을 할 수 있도록 당신이 옆에서 방조한 것이 확실해. 그 일을 하는 걸 도와주었지? 증인으로 서란 말이야. 법엔 언제나 증인이 필요한 거니까."

안에서 고함치는 형사의 으름장과 맞장구치는 김 사찰의 음성으로 경찰서 안은 시끌벅적했다. 어쨌거나 우선 자백했으니 이 문제는 그렇게 처리하자는 형사들의 수군거림이 밖에까지 들려 왔다.

예은은 그냥 앉아 있을 수가 없었다. 일어서서 팔짱을

끼고 안에서 들려 오는 소리에 귀를 곤두세웠다. 벌써 창밖엔 네온사인이 찬란하게 빛을 발하기 시작했다. 도시에는 땅거미도 없는 것일까. 낮에서 바로 네온사인 빛으로 바뀌고 있으니 말이다. 벽시계를 흘끔 올려다보았다. 7시. 한기가 등을 스친다. 봄바람이 품으로 파고들어 오스스 찬기가 뼛속까지 스미는 듯했다.

"한 번만 할아버지를 만날 수 없을까요?"

예은은 굽실거리면서 다리를 꼬고 앉아 있는 경찰에게 애걸했다.

"심문 중 면회는 사절이오. 본인이 범인이라고 고백했으니 곧 구치소로 넘어갈 것입니다. 그 뒤에나 만날 수 있을 거요."

어쩔 수 없이 예은은 교회로 향했다. 사택은 성전 옆에 있었다. 헝클어진 머리를 가다듬지도 못하고 시름에 젖어 있는 손 목사의 아내 얼굴이 보기에 민망했다. 가장인 목사가 잡혀간 집안이라 정돈된 것이 하나도 없었다. 더구나 다섯 살, 여덟 살 난 두 아들이 어찌나 장난이 심한지 잠시도 가만히 있지를 않았다. 사모의 눈가에 피곤이 잔뜩 고여 있었다. 밤새 기도를 한 것이 분명했다. 루즈를 칠하지 않은 입술은 터져서 피까지 맺혀 있었다. 예은은 김 사찰까지 경찰에 잡혀간 사실을 사모에게 알리고 물었다.

"사찰 노인은 꼽추인 몸으로 어떻게 이 교회에 들어왔

습니까? 사찰이란 직분은 막노동을 하는 것이라 몸이 건강해야 되는 것이 아닌가요? 처음 그분을 대할 때부터 이상한 생각이 들었어요."

"교회 정문 앞에 걸인으로 쪼그리고 앉아 있는 사람을 우리 목사님이 불쌍하다고 사찰을 시켰지요. 알코올 중독자로 입에서는 술냄새가 풀풀 나고 골초라 담배 냄새도 대단했지요. 처음부터 저는 반대했어요. 장로님들의 반발도 만만치 않았지요. 어쩌자고 알코올 중독자에 담배까지 피우고 목밑이 내려앉아 꼽추가 된 사람을 사찰로 쓰느냐고 야단이 났었어요. 그러나 목사님의 생각은 달랐지요. 병자에게 의원이 필요하다고요. 교회가 이런 사람을 돌보지 않으면 사회에서 어느 누가 그를 수용하겠느냐고 고집을 부렸지요. 우리 목사님은 세상을 잘 몰라요. 성경밖에 몰라요. 사십이 넘도록 공부만 했거든요. 어린아이처럼 단순한 분이라 그럴 만도 하지요. 그분을 사찰로 쓴 때부터 목사님의 목회가 힘들게 되었어요. 교회에서는 인사 문제가 언제나 태풍의 눈이 아닙니까."

"그런 몸으로 교회 일은 잘 했나요?"

"목사님의 수고가 많았지요. 청소를 전혀 안 해본 사람이라 빗자루를 쥐고 몇 번 쓸다가 긴 의자에 누워 늘어지게 잠을 자기가 일쑤였지요. 어쩔 수 없이 성도들이 없는 시간대인 밤중에 사찰을 대신해서 청소를 목사님이 손수 하셨어요. 그러자 감동을 받았던지 차츰 정신을 차리기 시작하더라고요. 술을 처음부터 끊은 것은 아니었지만 점점 양을 줄여갔지요. 담배도 그렇고요. 그렇게 되기까지 긴 시간이 걸렸지만 우리 목사님은 그걸 인내했어요."

"참으로 훌륭한 목사님이시군요."

사모의 말은 솔직담백했다.

"금년 들어서면서 사찰 집사는 몰라보게 달라졌어요. 폐인의 모습을 벗어버리고 눈에 생기가 돌면서 아주 열심히 일을 했어요. 술도 담배도 딱 끊고 기도를 열심히 하기 시작했습니다. 어쩌다 제가 기도하러 한밤중에 성전에 가면 흐느껴 울면서 가슴을 쳐가며 기도를 하더군요. 처음 예수를 믿는 사람 같지가 않았어요. 기도가 몸에 밴 사람의 자세더라고요. 목소리도 우렁차고 힘이 있었어요. 성령이 강하게 그분 안에서 움직이는 걸 느낄 수 있었지요."

"목사님을 위해서 일을 많아 하셨겠네요."

"아주 충성했지요. 목사님을 봐서라도 그렇게 해야지 어쩌겠어요. 우리 목사님을 아주 잘 받들었어요. 목사님이 목회 생활에 지치고 외로울 적에는 말벗이 많이 되어주어서 늘 집에 오시면 사찰이 보통 사람이 아니라고 했어요."

"김수덕 장로는 어떤 사람이었나요? 왜 이분의 차 브레이크가 고장이 나는 사건이 터졌나요?"

"그분은 장로가 되지 말았어야 할 사람이에요. 요즘 세상에 장로다운 장로가 있나요. 장로가 되면 그게 명예직인 줄 알고 목에 힘을 주고 도도하게 굴면서 목사를 부려 먹는 자리에 서려고 하지요. 요즘 목사들에게 장로가 가장 돌보기 어려운 사람이란 말이 있을 정도예요. 평신도보다 공집회에 참석을 게을리하고 존경만 받으려고 하지요. 장로라는 위치가 명예라도 되는 듯 성도들을 마구 찍어눌러요. 사실 장로라는 직분은 순교의 서열에서 첫번째요, 희생과 봉사에서 제일 앞에 서는 자리가 아니겠어요? 최근엔 목사 감시단에 속한 사람으로 탈바꿈하는 장로들이 얼마나 많은지 몰라요. 현대의 사탄은 주로 장로들을 공략한다고 하더군요. 목사의 발목을 붙들고 늘어지면서 일을 못하게 하고 마음을 상하게 해서 복음을 전파하는데 걸림돌이 되는 것이지요. 우리 부부가 기도할 적에는 늘 가룟 유다 마귀가 들어간 김수덕 장로를 긍휼히 여겨달라고 간절히 구했지요. 목사를 들볶는 것이 그분의 소명이었어요. 사사건건 물고 늘어져서 우리 목사님은 머리를 절레절레 흔들면서 이렇게 말했어요. 목회에 이런 사람이 있어야 기도하게 된다고. 예수님도 사랑하는 제자, 가룟 유다가 있어서 후세에 목회자들에게 본을 보였다고요. 한 가지 확실한 것은, 이 세상에서는 당하지만 나중 저 나라에서는 승리한다는 결론이지요. 예수님도 이겼으니까요. 그게 저희 부부에겐 큰 힘이 돼요."

그간의 사연을 늘어놓는 사모의 얼굴이 벌겋게 달아올랐다. 장로들로 인해 어지간히 힘든 사역을 한 것이었다.

4

예은은 아이들과 사모를 뒤로하고 사택을 나왔다. 사건이 심상치가 않았다. 무엇인가 큰 음모가 뒤엉켜 있다는 직감을 떨칠 수가 없었다. 성도들은 이 사건을 어떻게 보고 있단 말인가. 그녀는 다음날 다시 성전으로 갔다.

봄꽃은 잎을 싫어하는 것일까. 진달래도 개나리도 목련도 푸른 잎 하나 없이 꽃들만 피우고 있었다.

만발한 꽃잔디에 취해 예은은 멍청하니 봄볕을 받으며 벤치에 앉아 있었다. 꽃모양에 자신이 없으니까 초록 잎을 달지 않고 집단으로 만발해서 빛을 뿜어내는 것이 이른 봄꽃이다. 무리 속에 개성과 미워보이는 자신을 숨기고 함께 어우러져서 무리를 지은 아름다움을 창조하려는 의도일 것이다. 아무튼 집단을 이룬 무리의 아름다움이라니! 교회도 사람들이 집단으로 모여 있으면 아름답다고 보는 것일까. 대성전이 서울역 광장에 운집한 인파들처럼 붐볐다. 모여든 성도들이 봄꽃처럼 아름다운 것일까. 꽃에 꼭 필요한 잎이 없는데도 단체의 미(美)를 보고 아름답다고 탄성을 발하게 되니 말이다. 돈을 덕지덕지 바른 너무나 화려한 교회의 건물이 그녀를 슬프게 했다.

권사들이 기도회를 갖기 위해 모여들고 있었다. 그들은 타인이 듣는 것에 개의치 않고 마치 재미있는 사건이라도 만났다는 듯 마구 떠들어댔다.

"아무리 원로 목사가 밉기로서니 그분의 수족과 같은 김수덕 장로님을 죽이려 했다니! 이건 정말 잘못된 거라고."

검은 머리가 한 올도 없는 제일 나이가 많은 권사의 말이었다.

"맞는 말이야. 성전을 짓기 위해 우리 원로 목사님이 얼마나 고생을 하셨어. 기둥만 세워놓고 우리들이 날마다 여기 와서 울부짖으며 기도했지. 목사님이 매일 강단에 엎드려 우리와 함께 우셨던 일이 어제 같구먼. 빚이 산더미처럼 쌓여서 다음날까지 돈을 갚지 않으면 잡혀가게 되었으니 여러분들 모두 집을 팔아 그 돈의 십일조를 내라고 울어서 우리도 함께 통곡했었지. 솔직이 고백해서 우리들 원로 목사님을 따라 얼마나 눈물을 많이 흘렸어. 난 앞번호 계를 들어 타가지고 먼저 헌금해 놓고 그 돈을 내려고 날마다 파출부로 나갔었어. 그때만 해도 젊어서 그 짓을 했지. 이렇게 모두 애간장을 태우면서 지은 교회가 이 지경이 되었으니 가슴이 찢어진다니까."

그러자 오십을 넘긴 젊은 권사가 이죽거렸다.

"눈에 보이는 이 건물이 교회가 아니라고요? 우리 성도들이 교회지요. 원로 목사님은 지나치다 싶게 이 성전 건물을 사랑해요. 지금도 새벽 기도회에 나오셔서 우리를 쓰다듬는 것이 아니고 성전 벽돌을 만지면서 눈물을 글썽거려요. 지난달 외국에 한 달간 나가셨다 오셨을 때도 제일 먼저 성전으로 달려와서 성전 벽을 손으로 쓸어주면서 둘러보시더라고요. 그분의 마음에는 성전 건물만 있지 우리들은 없어요. 눈에 보이는 것은 없어질 것이고 영원한 것은 우리 속에 거하는 영혼이 아니겠어요? 뭔가 잘못되었어요. 우리를 사랑해야지 이 건물을 사랑한다는 것은 지극히 저질적이요, 인간 중심적인 것이지요. 세상에서 돈을 벌어 거들먹거리는 기업가들하고 무엇이 다릅니까. 교회는 교회다워야 교회지 세상적인 기업이 아니잖아요."

이렇게 말하는 젊은 권사를 향해 노(老)권사들이 강하게 반박했다. 기존 세력이 언제나 새로운 침입자들을 눌러대는 것은 당연했다.

"아니, 그걸 말이라고 해요? 설령 우리 원로 목사님이 잘못을 저질렀다 해도 그분이 이 성전을 짓기 위해 고생한 것을 봐서라도 돌아가실 때까지 참아야지. 원로 목사님이 새파랗게 젊은 목사님을 세울 적에 우리 앞에서 무엇이라 말했는지 기억하오?"

그러자 옆에 있던 다른 권사가 원로 목사의 목소리를 흉내내어 아주 굵직하고 거룩하게 말했다.

"자네 숟가락 가지고 왔나? 내가 다 준비했으니 자네는 퍼먹기만 하면 되는 거야."

"맞아요. 다 지어놓은 성전에 편안히 앉아서 숟가락으로 음식만 퍼먹으면 되었지 왜 이렇게 사건을 터뜨리는지 모르겠어."

젊은 권사가 지지 않고 대들었다.

"문제는 원로 목사가 자기 아들에게 이 교회를 물려주려는 의도가 이런 사고를 낸 것이지요. 제가 보기에는 분명히 무서운 어떤 음모가 있어요."

젊은 권사들이 모두 맞는 말이라고 맞장구를 쳤다. 이에 힘을 얻어 팔팔하게 생긴 권사가 목청을 높였다.

"밖에서 들리는 소문으로는 아들이 신학을 공부하는 동안 이용하려고 우리 손 목사님을 임시 목사로 데려왔다고 해요. 신학공부하고 목사직을 받는 데 오 년이나 걸리니 그때만 임시로 채용한 것이지요. 그런데 임시로 쓰려는 목사님이 너무 목회를 잘 하니까 원로 목사님이 걱정이 된 것이라고 하더군요. 내쫓을 건더기가 없으니 어떻게 해요? 사건을 만들어야지."

"그러고 보니 그 말이 맞아. 아들이 목사 안수를 받았잖아. 그러니 딱 들어맞는군."

"문제는 목사가 되려면 의사나 법관처럼 수련기를 거쳐야 되는 것 아니야. 의사는 칼을 가지고 사람을 죽일 수 있고, 법관은 법으로 사람을 죽이기도 하고 살리기도 하지. 목사는 영(靈)으로 사람을 죽이고 살리니 목사도 의사나 법관처럼 인턴, 레지던트 기간이 필요한 게 아니냐고. 전도사, 강도사, 부목사의 수련을 받아야 된다고. 목사안수 받았다고 직통으로 수련도 받지 않고 대형 교회를 맡으면 목회를 어떻게 하겠어. 이러다 우리 영혼이 죽는 것이 아냐. 돌팔이 의사에게 몸을 맡기는 기분이야."

"저런 발칙한 말이 있나. 그럼 이번 김수덕 장로님의 차에 손을 댄 것이 누구란 말이오. 그런 논조로 나가면 원로 목사님이 범죄자란 뜻이 되잖아. 그건 아니야. 그 반대야. 원로 목사님의 측근을 하나하나 제거하려는 새로운 세력의 수작이야. 그리고 옆에서 발발 기어다니는 사찰이 문제라고. 그 꼽추 노인의 눈을 보라고. 악한 기운이 철철 넘쳐흘러. 그 사람이 이번 일의 주모자일 거야. 내 추측이 틀림없어. 꼽추 주제에 목사를 끼고 이 교회를 장악하려고 해괴한 일을 저질렀다니까. 정말로 무서운 일이야. 원로 목사님이 가여워 죽겠어."

"기도를 진하게 합시다. 이토록 아름다운 도시의 외곽에 세상에서 제일 아름답고 경이로운 큰 성전을 지은 것은 세속에 물들지 말라고 한 것이 아니겠어? 육신은 이 땅위에 살지만 노아의 방주처럼 이곳에 들어와 거룩한 안식과 평안을 취하라고 늘 말하시던 우리 원로 목사님의 뜻을 받들어야지. 우리 아주 진한 기도를 합시다."

젊은층과 노인층이 서로 다른 의견을 가지고 떠들어대면서 우우 성전 안으로 몰려들어갔다.

이렇게 웅장한 교회가 무덤으로 변해가고 있다는 생각을 하자 예은은 몸이 떨렸다.

모두가 이성을 잃고 내 편, 네 편을 따지고 있으니 교회도 편가름의 싸움터요 권력투쟁의 현장이 되었다.

한낮의 따가운 햇살에 몸을 내맡긴 채 넋을 잃고 앉아 있는 예은 앞을 가로막는 큰 그림자가 있었다. 천천히 머리를 들어 그림자를 던지고 있는 사람을 향해 눈길을 던졌다.

"아니, 목사님! 어떻게 풀려나셨습니까? 경찰이 목사님을 내놓은 걸 보니 무죄가 확실하지요? 그런데 우리 김 사찰님은 어떻게 되었습니까? 설마 나이드신 분을 잡아 둔 것은 아니겠지요."

예은은 너무나 반가운 김에 이것저것 물었다. 그러나 손 목사는 기운 없이 머리를 흔들었다. 하얗게 세운 깃을 오른손으로 만지작거리면서 난감한 표정을 지었다.

"김 사찰님께서 이번 사건의 모든 것을 혼자 했다고 고백하는 바람에 전 풀려났습니다."

"그랬군요. 한 가지만 목사님께 묻겠어요."

예은은 주위를 두리번거리고 말을 이었다.

"사실대로 말씀해 주세요. 정말로 김 사찰님이 김수덕 장로의 자동차에 손을 대었다고 믿습니까?"

손 목사는 고개를 숙이고 예은의 귓가에 속삭였다.

"아니오. 절대로 아닙니다. 그분은 나를 살리기 위해 자신의 몸을 던진 것입니다. 전 그분의 마음속을 훤히 꿰뚫어볼 수 있습니다."

"그렇다면 어째서 목사님만 나오셨습니까? 함께 십자가를 지는 것이 의리가 아닐까요?"

“세월이 흘러가면 모든 역사는 바르게 증명됩니다. 다투면 모두가 함께 피를 흘리며 쓰러질 것입니다. 기다리면 진실은 밝혀지게 마련입니다. 모든 문제는 시간이 필요한 법입니다. 인내해야지요. 이런 때일수록 참아야 합니다. 분을 내지 말고 기다려야 합니다. 그게 바로 하나님이 주신 지혜가 아니겠어요.”

손 목사의 얼굴은 비참할 정도로 일그러졌다. 눈에 눈물까지 스며나와 차마 똑바로 볼 수가 없었다.

“그럼 누가 차에 손을 댔을까요?”

“이 일로 이득을 볼 사람의 짓이지요. 그래야 제가 교회에서 물러날 것이 아닙니까. 이걸 뻔히 알고 있는 사찰님이 나 대신 십자가를 지려고 작정한 것이지요. 마치 아버지가 아들을 사랑해서 목숨을 버리듯이오. 주님이 우리를 위해 자신의 생명을 내놓은 것과 같은 그런 사랑으로 절 보호하고 있습니다.”

손 목사는 신음하듯 말했다.

“이 일을 어떻게 하지요. 그 연세에 형기를 다 치르지도 못하고 옥고에 시달려 돌아가실 것이 뻔해요.”

“모든 성도들이 제 설교를 들은 지 4년이 넘었습니다. 그 결과가 무엇입니까. 저는 허공을 향해 말씀을 외친 것이지요. 이런 생각을 하면 가슴이 아픕니다. 저들의 침묵을 보세요. 불의를 보고도 모두 입을 다물고 멀리 서서 구경만 하는 저들의 비겁함을 보세요. 그래도 단 한 사람,

사찰님은 저를 위해 몸부림을 치고 있습니다. 모두가 폐인으로 버렸던 사람입니다. 술고래요, 마약중독자에 담배골초였던 사람입니다. 길가에 버려져서 걸인으로 죽음을 기다리던 분이 의(義)의 깃발을 들었습니다. 이런 분이 곁에 있었다는 사실에 저는 감격합니다. 모두가 날 버려도 예수님이 제 곁에 계시고, 이 땅에서 가장 낮은 자리에 있는 육신이 성치 못한 사찰님이 내 편에 서서 목숨까지 내걸었으니 어찌 제가 행복하지 않겠습니까."

"이제부터 목사님은 어쩔 것입니까?"

"여길 떠나야지요. 목회자란 한 곳에 정착하는 것이 아닙니다. 하나님이 필요한 곳에 옮겨 심어주시면 그곳에서 필요한 만큼 머물면서 최선을 다해 양떼들을 돌보다가 또 다시 하나님이 명하시는 곳으로 이동하는 것입니다. 그렇게 걷는 길이 참목회자의 길입니다. 한 곳에 말뚝을 박고 울타리를 치고 여기가 내 땅이고 내 것이라고 투쟁하면서 죽기까지 버티는 것이 말세 교회의 병입니다."

"목사님은 어디로 가실 것입니까?"

"하나님의 종으로 훈련시켜 놓으시고 쉬게 하셨으니까. 세상에서 소외되어버려진 사람들을 찾아가고 싶습니다. 가장 낮은 곳으로 내려가고 싶어요. 높은 곳은 너무 교만하고 다툼이 많고 소란스러워요. 문둥이촌이라든가, 아니면 암으로 시한부 인생을 살면서 하나님만을 의지해야 하는 사람들이 모인 곳으로 가고 싶습니다. 똑똑한 사람들이 모인 곳이나 부자들이 모인 곳, 아니면 자칭 예수를 오랫동안 믿어 틀에 박혀 살아가는 형식적이고 상투적인 바리새인들처럼 이렇고 저렇고 따지는 사람들이 있는 곳은 질색입니다. 구름처럼 몰려드는 대형교회나 건물이 커서 화려한 그런 곳이 아니고, 몇 사람이 모여도 하나님을 진심으로 필요로 하는 낮고 낮은 자리에 있는, 버려져 소외된 사람들에게 가고 싶습니다."

예은은 고개를 끄덕이며 거들었다.

"원로 목사님이 있는 곳엔 절대로 가지 마세요."

손 목사의 얼굴에 미소가 떠올랐다.

"맞아요. 어느 교회나 원로가 있는 곳이면 전체 목회의 90퍼센트는 그분이 목회를 하니 시간낭비가 많게 마련이지요. 그러나 그분도 버려진 사람이니 하나님이 명하시면 갈 수밖에 없지요. 사실 제가 이 교회에 올 때 주위에서는 많이 말렸습니다. 차라리 개척을 하라고요. 그러나 주일 밤, 눈을 들어 사방을 보니 하늘의 별처럼 많은 십자가들을 보면서 낙담한 적이 있습니다. 나도 또 그런 교회를 개척해야 하나 하는 마음이 들었기 때문입니다."

갑자기 성전 문 쪽이 시끌벅적했다. 기도하자고 들어간 사람들이 나오고 있었다.

"어머머! 저 사람 좀 봐. 어떻게 풀려났지?"

노(老)권사가 외쳤다. 손 목사는 머리를 똑바로 들고 그들을 향해 뚜벅뚜벅 걸어가 마주섰다. 위기감이 감돌았다.

"저는 이 교회를 떠납니다. 저를 존경하지 않고 위해 기도해 주지 않는 곳에서 말씀이 역사하지 않기 때문입니다. 이 교회에 맞는 좋은 목사님을 모셔오시기 바랍니다."

그때 십대 소녀의 외침이 들려 왔다.

"전 다 알고 있어요. 우리 목사님은 죄가 없어요. 목사님이 불쌍해요. 이 교회는 하나님의 심판을 받을 거예요. 그건 너무나 확실해요."

소녀의 울음소리가 성전 뜰을 가득 채우고 담을 넘어 퍼져나갔다.

5

가슴을 찢는 어린 소녀의 울음소리에 모두 눈이 그쪽으로 쏠렸다. 단발머리에 흰 깃이 두드러진 검은 제복을 입은 중학생이었다. 성전 앞에 엉거주춤 서 있던 권사 기도부대는 서로 의미 있는 눈짓을 주고받으면서 성전 뜰을 빠져나갔다. 세 사람만 남게 되자 소녀는 손 목사의 손을 잡고 다시 격렬하게 흐느꼈다.

"난 너희들에게 부끄러운 일을 한 적이 없단다."

"전 다 알고 있어요. 거울을 보듯 다 알아요. 어른들이 나빠요. 하나님을 두려워하지 않아요."

"한 가지 마음에 꺼리는 것은 너희들을 더욱 사랑하지 못하고 떠나는 것이다. 좀더 열심히 너희들을 돌보고 섬겼어야 하는데 그렇게 하지 못한 것이 가슴 아프구나."

"목사님은 충분히 우리들을 사랑하셨어요. 잘못은 저희에게 있어요. 이 교회를 용서하고 떠나셔야 합니다. 그냥 떠나시면 우리는 어떻게 해요. 목사님의 가시는 길은 하나님이 인도하시겠지만 장차 이 교회는 어떻게 되는 것입니까. 이제라도 모두가 회개해야 할 터인데……. 그렇지 않으면 이 교회는 없어질 것입니다. 세상 사람들의 구경거리가 될 것입니다. 목사님! 제발 우릴 용서하고 떠나세요. 제가 이렇게 빌고 있습니다."

손 목사는 소녀를 감싸안았다. 이런 광경을 지켜보며 예은은 수건을 꺼내 입을 틀어막고 울었다. 아아! 이 교회를 어찌할꼬, 하는 탄식이 절로 나왔다. 손 목사는 어렵게 소녀를 달래놓고 예은과 함께 교회 문을 나섰다.

"목사님! 저 애가 뉘 집 딸인가요?"

"이 교회 김수덕 장로님의 막내따님입니다."

"아니, 이번 사건의 장본인인 바로 그 장로님 말입니까? 어떻게 저런 딸이 그 가정에서 태어났답니까? 맙소사, 그래서 사건의 내용을 잘 알고 있나 보군요. 그러니까 가식이 없이 솔직이 고백하는 것이겠지. 의로움은 어린 아기처럼 마음이 청결해야 임하는 모양이에요."

"우리 속에 일어나는 불의를 보고도 하나님의 형상으로

지음을 받은 인간이 입을 다물고 침묵하고 가만히 있으면 돌들이 소리를 지르는 법입니다. 어른들이 악함에 젖어 어둠 속에 갇혀 앞을 보지 못할 때 순수한 영을 지닌 어린 아이를 통해 하나님은 말씀하십니다. 의로우신 하나님은 고통 중에 있는 저를 위로하시기 위해 그 집 따님을 보내 불꽃 같은 눈으로 보고 계시는 하나님이 살아 계심을 증거하고 있는 것입니다. 오! 할렐루야. 어린 소녀를 통해 저를 위로하시는군요."

"앞으로 목사님이 잠잠히 계셔도 하나님께서 억울함을 해결해주실 것입니다."

"모든 것을 하나님께 맡길 뿐입니다. 저는 그저 하나님이 운행하는 모든 일들을 연극을 보듯 구경할 수밖에 없지요. 역사도 교회도 나라도 세계도 모두 하나님의 것이고 그분이 끌고 가는 것이니까요. 하지만 지금은 제게 인내가 필요합니다. 절 위해 기도해 주세요. 인내하면서 주님의 얼굴을 바라보라고요. 마치 여종이 주모의 손을 바라보듯이 그런 심정을 가지고 온전한 순종의 마음을 달라고요."

예은은 핸드백에서 오백 불 든 봉투를 꺼내 목사의 손에 쥐어주었다.

"적은 액수지만 우선 사택을 떠나 다음 임지까지 가시려면 필요할 것입니다. 제 정성이에요."

손 목사는 손사래를 치면서 거절하다가 얼굴이 빨개지

면서 고개를 푹 숙이고 두 손으로 받았다.

"자매님은 우리 교인도 아닌데 어떻게 오셨습니까?"

"전 사람을 찾으려 로스앤젤레스에서 온 사람입니다."

"찾으시는 분이 어떤 분입니까?"

"민경덕 목사라고 합니다."

"한때 이름을 날렸던 목사였는데 갑자기 사라져 버렸습니다. 소문에는 치유하기 어려운 병으로 투병하고 있다고 했습니다. 아주 큰 목회를 하셨던 분이지요."

"그분을 알고 계시군요. 그 가족이라도 만나고 싶습니다. 소문에 이 교회에 가면 소식을 접할 수 있다고 해서 왔습니다."

"저희 교회에는 그런 분이 없습니다."

"김 사찰님이 알고 계신 것 같아서 매달렸는데 글쎄, 일이 묘하게 돌아가네요."

손 목사의 얼굴이 이상하게 일그러졌다. 무엇인가 깊이 생각하는 듯 턱을 엄지와 검지로 만지작거리면서 머리를 갸웃거리다 중얼거렸다.

'혹시 사찰 집사가 민경덕 목사? 설마 그럴 리가 없어. 이름이 틀리잖아. 어떻게 김 사찰이 그렇게도 유명했던 목사님이란 말인가. 아니야, 아니야. 절대로 아니야. 어떻게 그런 모습으로 사람들 사이에 끼여 살 수 있단 말인가. 아니야, 아니야……. 그분 얼굴을 집회 인도할 적에 봤는데 전혀 틀려. 사진과 잡지를 통해 보았던 모습도 꼽추가 아니었어. 덩치가 상당히 큰 분이셨고 키도 컸고 이마도 넓고 눈도 부리부리하고, 운동선수처럼 체격이 떡 벌어졌었어. 그에 비하면 사찰 집사는 꼽추에다 키도 작고 눈도 찌그러졌고. 더구나 그런 분이 어떻게 술을 먹고 담배를 피우고 노숙자 생활을 하고 다녔겠어. 억측이야, 억측. 아니야, 아니야.'

손 목사는 머리를 살래살래 흔들며 서 있다가 예은에게 엉뚱한 제의를 했다.

"우선 사찰 집사를 만나러 가봅시다. 마음이 정돈되면 민경덕 목사님에 대한 정보를 자매님에게 줄 것 같군요."

"사찰 집사에 관하여는 사모님이 잠깐 말해줬습니다. 혹시 민경덕 목사에 관하여 참고가 될 만한 것이 있으면 말씀해 주세요. 전 지푸라기라도 붙들고 싶어요. 할머니 한 분이 양로원에서 쓸쓸하게 죽어가고 있습니다. 다급합니다. 꼭 민 목사님을 찾아야 해요."

"아무리 생각해도 사찰 집사는 참으로 특이한 분입니다. 술과 담배에서 깨어나면서 놀랍도록 경건한 자세로 돌아왔습니다. 기도할 적에는 목소리도 우렁차고 기도 내용도 깊이가 대단했어요. 성경을 꿰뚫어 알고 있었으니까요. 성령을 받으면 말씀이 살아 움직인다는 것을 직접 제가 눈으로 확인했습니다. 지금도 하나님은 살아 계시면서 역사하고 있다는 걸 그분을 통해 날마다 깨닫고 있었습니다. 얼마나 회개를 철저히 하는지 언젠가 제가 성전에 기도하러 간 적이 있었습니다. 아주 깊은 밤이었어요. 자정이 넘은 시간에는 성전이 비어 있게 마련이지요. 목사란 성도들과 어울려 큰 목소리로 기도할 수 없잖아요. 제 기도 내용을 들으면 문제가 될 것이 많으니까요. 그래서 가끔 한밤중에 강단에 엎드리는 적이 많았답니다. 아무도 없는 시간을 골라서 가는 것이었지요. 어느날 밤에 거기서 사찰 집사를 만났습니다."

예은은 긴장하며 물었다.

"사찰 집사가 뭘 하고 계셨나요?"

"깜깜한 곳에서 피를 토하듯이 울부짖는 사찰 집사의 기도는 감히 접근할 수 없는 거룩함과 놀라움이었습니다."

"무엇이라고 외치던가요?"

"전 죽일 놈입니다. 감히 하나님을 향해 앉을 수도 없는 죄를 지었습니다. 제 뼈가 녹아내리는 아픔을 주님은 아시지요. 밤마다 베개가 푹 젖도록 울어대는 저를 주님께서 긍휼히 보시고 용서해 주세요."

입이 닳도록 김 사찰의 믿음 생활에 대하여 칭찬하는 손 목사의 말을 들으면서 구치소에 도착했다. 예은과 손 목사는 김 사찰과 창살을 사이에 두고 마주앉았다. 이상하게도 김 사찰의 얼굴에서 맑은 빛이 뿜어나왔다. 눈에서도 생기가 돌았고 평안과 기쁨이 충만한 표정이었다. 큰 기적이라도 일어난 것일까. 예은은 김 사찰 앞으로 다가앉았다.

"진짜 민경덕 목사님이 돌아가셨습니까?"

김 사찰은 그렇다고 크게 머리를 주억거렸다.

"언제 돌아가셨습니까? 어떻게 죽음을 맞았던가요? 그리고 어디에 묻혔습니까?"

"연고도 없이 혈혈단신 살아가던 목숨이 무덤이 있겠습니까. 화장하여 산야에 뿌려버렸지요."

"전 그분의 마지막 삶을 알아야 할 의무가 있습니다. 그걸 알려고 기다리고 있는 사람이 있으니까요. 지금 그분의 목숨은 바람 앞에 놓인 가녀린 촛불입니다. 제가 전하는 말을 들어야만 편히 눈을 감으실 것입니다. 제발 알고 계신 것을 모두 말해주세요."

김 사찰은 눈을 감고 생각에 잠겼다. 면회 시간은 자꾸 흘러갔다. 예은은 안달이 나서 다급하게 다그쳤다.

"너무나도 가여운 한많은 여인입니다. 죽음을 맞이하는 최후 순간만은 아름답게 보내야 합니다. 저도 이 나라의 역사와 함께 비참하게 떠도는 어머니를 찾아나선 여자입니다. 우리 모두가 나그네 인생입니다. 이 땅에서 누릴 나그네의 행복에 대하여는 피차 노력해야 되는 것 아닙니까."

김 사찰이 말을 받았다.

"핏줄이 당기는 어머니를 찾아나설 일이지 이미 죽어 산야에 뿌려진 사람을 찾아다닐 필요가 있습니까? 모두가 헛된 일이오. 해 아래서 수고한 모든 일이 다 헛된 것을 왜 모르시오."

"제 어머니는 이 일을 마무리짓고 찾아나설 것입니다. 전쟁을 겪은 많은 우리의 어머니들이 처했던 역사의 한 부분을 논하자는 것이 아닙니다. 제가 찾고 있는 분은 특이한 부부입니다. 육체적으로는 떨어져 있지만 질긴 영혼의 줄로 묶여진 분들이지요. 그러니 민경덕 목사님은 아직 살아 있을 것이 분명해요."

김 사찰이 착잡한 표정을 짓더니 다시 입을 열었다.

"죽었다니까요. 왜 내 말을 믿지 않습니까. 더 이상 기다리지 말라고 전해주세요. 그 사람 참으로 행복한 사람이었습니다. 아내의 사랑을 많이 받았고, 그 또한 아내를 무척 사랑했으니까요. 그렇게 전해주세요. 죽는 순간까지 자신이 저지른 죄를 뉘우치고 무척 괴로워했다고요. 자신의 목숨을 내줄 정도로 아내를 사랑하고 싶다고 절규하면서 숨을 거뒀다고 꼭 전해주세요. 그 사람이 진작 정신을 차렸어야 했는데 맨 밑바닥에 내려가서야 그걸 깨달았으니 참으로 불쌍한 사람이었지요. 그러나 하나님은 그를 버리지 않고 탕자보다 더 추한 그를 사랑으로 안으셨답니다. 아내의 기도 때문이었다고 고백하더군요. 아내의 기도 소리가 매일 귓가를 맴돌았다고 했어요. 어떤 때는 천둥 번개처럼 그를 사로잡기도 해서 그 사슬에서 벗어나겠다고 술, 담배를 하면서 길가를 걸인처럼 헤매기도 했지요. 그러나 마지막 순간 하나님은 그를 일으켜세우셨답니다. 임종의 자리에서 천국까지 연결된 사닥다리에 그가

발을 걸칠 수 있게 말입니다."

그때 면회 시간이 끝났음을 알리는 신호기가 울렸다. 예은은 김 사찰의 말을 이해 못하고 머리를 갸웃거렸다.

6

희뿌연 안개 속으로 뚫린 산길은 너무 험해서 발끝에 온 신경이 갔다. 한 발자국 잘못 디디면 천길 절벽 밑으로 굴러떨어질 것이 뻔한 험준한 산에 왔으니, 세상만사 모든 것을 깡그리 잊어버리고 오로지 발끝에 정신을 집중해야만 했다. 안개는 걷힐 기미가 보이지 않았다. 어디를 봐도 안개 속이다. 예은은 정상에 오르면 안개가 발밑에 깔리리란 기대감으로 등이 젖도록 안간힘을 쓰면서 꼭대기를 향해 발을 내디뎠다. 산봉우리 정상에 다가갔다. 키 작은 나무들이 뿌리를 앙상하게 들어내고 있었다. 바람이 휘잉 몰아치자 안개는 그녀의 무릎을 휘감았다.

멀리서 호루라기 소리가 났다. 위험하니 어서 내려오라는 신호인 듯했다. 그래도 예은은 기를 쓰고 관목의 뿌리를 잡아가면서 좀더 정상 쪽으로 향했다. 다시 귀청을 찢는 호루라기 소리에 몸서리를 치면서 귀를 틀어막다가 예은은 눈을 번쩍 떴다.

여기가 어디지? 희미한 여명이 커튼을 파고들어왔다.

아직도 손발이 얼얼하고 다리도 아팠다. 산길을 헤맨 탓일까. 차츰 정신이 들면서 험한 꿈에 빠졌던 자신을 발견할 즈음 전화벨이 요란하게 울렸다. 천천히 수화기를 들었다.

"여보! 나야, 나."

태평양 건너 로스앤젤레스에서 걸려온 전화가 마치 옆집에서 말하는 것처럼 생생했다. 남편은 수화기 저쪽에서 흐느꼈다.

"무슨 일이에요?"

"우린 끝장이야. 하나뿐인 우리 딸 조앤이 드디어 판결을 받았어. 25년형이야. 내일 샌디에고에 있는 감옥으로 옮겨간다는군. 당신 여기 오지 말고 거기서 삼개월쯤 머물다 와."

"며칠 뒤에 바로 갈게요. 제가 왜 여기 혼자 삼개월씩 있어야 해요?"

"신문에 우리 부부 사진하고 조앤 사진이 대문짝만하게 났어. 심지어 동부에서 공부하고 있는 아들 아브라함 얼굴까지 말이야. 창피해서 밖에 나갈 수가 없어. 남의 자식을 죽인 딸을 둔 아비가 어떻게 살아야 할지 모르겠어. 모두가 나를 향해 수군거리는 것 같아. 그러니 어떻게 이곳에서 돈을 번다고 비즈니스를 하면서 살 수 있겠어. 우린 망했어."

남편은 제정신이 아니었다. 예은도 거대한 산이 앞을

가로막았다. 도저히 넘을 수 없는 산이었다.

"여보! 미국은 한국의 50배가 넘는 땅이에요. 우리가 그 동안 벌어놓은 재산을 모두 팔아가지고 로스앤젤레스에서 사라집시다. 깊은 산골로 가도 돼요. 텍사스가 얼마나 넓어요. 그리로 가도 되고 켄터키 주의 촌마을로 가도 돼요. 유타 주의 작은 도시로 가도 되고, 한국 사람이 단 한 사람도 살지 않을 곳을 인터넷을 통해 조사해 보고 그리로 이주해도 돼요. 인구가 아주 적은 알래스카로 가도 되고요. 농사를 짓는 오하오 주나 캐롤라이나 주의 시골로 들어가면 우리를 알아볼 사람이 없을 것이니 염려하지 마세요. 이번 일을 전화위복으로 여깁시다. 지금부터 모든 것을 감사하며 받아들이고 다시 새삶에 도전합시다."

남편은 말없이 흐느꼈다.

"여보, 제가 바로 로스앤젤레스로 갈게요."

"아니야. 당신 거기 그냥 있어. 여기 오면 아들을 잃은 부모가 가만 있질 않을 거야. 당분간은 우리가 어디론가 사라져야 해. 난 여기를 떠나 미국 전역을 차를 몰면서 돌아다닐 생각이야."

"가게는 어떻게 하고요?"

"사려는 사람이 나왔어. 그 사람에게 맡기고 난 새처럼 자유롭고 싶어. 이곳을 어서 빠져나가고 싶을 뿐이야."

"혼자서 여행을 떠나려고요?"

"내 동창 중에 김인기란 사람을 당신도 알지? 그의 아내가 깜둥이하고 눈이 맞아 달아나 버렸대. 그 친구하고 둘이서 옐로우스톤(Yellow Stone)이랑 그랜드 캐니언(Grand Canyon)엘 갈 거야. 갈 때는 60번을 타고 올 때는 10번 도로를 이용하여 미(美) 대륙을 횡단하는 거지. 여기선 숨을 쉴 수가 없어. 이곳을 아주 멀리 떠나가야 숨통이 트일 것 같아. 살인한 자식을 둔 부끄러운 부모가 되었으니 고생한 모든 것이 물거품이 되었어. 남의 땅에서 우리 부부가 몸이 망가지도록 열심히 살았는데 결과가 이렇게 되었으니. 오, 맙소사! 하나님! 왜 하필이면 우리야."

남편은 흐느끼다가 전화를 끊어버렸다. 예은은 의외로 담담해졌다.

조앤이 25년 동안 감옥에서 살아야 한다. 이제 예은은 세상에 공포된 살인자 딸을 둔 엄마가 되었다. 국제 변호사가 되겠다던 아들은 살인자를 누이동생으로 둔 부끄러움을 안고 살아야 할 것이다. 결혼길도 막혀 좋은 규수를 얻을 수도 없겠지. 숨막히는 두려움이 새벽녘에 꾼 꿈속의 안개처럼 그녀의 몸을 휘감았다. 그녀는 정말로 오랜만에 무릎을 꿇었다.

'주님! 제가 잘못했습니다. 이 모두가 제 잘못입니다. 딸이 마약에 손을 댄 것을 왜 진작 몰랐는지 제가 너무 무심했습니다. 열여섯 살 난 딸도 돌봐야 하는 것인데 너무 딸을 믿었습니다. 딸 대신 저를 벌하세요. 게다가 다른 남자의 아이를 낳고도 남편을 속이고 처녀처럼 결혼한 저를 용서해 주세요. 저 때문에 남편은 애매한 고통을 당하고 있습니다. 모두가 제 탓입니다. 저를 벌하세요. 또 저를 낳아 길러주신 친정어머니를 이렇게 오랜 세월 내버려둔 죄가 큽니다. 남편과 자식, 그리고 어머니에게 지은 죄가 너무 무겁습니다. 저는 죄인입니다. 저를 불쌍히 여겨주십시오. 긍휼을 베풀어 주십시오.'

심장이 멎을 듯 가슴에 심한 통증이 왔다. 목뒤도 뻐근했다. 손발도 저려 왔다. 곧 하나님은 죄를 너무 많이 지은 예은을 데려가려는 것일까. 순간 눈속으로 화끈한 빛이 스쳤다. 그렇다. 맞다. 이번의 고난은 동물처럼 살아가고 있는 남편과 그녀를 하나님이 사랑하셔서 채찍을 드신 것이 확실했다.

조앤은 그냥 두었으면 창녀가 되어 길에서 죽어버렸을 아이가 아닌가. 크랙이란 값싼 마약에 손을 대는 순간 딸은 이미 건져낼 수 없는 깊은 수렁에 빠져들고 있었다. 마약 판매 조직은 엄청난 것이었다. 딸애의 친구들은 거의 그 조직에 걸려 있었다. 미국을 떠나 중국으로 가도 빠져나올 수 없는 무서운 집단이라고 했다. 조앤의 친구, 애리는 아버지와 함께 중국으로 도망갔으나 이곳에 남은 엄마를 갱단이 와서 총으로 쏴 죽이고 중국까지 쫓아가서 애리의 두 다릴 절단하는 만행을 부렸다는 이야기도 보도를 통해 상세하게 알았다. 조앤이 쏴 죽인 남자아이는 공부를 잘해서 하버드에 갈 것이란 소문이 자자했었다. 의사

부모를 둔 학생은 장차 컴퓨터를 전공해서 빌 게이츠처럼 되겠다는 꿈을 지니고 있었다. 이런 유망한 학생이 크랙을 상습적으로 팔고 다니는 친구에게 충고한 것이 화근이 되었다. 앞길을 막는 놈은 모두 죽이겠다는 무서운 저들의 계략에 조앤이 도구로 이용된 셈이었다. 이유도 모르고 딸은 조직의 두목이 시키는 대로 손에 쥐어준 권총의 방아쇠를 당긴 것이다. 예은은 억울하다는 생각이 들면서 마음이 들끓었다. 순간 하나님은 아주 세미한 음성으로 그녀의 귓속에 속삭였다.

'네 딸의 생명을 구하는 길은 이 길밖에 없다. 감옥에서 딸은 살아남을 것이고 그곳에서 예수를 만나 좋은 전도자가 되리라. 기도하고 감사해라. 이 모든 일은 내가 하는 것이니라.'

그렇다면 조앤을 구하기 위하여 하나님은 25년 동안 감옥에 넣어 피신하게 만든 것이다. 죽는 것보다 그렇게라도 살아 있는 것이 얼마나 감사한 일인가!

예은은 외쳐 기도했다.

'감사합니다. 감옥에서라도 살아 있게 해주신 주님! 너무 감사합니다. 하긴 그 애가 감옥에 갇혀 있지 않다면 우리가 어떻게 이런 사악한 조직에 낀 딸을 보호하겠습니까. 저들 조직이 가만 놔두지 않을 터이니 감옥이 가장 안전한 곳입니다. 거기서 마약을 끊을 수 있고 절망의 순간, 가장 낮아진 자리에서 하나님만을 붙들고 선다면 그 이상

바랄 것이 없지요.'

문득 예은은 친정어머니의 얼굴을 떠올렸다. 어머니의 기도 덕분으로 딸 조앤이 살아난 것이구나 하는 확신이 왔다. 어디선가 숨어서 기도하고 있을 어머니를 향한 강한 그리움을 억제할 수 없었다.

얼마나 시간이 흘렀을까. 예은이 정신을 차리고 주위를 둘러보았다. 해가 서쪽으로 기울고 있었다. 아침도 점심도 먹지 않은 채 울고 기도하고 몸부림쳤던 것이다. 살아야 한다. 딸을 살리기 위해서 살아야 한다. 강한 식욕이 솟구쳤다. 저녁을 먹어야 한다. 예은이 침대에서 빠져나와 욕실로 가려는 순간 전화벨이 울렸다.

"접니다. 오늘 하루종일 돌아다녀서 드디어 민경덕 목사님에 대한 정보를 알아냈습니다."

"고맙습니다, 목사님. 이사하시는 일로 분주하실 터인데 제 일로 신경을 쓰시게 해서 죄송합니다."

"결론부터 말씀드리면 민경덕 목사님은 돌아가셨습니다. 사찰 집사의 말이 맞습니다. 길에서 걸인으로 죽자 연고자를 찾지 못하여 어쩔 수 없이 시에서 화장하여 산야에 뿌렸다고 합니다."

"그럼 사찰 집사하고 민 목사님의 관계는 어떻게 된 거지요?"

"민경덕 목사님과 함께 비렁뱅이질을 하던 사람으로 본명이 김영호라고 합디다. 전과 25범이라 이번 일에 더 의

심을 받는 것입니다. 마약으로 패가망신하고 혼자 길거리를 헤매는 거지였어요. 다행히 민경덕 목사님을 만나 신앙의 싹이 나서 생명을 구한 셈이지요."

"민 목사님이 살아 있어야 하는 것인데. 이를 어쩌지!"

"전 선교사로 갈 수 있도록 총회에서 허락이 났습니다. 먼저 브라질로 가서 언어 연수를 받아야 합니다. 그런 뒤에 거기를 떠나 아마존 인디오에게 갑니다."

"아마존 인디오에 가신다고 했나요?"

"네, 처음 성령을 받았을 때 선교사로 가겠다고 서원기도를 했었습니다. 총각시절이었지요. 이미 그때 선교사 훈련을 받았어요. 결혼한 뒤에 아내가 아기를 낳고 몸이 좋지 않아서 편하게 안주하려던 것을 이번 기회에 가닥을 바로잡은 것입니다."

"하지만 아마존에 가시면 고생이 대단할 것입니다. 목사님은 거기가 어딘지 잘 모르시는 모양인데 거기는 안 돼요. 백인들도 들어가기를 꺼려하는 곳입니다. 모든 선교사들이 피하는 지역이지요. 아마존 선교는 목숨을 버리겠다는 뜻과 같습니다. 재고하셔야 합니다."

예은이 강하게 반대하자 수화기 저쪽에서 김 목사는 흔쾌히 웃어대는 것이 아닌가. 아마도 김 목사는 거기가 어떤 곳인지 상상도 못하고 선교지를 정했을 것이다. 예은은 어떻게 해서든지 선교지를 바꾸게 해야겠다는 생각이 앞섰다. 아이들도 어린데 거기가 어디라고 들어가겠다는 말인가.

"목사님! 그곳에 절대 못 가십니다. 저희 교회에서 나이든 선교사 한 분을 그곳으로 파송한 일이 있었어요. 풍토병에 걸려 바로 돌아가셨습니다. 거기는 파리가 살에 침을 놔도 구더기가 살 속에서 버글거리는 곳이에요. 얼굴에 모기가 앉았다 하면 살속에서 새끼를 까서 와글거려요. 바늘로 그 벌레들을 다 파내야 할 정도예요. 뱀은 길이가 삼십 미터나 되고요, 거기 사는 군대개미는 그 뱀을 세 시간 동안에 다 먹어치워 버린다는군요. 거긴 절대로 안 됩니다. 목회에 실패하셨다고 자신을 아마존 정글에다 버리는 것을 하나님이 기뻐할까요?"

예은은 마치 친동생이 죽으려고 불속으로 뛰어드는 것처럼 안달을 하면서 반대했다.

7

예은은 저녁 먹을 마음이 싹 가셨다. 어떻게 해서든지 아마존 인디오를 향해 떠나려는 선교사의 길을 막아야 한다는 강한 마음을 누를 수가 없었다. 최후의 수단을 쓰기로 했다. 남자란 여자의 눈물에 약한 법, 어쩔 수 없이 사모를 설득하는 길밖에 없었다. 예은은 사택에 전화를 했다. 마침 내일 이삿짐을 친정으로 옮기기로 했다는 사모의 말을 듣고 택시를 타고 사택으로 직행했다. 아마존은 한 달을 선교하고 한 달은 밖으로 나와 다시 몸을 추슬러 들어가야 할 정도로 세상에서 제일 험한 사역지였다.

"사모님! 그 길을 막으셔야 합니다. 왜 하필이면 아마존이냐고요. 모든 선교사들이 제일 꺼려하는 곳입니다. 그리로 가시면 사모님이 과부 안 된다는 보장이 없어요. 하나님을 사랑하는 열정으로 그곳을 찾았던 미국 선교사 한 사람을 제가 잘 알고 있는데 그곳 풍토병에 걸려 미국으로 돌아와 수술을 세 번이나 받고 지금은 선교지를 중국으로 바꿨습니다. 아마존은 물이 많은 곳이지만 마실 물이 나빠요. 그 물이 문제였지요. 피를 토하고 싸면서 손 쓸 사이 없이 죽어 나자빠지는 곳입니다. 원주민들도 마찬가지지요. 더구나 밀림 속에는 맹수도 많고 지독한 더위는 동양인이 견디기 힘든 가장 악조건입니다. 어린것들을 데리고 어떻게 거길 가려고 그래요."

얼굴이 벌개져서 마구 쏘아대는 예은을 향해 사모는 조용히 웃기만 했다. 충격요법으로 아이들의 얼굴에 파고들 구더기 이야기까지 늘어놓으면서 공포에 가까운 예화를 거짓말까지 곁들여 주절댔다. 시간이 흐를수록 사모의 마음을 들쑤셔 놓으려는 의도와는 달리 점점 더 그쪽으로 가야겠다는 마음을 다지는 결과가 되었다. 다들 가기를 꺼리는 곳으로 가는 것이 가장 좋은 길이라고 생각하고 있으니 기가 찰 노릇이었다.

“남편이 가는 곳에 식구가 함께 가야지요. 우린 한몸입니다. 그곳에서 죽으면 죽으리라 하는 마음을 가지고 갑니다. 천국에서 만날 것이니 무엇이 두렵습니까. 아이들과 제가 따로 떨어져 있는 것도 말이 안 됩니다. 그런 자세로 살아가는 선교사를 원주민들이 어떻게 존경하고 따르겠습니까. 우린 기도하고 결정했습니다. 하나님의 지시를 따르기로 했습니다. 매스컴을 통해 귀가 따갑도록 쏟아지고 넘치는 복음에 식상해서 귀한 줄 모르고 이렇고 저렇고 따지면서 이죽거림에 시달리는 것보다, 흑암에 앉아 죽어가는 사람들에게 복음을 증거하는 편이 훨씬 보람이 있는 일이지요.”

“그럼 그 길을 하나님이 인도하셨다고 믿습니까?”

“그럼요. 바르게 하나님을 믿으려는 의로운 자들의 길을 하나님이 인도하십니다. 그 길이 역경일수록 성령의 역사는 강한 법입니다. 자매님의 길도 예외가 아닙니다. 고난의 길에서 주님을 만날 수 있으니 얼마나 감사한 일입니까. 이 땅의 생활은 어차피 나그네길. 평지만을 걷는 것이 아니고 산도 넘고 개울도 건너야 하는 험한 순례길입니다. 맹수도 만나고 물이 없어 목말라 울기도 할 것입니다. 해결할 수 없는 고난을 앞에 놓고 울부짖기도 할 것입니다. 이 모두가 영원한 나라를 향해 가려면 반드시 겪어야 할 과정인데 무엇을 욕심내며 안달하겠습니까.”

오히려 예은이 설득당하는 꼴이 되었다.

“언제 떠나시려고요?”

“삼개월 뒤에 로스앤젤레스로 가서 그곳에서 반 년 동안 머물면서 강한 훈련을 받고 아르헨티나로 갑니다. 거기서 인디오와 통할 수 있는 언어를 배우고 아마존에 적응할 수 있는 훈련을 게릴라식으로 받은 뒤 선교 센터의 지시를 따라 아마존에 투입될 것입니다.”

사모는 완전히 군대 용어를 구사하고 있었다. 마치 최전선에 배치되는 특공대 같은 분위기를 자아냈다.

‘아아! 하나님의 사람들은 아주 특이하구나. 무서운 힘을 지녔구나. 일반 사람들이 상상도 못할 거대한 산을 부수는 다이너마이트와 같은 놀라운 힘으로 도전하고 있구나. 나도 그런 믿음을 가져야 한다. 그래야 25년 동안 감옥에서 지낼 조앤에게 강한 믿음의 유산을 전수할 수 있다. 더구나 미국 물에 흠뻑 빠져서 조국도 가족도 잊고 오로지 공부에만 몰두하는 아들은 장래가 어떻게 되는 것인가. 훗날 유명한 국제 변호사가 된다 한들 믿음이 없다면 동물에 지나지 않을 터이니 그 아들에게도 강한 믿음을 물려주어야 한다. 이런 다급한 상황에서 너는 과연 무엇을 하고 있었단 말이냐. 내 눈에 좋아 보이는 비싼 집을 사려고 눈이 벌개 있지 않았던가. 자식들을 잘 기르겠다고 소문난 학군을 따라 철새처럼 이동했고, 그걸 위해 남편과 함께 돈버는 기계로 전락해 버렸다. 이제 일어나야 한다. 세계를 끌어안고 기도하는 여자가 되어야 한다. 나도 저들처럼 기도하면서 강한 믿음을 지녀야 한다. 인생의 방향을 틀어야 한다. 다가온 고난을 인내하며 승리해야 한다.'

사람들이 많이 몰려드는 번잡한 기도원을 찾기보다는 혼자 조용히 묵상하며 성경을 통독하리라. 예은은 남편이 미 대륙을 방황하는 동안 아마존 선교를 떠나는 손 목사가 은혜를 받았다는 오대산 산꼭대기의 기도원에 머물기로 했다. 손 목사는 아마존 인디오로 가는 자신보다 그녀를 혼자 기도원에 보내는 것이 더 마음이 놓이지 않는다고 했다.

"뱀이 많은 곳입니다. 혼자서 깊은 산속으로 들어가지 마세요. 움막 주변에 뱀이 싫어하는 백반을 뿌려놓았습니다. 그 안에서만 기도하십시오."

"설마 뱀이 내려와 기도하는 사람을 물까요?"

"제가 그곳에 기도하러 갔을 때 혼자 기도하겠다고 산속 깊숙이 들어간 목사가 발뒤꿈치를 독사에게 물려 난리가 났던 일이 생생합니다. 그리고 거긴 음식이 아주 조악합니다. 밥에 산나물이 전부입니다. 그러니 영양제를 가지고 가시지요. 게다가 손수 나무를 해다 불을 때서 밥을 지어야 하는 각오도 하셔야 합니다. 전기도 물도 없는 곳이지만 다행히 산 약수가 있어 그 물을 마시고 세수하고 빨래를 할 수 있습니다."

완벽한 문화 속에서 편하게 살아온 예은은 모든 것을

버린다는 사실에 흥분했다. 수돗물이 나오지 않고 전기도 없는 곳이라니 얼마나 매력적인가! 마치 첫 수학여행을 떠나는 학생처럼 흥분해서 잠을 이룰 수 없었다. 눈만 뜨면 달려나갔던 비즈니스 걱정을 할 필요도 없다. 남편의 식사 준비로 인해 시장에 갈 일도 없다. 더구나 아들과 딸은 제 갈길로 모두 가버린 끝이 아닌가. 홀가분하게 홀로 창공으로 날아오르는 독수리의 심정이 이럴까. 기도하리라. 전심으로 찾고 찾으면 만나주시겠다는 하나님을 만나서 친정어머니의 행방도 알아내야 한다. 그곳에 가면 어머니를 찾을 수 있으리란 예감 같은 것이 그녀의 마음을 사로잡았다.

예은은 손 목사가 일러준 대로 기차를 타고 가다 내려 버스로 갈아타고 기도원으로 오르는 길목에서 내렸다. 산꼭대기까지 걸어서 오대산 벼랑에 세워진 기도원을 찾았다. 사람의 발자취가 싹 가신 곳이었다. 오로지 산바람 소리와 새들의 지저귐만 있는 산속을 걸으면서 예은은 참으로 오랜만에 자신의 세계로 돌아온 느낌이었다. 나는 누구이며 도대체 어디로 가고 있는 것일까? 예은은 근원적인 질문을 하면서 이마의 땀을 소매로 문질렀다.

기도원에는 여자 원장 혼자 있었다.

"기도원을 찾아오는 사람은 정해져 있는데 자매님은 처음 보는 분이군요."

"예, 김 목사님 소개로 왔습니다."

"우선 땀이나 들이시오."

원장 얼굴은 산빛에 그을려 구릿빛이었다. 산물을 로션 삼아 살아가는 육십대 여인이었다.

"이 기도원을 혼자 지으셨습니까?"

예은의 질문에 원장은 눈을 들어 상대방의 얼굴을 한참 응시하다가 싱긋 웃었다.

"모두가 그런 질문을 하지요. 이 험준한 곳에 어떻게 이런 기도원을 지었는지 궁금하다고. 원래 여기는 암자 터였어요. 버려진 암자 터를 닦아 기도원 짓기는 쉬웠어요. 하긴 기도실하고 방 둘에 부엌이 전부이지만 시멘트를 여기까지 올려올 적에는 등이 얼얼했지요."

"손수 지으셨나요?"

"권사 할머니 한 분하고 둘이서요."

"어머나! 여자분들 둘이서 이 기도원을 지으셨다니!"

"사연이 있으니 사람들을 피해 산속으로 들어온 것이 아니겠소. 남은 것은 오로지 하나님을 향한 생각뿐이니 이 일을 할 수 있었지요. 잠자는 것 외에는 오로지 이 기도원 짓는 일에만 몰두했지요. 도와준 권사님은 대단한 분이셨어요."

"그 권사님은 돌아가셨나 보지요?"

"아직 살아 계십니다. 하나님은 아직도 기도해야 할 일을 권사님에게 주셔서 죽지를 못하고 살아 계시지요."

"기도해야 할 일이라니요?"

"자기가 아닌 타인을 위해 목숨을 걸고 중보기도를 해야 할 사람은 그렇게 쉽게 죽지 못하지요. 결과를 봐야 하는 것이 아니겠소. 하나님도 그런 기도를 제일 좋아하시기 때문에 질병까지 치유시키면서 기도를 하게 하지요. 이건 제 경험에서 나온 말입니다."

"자식들이 속을 썩이는 모양이군요."

예은은 조앤을 생각하면서 이렇게 말했다. 사람이란 그릇과 같아서 속에 담고 있는 것을 토해내는 존재인가 보다.

산속에 둘이만 있으니 그분의 중보기도 내용을 상세히 늘어놓음직도 하건만 기도원장은 그저 조용히 기도에 몰입했다. 예은은 아직 기도에 길들여지지 않은 상태라 그녀를 따라 눈을 감기는 하지만 생각이 잡다하게 떠올랐다. 나중에는 엉뚱하게 로스앤젤레스에 있는 집의 부엌까지 어른거렸다. 가스 밸브를 잠그고 남편은 여행을 떠난 것일까. 조앤은 감옥에서 동성 연애자에게 시달리는 것이 아닐까. 십대들이 모여 있는 감옥에서 에이즈가 급속도로 번진다고 하던데 괜찮을까. 오대산의 정상에 앉아서 그녀는 세상의 모든 걱정거리로 마음이 북닥거렸다. 기도원 생활 일주일 만에 원장이 닷새 동안 속세를 다녀오겠다고 했다.

"저 혼자 이 산속에 있으란 말입니까?"

예은은 겁에 질려서 물었다.

“혼자 있으면 기도하기 아주 좋은 기회가 됩니다. 사람들과 함께 있으면 자꾸 기도에 방해가 오지요. 이번 기회에 단단하게 하나님을 붙드세요. 전심을 다해 하나님을 찾으면 만나주실 것입니다. 온전히 하나님을 의지하는 좋은 시간이 되길 바랍니다.”

“전 아직 혼자 남을 믿음이 없습니다. 닷새간이라면 원장님을 따라갔다 오겠습니다. 비누랑 라면도 필요하구요.”

원장의 허락을 기다리지도 않고 예은은 어린아이처럼 따라나섰다. 산속에 홀로 남는다는 건 상상도 할 수 없었다. 밤에는 늑대나 여우들의 울음소리가 기분 나쁘게 들리고, 이름모를 산짐승들이 얼찐거리는 것에 놀라 기절할 뻔한 적이 한두 번이 아니었다. 예은은 앞장서 가는 원장을 뒤질세라 기를 쓰면서 따라붙었다.

“원장님, 혹시 기도원을 함께 지었다는 권사님을 보러 가세요? 저도 권사님을 보기 원해요. 아마도 천사의 얼굴일 것 같아요. 맞지요?”

아무리 지껄여도 원장은 뒤도 돌아보지 않고 그냥 앞만 보고 걸었다. 털털거리는 시골 버스를 타면서도 한 마디도 입을 열지 않던 원장이, 산모롱이를 휘감고 도는 버스에서 벌떡 일어서더니 내리겠다는 신호를 보내는 것이 아닌가. 예은도 허겁지겁 따라 내렸다. 그들이 들어선 곳은 십여 가구가 옹기종기 모여 살고 있는 산동네의 초라한 교회였다. 지붕 위에 십자가가 없었다면 농촌 사람들이 사는 살림집으로 볼 수 있었다. 강대상 위에 먼지가 뽀얗게 내려앉은 텅 빈 성전에 들어서면서 원장이 중얼거렸다.

"이분 또 손자 만나러 가셨군. 그 녀석이 문제야. 팔십 노구를 이끌고 서울에 간 것이 분명해."

예은은 기도원장의 다음 행동을 기다렸다. 괜스레 불안해졌다. 예은은 햇살이 찬란하게 내려꽂히는 들판과 교회 안을 번갈아 보았다.

"권사님이 돌아오실 때까지 여기서 기도합시다. 그분이 개척한 교회라 여기가 곧 기도실 겸 침실이오, 식당이니 언젠가는 돌아오실 것입니다. 이리 와서 기도나 합시다."

기도를……. 예은은 마음이 내키지 않았다. 산속 기도원에서 세속을 떠나 있던 것도 몸서리치게 지루했는데, 골방만한 곳에 또 갇혀 며칠이 될지 모를 밤낮을 주절대며 기도해야 하는 압박감을 견뎌낼 자신이 없었다. 이를 어쩔 거냐? 잠시 눈을 깜빡거리면서 망설였다. 아하! 그렇구나. 예은은 좋은 생각을 떠올렸다. 삼팔선 근처까지 가서 친정어머니가 서성거렸을 땅을 밟아봐야겠다. 거기 가면 만에 하나 그녀처럼 거기에 온 어머니를 만날 수도 있을 것 같은 마음이 들었다.

"여기서 며칠 머무시죠? 임진각엘 들러 북한 쪽을 구경한 뒤에 기도원에 가져갈 라면이랑 비누를 사가지고 올게요."

"오늘이 월요일이니 닷새 이상이 될 것 같네요. 권사님은 금요일 저녁에 반드시 돌아옵니다. 강단을 지켜야 하기 때문이지요. 그러니 늦어도 토요일 아침까지 여기로 오세요."

8

예은은 임진각행 버스에 올랐다. 정작 임진각까지 가는 손님은 예은과 할아버지 한 분뿐이었다. 많은 승객들이 내리고 타지만 저들은 농사를 짓는 삼팔선 근처 주민들이었다. 갈현동에서 금촌까지 가는 동안은 사람들로 얼마나 붐볐는지 정신을 차릴 수 없었지만 일단 삼팔선에 접근해 갈수록 버스 안은 비기 시작했다.

종착역에 내린 예은과 할아버지는 묵묵히 임진각으로 향했다. 예은은 접근할 수 있는 데까지 다가가서 난간을 잡고 섰다. 옆에 선 할아버지가 훌쩍이기 시작했다. 점점 흐느낌이 강해지더니 가슴을 쥐어뜯어 가면서 울어대는 것이 아닌가. 연세에 비해 슬픔을 뿜어내는 농도가 아주 짙었다. 자식들을 북에 두고 온 할아버질까? 할아버지가 북쪽의 아버지처럼 여겨져 예은은 눈시울을 적셨다. 그때 갑자기 할아버지가 북쪽을 향해 목청껏 찬송을 불렀다.

'예수 사랑하심은 거룩하신 말일세. 우리들은 약하나 예수 권세 많도다. 날 사랑하심, 날 사랑하심, 날 사랑하심, 성경에 써 있네. 나를 사랑하시고 나의 죄를 다 씻어 하늘문을 여시고 들어가게 하시네. 날 사랑하심, 날 사랑하심, 날 사랑하심, 성경에 써 있네…….'

찬송 소리는 북쪽으로 부는 바람을 타고 강을 건너 북한땅 쪽으로 흘러들어갔다. 할아버지는 찬송에 취해 몸을 앞뒤로 들까불면서 궁둥이까지 탁탁 쳐댔다. 혹시 이분에게 물어보면 어머니 소식을 들을 수도 있지 않을까.

"할아버지! 혹시 할아버지처럼 여기 늘 와서 북쪽을 보면서 우시는 할머니를 만나신 적이 있으세요?"

어머니, 박음전 권사는 죽더라도 삼팔선을 넘어 북한으로 가서 아버지를 찾겠다고 했으니 분명히 여기를 수없이 들렀을 가능성이 있었다. 한참 찬송에 취해서 북쪽 하늘에 눈길을 던지고 있던 할아버지는 천천히 머리를 예은 쪽으로 돌렸다.

"그런 분이 어찌 한두 분이겠소. 많은 분들이 여기 와서 나처럼 울고불고, 심지어는 절을 하기도 하지요. 설날 아침이나 추석이면 음식을 차려놓고 북을 향해 큰절을 올리는 사람들이 많아요."

"제 어머니는 북에 아버지를 두고 왔어요. 군사분계선을 마구 넘어가서라도 죽기 전에 아버지를 만나겠다고 집을 나가셨대요."

할아버지는 총기가 가신 멍한 눈으로 북녘을 응시하다가 불쑥 말했다.

"몇 년 전에 그런 행동을 한 이상한 할머니가 있었어요. 무조건 군사분계선을 넘어서 북으로 돌진하는 할머니 한 분을 우리 군인들이 잡았지요. 울어대면서 군인들의 손을 물어뜯고 생난리를 쳤어요. 이제 죽을 날이 얼마 남지 않았는데 아직도 남과 북을 나눠놓고 한을 품고 죽게 할 것이냐고 고함을 쳐대더라고요. 이 나이에 간첩질을 할 것도 없고 사상이 무엇인지도 모르니 우리 부부 이제 죽기 전에 만나야겠다고 얼마나 야단을 치는지? 그게 텔레비전으로 나와서 모두 보았어요. 그걸 보면서 얼마나 울었는지! 나도 그러고 싶었는데 그 할머니가 내 대신 그렇게 해주어서 마음이 아주 시원했었어."

"그 할머니의 성함을 기억하세요?"

할아버지는 머리를 흔들었다. 어머니의 소식을 여기에서도 잡을 수 없었다. 바람처럼 모든 것이 스쳐 지나갔고 강물처럼 흘러 사라져 버린 것일까.

어머니를 찾을 수 없다면 공대식에게 낳아준 아들이라도 한 번만 먼발치에서라도 보고 가야 한다. 꼬물거리는 어린것을 두고 떠났으니 생사라도 확인하는 것이 생모의 도리가 아니겠는가.

예은은 용두동으로 향했다. 청량리 일대는 여전히 미로였다. 얽히고설킨 길들이며 차량들로 현기증이 날 지경이었다. 경동시장을 중심으로 다람쥐 쳇바퀴 돌듯 몇 바퀴를 뱅글뱅글 돌았다. 약초들만 파는 가게들이 집단으로 몰려 있고 건어물 파는 가게들도 함께 모여 있었다. 그 옆을 끼고 한참 걷고 있던 예은의 눈에 떡가게들이 들어왔다. 가래떡을 금방 기계에서 꺼내 척척 길이를 맞춰 올려놓은 떡집 앞에 섰다. 개성 송편은 밤톨처럼 작다고 했던가. 쑥색이나 연분홍색으로 물들인 송편이 함지박 안에 수북히 쌓인 것을 보면서 예은은 침을 꼴깍 삼켰다. 장정 손바닥만하게 만든 쑥개떡 앞에 섰을 적에 그녀는 더 이상 참지를 못하고 그 앞에 털썩 앉아버렸다. 다른 아낙들도 즐비하게 늘어앉아 떡을 먹고 있으니 그녀라고 못 먹을 리 없었다. 멋대가리 없이 손바닥으로 꾹꾹 눌러 너부죽하게 만든 쑥개떡은 어머니를 떠올리게 했다.

봄철에 학교에서 돌아온 그녀에게 엄마는 쑥을 뜯어다 이런 떡을 만들어 주었다. 쫄깃쫄깃한 떡맛이 어머니를 향한 정까지 날라다 그녀 앞에 수북히 쏟아놓았다. 국방색 앞치마에 달린 주머니에 마구 쑤셔넣은 돈으로 만삭처럼 뚱뚱해진 떡집 주인 배에서 눈을 뗄 수가 없었다. 거기에 어머니의 모습이 어려 있었기 때문이다.

"아니, 이 사람아! 자네 공사장댁 며느리가 아닌가?"

갑자기 쇳소리를 내는 여인의 음성에 예은은 한 입 가득 떡을 쑤셔넣다가 눈길을 들었다. 곰보 아줌마의 얼굴을 보는 순간 예은은 아주머니! 외치면서 벌떡 일어났다.

"이거 얼마만인가? 세월이 참으로 많이 흘렀군. 자네 어머니는 5년 전까지 만해도 가끔 여길 들러서 쑥개떡을 먹고 갔는데 이제 돌아가셨는지 도통 나타나지를 않아. 하긴 자네가 이렇게 나이를 먹었으니 그 노친넨들 살아 있기는 힘들겠지."

"반가워요. 전 어머니를 찾아 헤매고 있어요. 돌아가셨다는 소식은 아직 접하지 못했어요."

"일이 그렇게 돌아가고 있군. 글쎄! 요즘은 모르지. 늘 그쪽에서 날 찾아왔으니까."

곰보 아줌마는 그 옛날에도 여기서 떡장사를 했었다. 경동시장이 거대하게 변했어도 지금까지 떡을 팔고 있으니 대단한 끈기였다.

"그럼 공사장댁 소식을 들을 수 없을까요?"

"아하! 그 사람들 그간 사연이 많았지. 이야기하자면 끝이 없어. 자자, 이리 들어와요. 내가 오랜만에 이곳의 명물인 우뭇가사리 국수를 사줄 터이니 한 그릇 먹고 그간의 사연이나 얘기하자구. 난 아주 행복한 여자야. 하나뿐인 아들이 성공했어. 며느리는 고등학교 국어 선생이고, 아들은 일류대학을 나와 큰 회사의 전무가 되었으니 이 나이에 바랄 것이 무엇이 있겠는가. 그래서 날 보고 창피하게 이런 장사하지 말고 들어오라고 야단이지만 난 이렇게 혼자 살고 있어. 그 애들이 보고 싶으면 올 것이고 나는 나대로 살고 있으니 세상 편해. 요 며칠 전에는 내가 돈을 보태줘서 강남에 아파트를 하나 샀어. 자식도 도와주니까 입이 함박꽃처럼 벌어지더라고."

아줌마는 자신의 이야기를 참지 못하고 주절주절 늘어놓았다. 예은은 손님 자리에서 아주머니 가까이 옮아 앉았다. 망망대해에서 큰 고기를 낚아 올린 심정이었다. 아줌마의 보챔으로 오랜만에 우뭇가사리 국수 한 그릇을 무릎에 올려놓았다. 투명한 국수발이 이빨 사이로 미꾸라지처럼 미끄럽게 빠져 목구멍으로 들어가는 것이 참으로 오랜만에 맛보는 별미였다.

"공대식이란 사람 말이야, 아주 망조가 들었어. 자네를 그렇게 내쫓았으니 그 집안이 잘 될 리가 없지. 자고로 여자의 가슴에 한을 심어주면 오뉴월에도 서리가 내린다는 말이 맞아. 그때 어머니가 자네를 그 집에 강제로 밀어넣지 말고 임신중절을 했든지, 그럴 수 없으면 아기를 낳자마자 주어버리고 그냥 돌아서서 공부했다면 크게 성공했을 거야. 그 시절 자네가 부잣집 딸들을 밀어내고 항상 전교 수석을 해서 시장바닥 아줌마들이 얼마나 신이 났었다고!"

순간 눈앞에 공대식 일가의 행패가 영화의 한 장면을 보듯 활짝 펼쳐졌다. 어린 아들을 강제로 빼앗고 대문 밖으로 몰아냈던 시어머니의 살기어린 얼굴과, 수없이 많은 여자를 끌고 집안까지 들어왔던 남편의 뻔뻔스러운 눈빛을 어찌 잊을 수 있단 말인가. 닫혀진 대문고리를 붙들고 울고 있을 적에 이 곰보 아줌마가 마침 그 곁을 지나다가 그녀를 껴안았었다.

'급살맞아 죽을 것들 같으니라고! 시간이 흘러가면서 폭포수처럼 쏟아져내리는 무서운 저주를 어찌하려고 이럴까. 아아! 불쌍한 것! 저 집을 잊어버려라. 자식도 잊어버려. 연이 없는 사람들이야. 뒤도 돌아보지 말고 돌아서라. 내가 저 집안을 잘 아는데 싹수가 노란 사람들이다. 돈이란 독이 있어서 저 집안은 돈독 속에서 병들어 깡그리 망해 흔적도 없이 사라질 테니 두고 보라고……'

예은은 품에 안겼던 아들을 생각하면서 부르르 몸을 떨었다.

"그 사람들 아직도 여기 살고 있나요?"

"재산이 거덜나서 뿔뿔이 흩어져 버렸어. 내가 두 눈을 똑바로 뜨고 저것들 결딴나는 걸 다 지켜봤어. 장차 자네가 여길 찾아올 걸 기다리면서 말이야. 저것들 망하는 꼴을 보면서 속이 얼마나 후련했는지! 체증이 풀리는 기분이었어."

9

저녁별 그늘이 강남대로를 덮을 즈음 예은은 곰보 아줌마를 따라서 사당동 그녀의 집으로 향했다. 굳이 버스를 타겠다는 곰보 아줌마를 억지로 택시에 태워 뒷자리에 나란히 앉았다.

"교통체증이 대단해서 이렇게 가다가는 몇만 원이 나올지 모른다고. 난 항상 버스를 타고 다녀. 그래야 마음이 편하거든."

"아주머니랑 이렇게 나란히 앉아 가야 그간 쌓인 사연들을 나눌 수 있지요. 시장에선 손님들 때문에 몇 마디 주고받지 못했잖아요."

두 사람은 손을 꼭 잡고 허리를 비틀어 서로를 향해 마주보았다. 곰보 아줌마의 손은 갈퀴처럼 뻣뻣했다. 손바닥을 자세히 들여다보았다. 지문도 사라진 손이었다. 얼마나 일을 했으면 이렇게 되었을까? 주체할 수 없는 연민의 정이 가슴을 스치고 지나갔다. 어머니도 이런 손을 지니고 있을까. 어머니는 지금 이 시간 어디서 무얼 하고 있단 말인가. 분명히 남한땅 어딘가에 살아 있을 터인데 어찌할까. 예은은 곰보 아줌마를 만나니 어머니에 대한 그리움이 더 간절해졌다.

"누추한 내 집에 가자고 우긴 것은 내 손으로 지은 따뜻한 밥 한 그릇 먹이고 싶어서 그래. 그냥 헤어지면 언제 다시 만나겠나."

곰보 아줌마는 차가 달리는 동안에도 예은을 먹이기 위해 산 꽁치와 두부를 담은 보따리가 잘 놓여 있는지 발치를 연신 내려다보았다.

"아줌마, 제가 공씨 집안에 낳아준 아들은 지금쯤 대학을 졸업했겠네요."

참고 참았던 물음이었다. 아줌마는 눈을 흘겼다.

"이봐! 아직도 그 자식을 생각하나. 공씨의 씨앗은 잊어버려. 핏줄은 못 속여. 내가 알기로는 부랑아가 되어 집안 사람들을 괴롭히다가 집을 뛰쳐나갔다고 들었어. 아마 어디로 싸질러 다니다가 죽었겠지. 그런 아이들 가출하면 뻔한 일 아닌가. 술이나 처먹고 마약이나 하면서 도둑질을 하고 다니다가 객사하지 않았다면 감옥에 있겠지. 그러니 과거 일은 몽땅 잊어버려. 아주 싹 떨쳐버리라구. 그것이 힘들면 돌덩이를 매달아 깊은 바다에 던져버리면 떠오르지도 못할 거야. 솔직이 말해서 그 자식을 찾는다 한들 이제와서 어쩔 것이야? 공씨 집안 일이니 눈 딱 감으라고. 그게 우리 같은 인생들이 살 길이고 삶의 지혜가 아니겠어?"

"오, 맙소사! 나만 사라지면 아기를 잘 기르겠다던 시어머니는 뭘했기에 그리 됐나요?"

예은은 두 손으로 얼굴을 감쌌다. 미국의 딸은 살인자가 되어 감옥에 있고, 조국에서 낳은 아들은 가출해서 길거리를 쏘다니다가 감옥에 있을지도 모른다. 예은은 소리 죽여 눈물만 흘렸다.

아줌마가 예은의 무릎을 소리가 나도록 쳤다.

"소리내서 엉엉 울어. 속으로 울면 가슴이 곪아 뭉그러진다고. 발광하면서 통곡해야 속이 시원해질 거야. 우리 같은 여자들은 그렇게 울지 않으면 우울증에 빠져 헤어나질 못해. 어서 소리내서 울어봐. 택시 안이 떠나가게 울어대야 속에 고인 한이 좔좔 눈물로 빠져나오는 법이야."

예은은 자책하며 울음을 삭이고 삭였다. 얼마나 비정한 어미란 말인가! 친정어머니를 잊듯이 그렇게 아들도 내버리고 살았다니. 아니다, 아니야. 예은은 그들이 내내 자기의 인생길에 그림자처럼 따라붙었다는 사실을 비로소 절실하게 깨달았다.

"혹시 가출한 아이의 다른 소식은 못 들으셨어요?"

"자네 어머님이 그 손자를 찾아 매일 이 시장바닥을 헤매면서 수소문을 했었어. 자네도 알고 있듯이 여기서 멀지 않은 곳에 창녀촌이 있잖아. 청량리역 일대가 유명한 곳인 걸 자네도 알지. 그곳에서 그 애가 이상한 짓을 하는 걸 봤다는 사람들이 있었어."

"이상한 짓이라니요?"

"뚜쟁이 노릇을 하는 거지. 창녀들에게 손님을 데려다주는 일은 아주 나쁜 일이야. 공씨 피를 받았으니 그런 짓을 할 수밖에. 제 아비도 그런 피를 받아서 계집질을 하다가 망한 놈이 아닌가."

"그래도 자식은 아비처럼 되면 안 되지요. 제 피도 섞였잖아요."

"자네도 그 마수에 걸려서 이 고생을 했으면서 또 그런 소릴 해? 그래도 일찌감치 그 그물에서 벗어난 것은 참 잘한 일이야. 그냥 그 집에 머물렀다면 아이쿠! 끔찍해

라. 얼마나 비참해졌을까! 생각만 해도 몸서리쳐진다고."

"그 애를 보신 적이 있으세요?"

"그럼. 제 아비를 닮아서 키도 크고 허우대는 멀쩡하지만 눈이랑 얼굴에 악한 기운이 있더라고. 악마 얼굴이었어. 맞아. 무서운 귀신 얼굴이 그렇게 생겼을 거야. 눈에는 미움과 불만이 서려 있어 마주 쳐다보기도 징그러워서 소름이 끼쳤어. 아무튼 사람 얼굴이 아니었어."

"제 어머니가 그 애를 찾아냈겠네요. 어머니는 집념이 강하시잖아요."

"그건 나도 몰라. 아무튼 나는 자네 어머니에게 '그런 마귀 같은 놈은 외손자라고 생각지도 말라'고 핀잔을 주었어. 그 뒤부터 내 말이 섭했는지 자네 어머니는 갑자기 발길을 뚝 끊어버렸어."

곰보 아줌마가 손수 끓여준 음식을 먹으면서도 생각은 다른 곳에 가 있었다. 그녀의 품에 안겨 꼼실거렸던 천진한 아들이 창녀촌을 쑤시고 다니는 뚜쟁이가 되었다니! 공대식을 향한 미움이 불꽃으로 치솟았다.

"공대식 그 자식은 어떻게 되었어요?"

"수고하여 번 돈이 아니면 문제가 있지. 졸부들의 일생이 다 그런 것이 아닌가. 처음에는 황태자처럼 돈을 뿌리고 다니다가 해외 원정까지 가면서 초호화판으로 살았어. 내가 어떻게 아느냐고? 모두 신문이나 잡지의 보도를 통해 읽은 거라고. 백일홍도 백일이면 지듯이 그 자식도 그러다가 재산을 다 날렸다고 하더군. 집안 식구들이 모두 그 꼴이니 돈이 들어왔다가 기겁을 해서 도망치는 것은 당연한 일이야. 주식을 한다, 부동산 투자를 한다, 해외 자금을 끌어들인다 야단하다가 집안이 거덜났어. 공대식은 마약에 취해서 길거리에 쓰러져 있다가 지금은 어디로 갔는지 몰라. 식구들도 뿔뿔이 흩어져 모두 거지가 되었다니 망조가 든 집안이야. 다 죄를 지어서 그래. 너한테 그리 몹쓸 짓을 했으니 죄가 얼마나 크면 하늘이 벌을 내렸겠어. 싸지, 싸. 하늘은 모두에게 공평한 법이여."

예은은 다음날 청량리 일대를 헤집고 다녔다. 어디에서도 어머니를 만날 수 없었다. 아들 준민을 길에서 만난다 해도 알아볼 수 없을 터였다. 예은은 허사인 줄 알면서도 서울 거리를 돌아다녔다. 사람의 물결은 큰 바다처럼 요란하게 밀려오고 밀려갔지만 그 어디에도 그녀가 찾는 어머니와 아들은 없었다.

금요일이 되어서야 시골 교회로 향했다. 어쩔 수 없이 기도원에 들어가 기도하는 일밖에 달리 할 일이 없었다.

미루나무가 석양을 이고 그림자를 길게 드리울 즈음 예은은 버스에서 내렸다. 참으로 평화로운 시골이었다. 개울가에 앉아 손발을 씻고 맑은 물속에서 오물거리는 송사리 떼를 보면서 시간을 보내다 해가 서쪽으로 꼴깍 넘어가서야 예은은 시골 교회 뜰에 발을 들여놓았다. 희미한 불빛이 문틈을 비집고 흘러나왔다. 도시 같으면 금요 집회로 떠들썩하련만 이곳은 불빛까지 조는 듯 희미했다.

교회 문을 소리나지 않도록 밀치고 들어갔다. 저녁 8시가 넘은 시간이지만 성도는 다섯 명뿐이었다. 강단에는 젊은 전도사가 입에 거품을 물어가면서 구약에 나오는 솔로몬이 쓴 전도서를 설교하고 있었다. 몸에 비해 너무 큰 검은 양복이 그를 코믹하게 보이게 했다. 흰 와이셔츠에 빛 바랜 감색 넥타이는 어색하고 어울리지 않았다. 잠시 전도사의 눈이 그녀에게 멎었지만 그대로 설교는 진행되었다.

'인생에도 때가 있습니다. 아플 때가 있으면 건강할 때가 있고, 기쁠 때가 있으면 슬플 때가 있고, 전쟁할 때가 있으면 화평할 때가 있습니다. 울 때가 있으면 웃을 때가 있고, 죄를 짓고 방황할 때가 있으면 저처럼 회개하고 주의 사람이 될 때도 있습니다. 술 취해 세상 것을 즐기며 헤매다 길에서 나자빠져 죽을 인생이 여기 섰습니다. 하지만 옛사람은 죽었고 여기 새사람이 서 있습니다.'

죽었다는 것을 보여주느라고 두 손을 뒤로 활짝 젖히고 혀를 빼물고 나가 넘어지는 시늉을 해서 모두 까르르 웃었다. 젊은 전도사는 너무나 솔직했다. 가식이 없는 얼굴에서 빛이 뿜어나왔다. 예은은 그의 설교에 점점 빠져들었다. 특히 웃을 적마다 왼쪽 입 가장자리로 살짝 보이는 덧니가 아주 매력적이었다. 목소리도 부드럽고 친근감이 넘쳐흘렀다. 아아! 저 청년은 잘 기르면 아주 훌륭한 목사가 되겠구나. 이런 생각을 하면서 그의 얼굴을 뚫어져라 바라보았다.

설교가 끝나고 찬송을 부르기 시작했다. 풍금 쪽을 봤다. 동그마니 한 구석에 놓여 있건만 반주자가 없다. 예은은 앞뒤 가리지 않고 냉큼 풍금 앞으로 가서 반주를 시작했다. 다른 것은 못해도 찬송가는 반주할 수 있어야 한다는 어머니의 성화에 주일학교 반주를 맡아 늘 건반을 두드렸던 예은의 손은 자연스럽게 악보를 보지 않고도 건반을 두드렸다. 그녀의 손끝을 타고 작은 시골 교회당에 찬송이 잔잔하게 울려퍼졌다. 엄청난 평화가 그녀의 가슴을 파고들어와 물결쳤다. 얼마나 오랫동안 잃어버렸던 평화의 시간인가! 유년 시절에 어머니 곁에서 누렸던 강 같은 평안함이 그녀의 가슴을 채우며 전신에 넘쳐흘렀다. 얼마나 그리워했던 유년의 숲이던가! 가슴이 저미도록 물밀듯이 성령의 바람이 그녀의 가슴을 채우고 철철 넘쳐 작은 교회를 뒤덮었다. 온 가족들이 이 자리에 모인 듯한 착각이 들기도 했다. 주안에서 하나가 되어야 하는 걸……. 너무나 무심했고 게을렀던 신앙생활을 떠올리는 예은의 눈에서 눈물이 흘러내렸다.

주기도가 끝나고 하나 둘 성도들이 문을 나서는 소리를 들으면서도 예은은 반주를 멈추지 않았다.

'나 같은 죄인 살리신 주 은혜 고마워 잃었던 생명 찾았고 광명을 얻었네. 큰 죄악에서 건지신 주 은혜 고마워…….'

그때 가만히 그녀의 어깨에 손을 얹는 사람이 있었다. 예은은 뒤를 돌아보지 않았다. 너무나 강한 성령의 술에 취해서 주위를 돌아볼 마음의 여유가 없었다. 얼마나 시간이 흘렀을까. 그녀의 어깨가 뜨거운 눈물로 젖어오는 것이 아닌가. 순간 반주하던 손을 멈추고 예은은 뒤를 돌아보았다. 눈물로 어른거리는 눈과 눈이 마주쳤다. 예은은 아악! 외마디소리를 내지르며 벌떡 일어섰다. 눈앞이 한 바퀴 빙그르르 돌았다.

10

예은은 선 채로 전신을 앞으로 던져버렸다. 노파가 그녀를 받아 안았다.

"너는 여전히 마음놓을 수 없는 어린아이로구나. 이제 그만 방석에 앉거라. 네 얼굴이나 자세히 보자."

그제야 예은은 정신을 가다듬고 얼굴을 들어 주름투성이의 어머니, 박음전 권사의 얼굴을 찬찬히 응시하다가 와락 끌어안았다.

"엄마, 엄마……. 어머니, 어머니……."

얼마나 불러보고 싶었던 이름인가! 어머니의 무릎에 머리를 묻고 예은은 몸부림쳤다.

"용서해 주세요. 못난 딸이 이제야 돌아왔습니다. 전 나쁜 딸이었어요. 엄마를 그리워하면서도 한국 쪽을 향해 머리를 들기도 싫어했어요. 왜 그런지 엄만 아시지요. 바보처럼 지내다가 문득 정신을 차리고 귀국해서 엄마를 찾아 얼마나 헤맸는지 몰라요. 전 이렇게 늘 모든 면에서 늦어요."

"그래, 어디 보자. 내 딸 예은이가 맞는지."

모녀는 다시 부둥켜안았다. 옆에서 지켜보던 기도원장은 비로소 사연을 짐작하고 기쁨을 감추지 못했다.

어느 정도 마음이 가라앉자 박음전 권사는 한쪽에 무릎을 꿇고 기도하는 전도사에게 다가가 손을 잡아끌었다.

"네 생모니라. 큰절을 올려라."

순간 예은은 쇠뭉치로 뒤통수를 맞는 기분이었다. 이 전도사가 내 아들, 준민이라니! 예은은 숨도 못 쉬고 전도사를 바라보았다. 전도사가 공손하게 일어나서 두 손을 맞잡고 그녀 앞에 엎드렸다.

"네가 이렇게 훌륭하게 컸다니! 미안하다, 미안해. 너를 키워주지 못해서 정말 미안하다. 이 어미를 용서해다오. 너를 두고 태평양을 건너가버린 이 어미를 용서할 수 있겠니?"

"어머님! 무슨 말씀을 그렇게 하세요. 전 어머님을 만나게 되어서 너무 감사할 뿐입니다."

"이 엄마를 그렇게 받아주니 너무 고맙구나."

"전 지금 하나님의 도구입니다. 온전히 성령에 붙들린

사람이 되었습니다. 할머니의 기도가 아니었으면 꿈도 못 꿀 일이죠. 이 달 말 목사 안수를 받자마자 저는 중국으로 갑니다. 선교사로 나가 복음을 전하다가 그 땅에서 묻힐 것입니다."

"목사님이 된다고? 그게 정말이냐?"

"선교사로 갈 사람은 목사 안수를 빨리 줍니다. 사지로 나가니까요. 그리고 시간이 급하기도 하고요."

아들의 눈에서 자신감이 넘쳐흘렀다.

"정말 장하구나. 잘 자라주어서 너무 고맙다."

"모두 하나님의 은혜입니다."

아들의 큰 코와 넓은 이마, 입술이 두껍고 눈썹도 짙어서 강한 의지가 서린 얼굴이었다.

"어머니! 이 애를 살려주신 걸 어떻게 말로 다 감사해야 할지 모르겠어요. 어머니의 기도의 힘은 정말 위대합니다. 언제나 어머니는 기도로 어려운 인생살이를 극복하셨지요. 이제야 저도 그 기도의 힘을 알게 되었습니다."

"우리 모두가 하나님의 줄에 끌려가는 사람들이니 어떻게 거역하겠느냐. 네가 공대식에게 그런 일을 당한 것도 결국 주의 사람을 길러내려는 하나님의 뜻이 아니겠느냐."

어머니와 할머니가 전도사의 손을 꼭 잡았다. 준민이 마약을 끊는 과정에서 일어났던 눈물겨운 사연을 박 권사는 딸에게 털어놓았다.

"어머니, 고맙습니다."

“어미보다 하나님께 먼저 감사드려라.”

교회 옆 어머니의 숙소로 자리를 옮겼다. 셋이 누우면 꽉 차는 방이었다. 가구라고는 비닐 옷장과 작은 밥상이 전부였다. 상 위에는 갓난아이 손바닥만한 흑백사진이 세월의 때가 묻은 구식 사진틀에 끼워져 있었다. 박음전 권사는 부엌에서 커피를 타느라고 덜거덕거렸고, 전도사인 아들은 화장실에 있었다. 예은은 조심스럽게 두 손으로 사진틀을 집어들었다. 20대의 청년이 활짝 웃고 있었다. 누렇게 바랬으나 표정은 선명하게 읽을 수가 있었다. 넓은 이마에 머리를 뒤로 빗고 정이 담뿍 담긴 큰 눈에 쌍꺼풀이 깊은 잘생긴 남자였다. 어머니의 인기척에 얼른 사진을 제자리에 놓았다. 커피잔을 예은 앞에 내려놓고 박 권사는 사진을 얼른 상 밑에 감추었다.

“어머니! 아버지 사진을 왜 치우세요?”

“난 이렇게 늙어버렸는데 네 아버지만 사진 속에서 늙지도 않고 청년으로 있으니 남부끄러워 그러지. 네 아버지도 나처럼 늙었을까? 저 사람은 항상 늙지도 않고 날 바라보고 있으니 어떤 때는 겁이 더럭 난다. 나만 늙어서 못 알아보면 어쩌나 하고.”

“엄마처럼 눈가와 입가에 잔주름이 깔리고 머리는 양털처럼 희어졌을 것이 분명해요. 그러니 염려하지 마세요. 어쩜 엄마보다 더 늙어서 입이 호물호물한 할아버지가 되어서 오히려 엄마가 아빠를 못 알아볼 거라고요.”

"으하하……. 그래. 맞다, 맞아. 내가 이렇게 늙었는데 자기라고 사진 속의 청년으로 그대로 남아 있을라구."

준민이 피곤한지 코를 고는 소리를 듣고 모녀는 밖으로 나왔다. 마당 한가운데 놓인 평상에 나란히 앉았다. 바로 앞 무논에서 개구리들이 시끄럽게 울었다. 조용한 밤하늘에 하나, 둘 나타나는 별들이 모녀에게 빛을 뿜었다. 산골의 한적함을 깨고 갑자기 어머니가 말문을 열었다.

"왜 공대식에 대해서는 도통 묻지를 않니?"

"공씨 집안 일은 모두 태평양 바닷속에 던져버렸어요. 어머니가 그렇게 하라고 하셨잖아요."

"그래도 준민이 아버지가 아니냐."

"부잣집 아들이니 돈구덩이에 빠져서 허우적이고 있겠지요. 지금도 셀 수 없이 많은 여자들하고 놀아나고 있을 터이고."

곰보 아줌마에게 들은 것을 싹 무시하고 짐짓 모르는 척했다.

"다시 미국에 가면 나오기가 쉽지 않을 터인데 그 사람을 보고 가는 것이 좋겠다."

"제가 왜 그 지긋지긋하게 징그러운 사람을 만나야 해요. 세상에서 가장 보고 싶지 않은 사람이에요."

"그래도 그 사람을 보고 가야 한다. 그래야 꽃다운 처녀 시절 입었던 아픔에서 빠져나올 수 있다. 물론 거죽 상처야 아물었겠지만 아직도 네 깊은 곳에 앙금으로 감춰진 상흔이 선명하다는 걸 나는 알고 있다. 그러니 나를 따라오너라. 내가 보여주마."

"이 밤중에 어딜 가자고 그러세요. 가도 내일 가요. 지금은 마음의 준비가 되어 있질 않아요. 만나면 따귀를 때리고 발길로 마구 차버릴 텐데……."

"내일까지 미룰 것 없다. 예서 가까운 곳이다."

"그 사람이 이 근처에 산다는 말인가요? 부잣집 아들이니 별장을 이 산골에 지어놓았나 보군요. 아무리 둘러봐도 여긴 재미볼 것이 하나도 없는데……. 뱃놀이할 호수도 없고 카바레도 없는데 하필이면 이 산골에 와 있어요?"

"어서 나를 따라오너라. 손전등은 벌써 준비했다. 논길을 걸어 저 산모퉁이를 돌아가면 된다. 밤이라 한기가 있으니 긴소매 옷을 하나 더 껴입고 가야 한다."

박음전 권사는 짙은 밤색 잠바를 예은에게 내밀었다. 어머니가 앞에 서고 딸이 뒤를 따랐다. 손톱달이 뜬 논길은 손전등이 없었더라면 더듬을 수조차 없을 지경이었다. 도심지에선 손톱 달이 떠도 어둠을 느낄 수 없을 정도로 네온사인이 휘황찬란하게 빛을 토해내지만, 이곳은 태곳적 어둠이 그대로 산골을 찍어누르고 있었다. 산의 깊은 정적이 발걸음 소리로 살아났다.

"그 사람을 보고 놀라지 말아라."

"제가 왜 놀랍니까. 벌써 뇌리에서 사라진 지 오래 되었어요. 그런 사람을 만나러 가는 것 자체가 이상할 지경이지요."

"꼭 봐야 한다. 인간이 하나님 앞에서 죄를 범한 뒤에 어떤 모습이 되는지 네 눈으로 직접 확인해야 한다."

그제서야 예은은 꺼림칙했다. 혹시 병신이라도 되어서 이곳에 와 있단 말인가. 담배를 많이 피우던 사람이라 담뱃불로 집에 불이 나 심한 화상을 입고 전신이 일그러져 숨어 지내는 것일까. 요즘 세상은 찌그러진 얼굴도 얼마든지 성형수술로 펴내니 문제가 되질 않을 터인데 무슨 일인가. 혹시 문둥병이라도 걸린 것일까. 지금 세상에 문둥이라고 해서 기죽을 시대도 아니다. 약이 좋아 문둥병도 죽을병으로 여기는 세상이 아니질 않은가. 아하! 성생활이 문란했으니 에이즈에 걸려 죽을 날만 기다리고 있는 것이 분명하다. 그것도 이상하다. 만약 에이즈에 걸렸다면 치료를 받기 위해 병원에 있어야지 왜 이런 산골에 왔단 말인가. 아무리 생각을 굴려도 감이 잡히지 않았다. 모녀는 손전등에 의지하여 산모퉁이를 돌았다. 싱그러운 솔냄새로 머릿속까지 개운했다.

"사람이란 날마다 살아온 흔적을 얼굴에 새기는 법이란다. 그런 뜻에서 얼굴은 살아온 세월이 새겨진 조각품인 셈이지. 죄를 범하면 죄 모습이 얼굴에 그대로 찍히니 얼굴이란 세월더러 조각하라고 내놓아둔 인생의 돌덩이라고 어미는 생각한단다."

어머니의 입에서 나오는 말들은 마치 성자가 높은 곳에

앉아서 제자들을 향해 교훈하는 것 같았다. 딸과 헤어져 있는 세월이 얼마나 힘이 들었으면 어머니는 이렇게 철학자나 성자처럼 변했을까. 기도를 많이 하시는 분이니 성령의 충만함으로 이런 말을 할 수도 있겠지. 예은의 생각은 복잡했다. 공대식이 아주 끔찍한 얼굴을 하고 있어 놀랄 딸을 걱정하여 준비시키느라고 어머니는 이렇게 뜸을 들이는 것이 분명했다. 어머니는 다시 오른쪽 산속으로 뚫린 길로 접어들었다. 겨우 차 한 대가 드나들 수 있는 좁은 길이었다. 좁은 논길에서 발을 헛디딜 것을 두려워하면서 옴츠렸던 발바닥이 평평하고 확 트인 길에 서자 안정감을 되찾았다. 손전등을 끄자 어둠 속에서 희뿌연 불빛이 살아났다.

산중턱쯤에 기름한 건물이 누워 있었다. 예은의 호기심은 극에 달했다. 저 집에 그 사람이 있단 말인가. 이 깊은 산중에 무슨 이유로 저런 집이 있는지 감이 잡히질 않았다. 범죄자들을 은닉해 주는 비밀 장소일까. 아니면 감옥에서 나와 갈 데 없는 사람들을 보호하는 임시 거처일 수도 있고……. 도저히 감을 잡을 수 없었다.

건물 현관에 이른 어머니는 의미 있는 표정을 지으면서 이쪽으로 오라고 손짓했다. 멈칫거리면서 그녀는 어머니가 지시하는 곳으로 향했다. 긴 복도의 끝방에 이르렀다. 가만히 문을 밀치니 온돌방에 요가 깔려 있고 아무도 없었다.

“집회 시간인가 보다. 저쪽 큰방으로 가보자.”

여기까지 왔으니 거부할 수도 없었다. 산 쪽을 향해 창문이 나있는 큰방에서 둥둥 북소리가 나기 시작했다. 등에 찬물을 끼얹듯 오싹했다. 북소리에 맞춰 찬송이 흘러나왔다. 찬송을 인도하는 여자의 탁한 목소리가 산골을 뒤흔들었다.

‘마귀들과 싸울지라 죄악 벗은 형제여…….’

손톱달빛 속에 잠긴 칠흑의 어둠을 가르면서 울려퍼지는 북소리는 귀기(鬼氣)가 감돌 정도로 소름끼쳤다. 어머니는 까치발로 걸어가서 문틈으로 엿보았다. 그녀도 어머니를 따라서 문틈에 눈을 댔다. 두 발목이 묶인 남자, 침을 질질 흘리면서 몸을 비트는 여자, 풀어진 눈동자를 허공에 꽂고 멍청히 앉아 있는 청년, 아예 마룻바닥에 누워서 발을 흔들어대는 노인……. 지옥이 이럴까. 맨앞에 선 여자가 장단을 맞추면서 목이 터져라 찬송을 부르고 있었다.

“우린 안에 들어갈 수 없단다. 안에서 문을 잠가 놓았으니까. 문을 잠글 수밖에 없지. 들어갔다가 무슨 변을 당할지 모르니까.”

“저 사람들, 왜 여기에 이렇게 감금되어 있어요?”

“다 사연이 있는 사람들이란다.”

예은은 문틈에 다시 눈을 댔다. 왼쪽으로 눈을 옮기는 순간 벽에 기대고 앉아 있는 한 남자의 얼굴에 눈길이 멎었다.

"아니, 저 사람 좀 봐. 세상에! 저 빌어먹을 인간이 저기 있네."

헝클어진 머리에 풀어진 눈동자는 썩은 동태의 눈을 연상케 했다. 공대식 바로 그 사람이었다. 그는 무슨 생각에 그리 깊이 빠져 있는지 이따금 히죽히죽 웃어가면서 체머리를 흔들어댔다.

11

가슴 깊이 파고드는 불기둥을 예은은 억제할 수 없었다. 그건 미움도 사랑도 아니었다. 길거리에 죽어 나자빠진 개를 보는 것 같았다. 아니면 저능아들을 수용한 보호시설에 들어선 듯도 했다. 갑자기 볼을 타고 뜨거운 눈물이 흘러내렸다. 입술로 파고든 눈물이 찝찔했다. 띵한 머리에 한기가 스며들면서 머릿속이 맑아지기 시작했다. 공대식의 얼굴에서 눈을 떼어 북치는 사람의 얼굴로 시선을 옮겼다. 마흔을 갓 넘겼을까. 이마에 땀이 흥건하게 고여 있었다. 궁둥이를 들썩거리면서 북을 치는 몸엔 물줄기를 거슬러 올라가는 싱싱한 물고기의 생동감이 서려 있었다. 이 작은 공간에 두 종류의 인간이 상존하고 있다니! 오랫동안 눈을 문틈에서 떼지 못하고 있는 예은의 마음을 감지한 어머니가 뒤에서 끌어안았다. 어머니의 뭉클한 젖가슴 온기가 예은의 등에 전달되었다.

"용서할 수 있겠니?"

"……."

"이제 깊은 상흔을 깨끗이 지울 수 있겠지?"

"아뇨. 이게 아니에요. 저 인간이 잘살지 않고 왜 저런 꼴로 제 앞에 나타나는 것이지요? 저 정도밖에 될 수 없는 인간 때문에 제 인생이 구겨진 걸 참을 수 없어요. 차라리 멋진 사람으로 제 앞에 떡 버티고 섰어야 살맛나게 대결할 수 있지요. 참말 이게 아닌데."

"넌 도대체 무얼 바라니? 범죄하면 반드시 그 결과가 있는 법이다. 당대에 나타나지 않으면 대물림하면서 자손에게 미치는 거야. 아무리 철저하게 회개해도 이 땅에서 그 심판을 다 받고 간다는 사실을 모르느냐. 성경 인물 중에서 그 유명한 다윗 왕도 유부녀를 건드려 죄를 짓고 그 결과 죽는 순간까지 이 땅에서 많은 고통을 당하지 않았더냐. 그런 점에서 우리 준민을 구해낸 것은 바로 이런 저주의 골짜기에서 우리 좋으신 주님이 강권적으로 역사하여 끌어낸 것이다. 너와 나를 나락으로 빠뜨렸던 저 사람의 몰골을 네 두 눈으로 똑똑히 보고 불쌍한 저 인간을 용서하고 홀가분하게 태평양을 건너가거라. 용서해야 네 영혼에 평안함이 임하기 때문에 그래야 한다."

예은은 어머니를 와락 끌어안았다. 이런, 울음을 터뜨

리지 말아야 하는데 어쩌자고 이렇게 흐느낌 소리가 거세지는 것일까.

"저 사람을 구해내야 해요. 저렇게 내버려둘 수는 없어요. 공대식이 너무 불쌍하고 가엾다고요. 바보 같으니! 내 앞에 저런 꼴로 나타나려고 그런 몹쓸 짓들을 했어, 이 바보야! 멍텅구리, 바보 자식아."

"이미 늦었다. 돌이킬 수 없는 사람이다."

"아니에요. 앉은뱅이라도 주님 앞에 기어나오면 벌떡 일어날 수 있어요. 눈멀어 주님께 와도 손 한 번 대시면 눈을 번쩍 뜰 수 있어요. 못돼먹은 악인이라도 예수님이 한 번만 말씀하시면 의인이 되었다는 말씀을 수없이 성경에서 읽었어요. 저 사람도 주님 앞에 나오면 그렇게 될 수 있어요."

"그걸 바라고 내가 저 사람을 이 기도원에 집어넣었지만 날마다 들여다봐도 저 꼴이니 어떻게 하니?"

"저 사람 병명이 뭐래요?"

"알코올 중독에다 마약 중독이야. 뇌가 많이 손상되어서 회복 불가능이라고 하더라. 정신병원에서도 내놓은 사람이다. 게다가 집안이 망해서 입원비를 댈 사람이 없으니 어쩔 거냐. 거지가 되어 길에서 자고 구걸하면서 방황하는 걸 내가 잡아다가 여기 가두었다. 불쌍한 생명이 날마다 울려퍼지는 찬송과 기도소리를 들으면서 편히 천국에 가라고 말이다."

"그럼 이 기도원은?"

"정신병자들만 모아놓은 곳이다. 병원에도 못 가고 길거리를 헤매는 사람들이다. 가족들이 지쳐서 돌보는 걸 포기하고 데려다 놓고 줄행랑을 치기도 하지. 아무도 오지 않는 이 산속에서 이런 사람을 돌보라는 소명을 받은 착한 저 여전도사가 이렇게 좋은 일을 하고 있단다."

모녀는 복도에 놓인 긴 의자에 앉았다. 천장에 매달린 낡은 형광등이 깜빡거렸다. 마치 이곳에 갇힌 사람들 정신을 그 형광등이 대변하는 것 같았다.

"곧 밤집회가 끝날 터이니 그 사람을 만나보고 갈래?"

"저 사람이 날 알아보겠어요? 얼굴 표정을 봐서는 이 세상 사람이 아닌 것 같아요. 넋이 빠진 시체 같아요."

"어떤 때는 저 사람 속에 광활한 우주가 다 들어가 앉아 있는 듯한 느낌이 들더라. 헛소리가 아주 심해. 동편에 있다가 서편으로 가고, 땅에 있다가 하늘로 올라가서 마치 끝이 없는 허공을 헤매는 사람 같다. 게다가 자기 이름이 무엇인지도 몰라서 흥얼거리니 대화가 통하지 않고 말이 되지 않더라."

갑자기 문이 열렸다. 안에 갇혔던 사람들이 비척거리면서 밀려나오기 시작했다. 잠자리에 들 시간이라 더러는 자기 방으로 향하기도 하고 더러는 울타리를 높이 두른 마당으로 나가기도 했다.

그 와중에 먼길을 달려온 젊은 사내가 아내의 손을 덥

석 잡고 두 눈을 맞추더니 와락 껴안았다. 자기 남편을 알아보지 못하고 히죽히죽 웃으면서 먹을 것을 달라는 시늉만 했다.

“여보! 나야, 나란 말이야. 인식 아빠야. 나를 알아보겠어?”

“인식 아빠가 누구야? 난 몰라. 난 공주라고. 우리 아버지는 왕이고 엄마는 왕비야. 어서 우리 궁궐로 가자. 우리 집으로 가자고.”

“아니, 이 사람이 여기 오더니 더 심하게 헛소리를 하네. 약을 끊고 기도하면 낫는다고 하더니 더 악화됐잖아. 귀신이 들었다고 하도 난리들을 치니까 어쩔 수 없이 기도원에 맡겼더니 더 나빠졌어. 다시 병원으로 데려가야겠어. 이봐요. 기도원장! 나 좀 봐요.”

사내는 아직도 강단에서 내려오질 못하고 광기가 심한 환자들을 돌보는 여전도사에게 다가갔다. 악을 쓰면서 난동을 부리는 병자를 청년들이 바닥에 뉘고 여전도사가 잽싸게 두 눈을 손가락으로 찍어 눌러 눈 안수를 하고 있었다.

“여보시오, 기도원장! 사람의 눈을 그렇게 찍어 누르면 장님이 되라는 것 아니오. 눈알이 터지기라도 하면 어쩌려고 그래요. 그것도 치료라고 하는 거요? 제 아내에게도 이런 방법을 쓴 거요? 이거 사람 죽이네. 말도 되지 않는 행동들을 하고 있어. 집사람은 병원에 있을 적보다 더 가버렸으니 이거 사기집단에 걸려든 것 아냐? 눈알을 찍어 누르면 이 병이 낫는다고 누가 그럽디까."

사내의 음성이 사뭇 시비조로 나가자 건장한 청년 두 사람이 사나운 얼굴로 다가와서 으름장을 놓았다.

"병원에서 고칠 수 없는 사람들을 여기서 수용하여 고치고 있는데 왜 이렇게 말이 많아요. 정신병 약을 백 년 먹여 보시오. 그 병이 낫는가. 약으로 사람을 서서히 죽이는 것보다 눈에 안수하여 성령의 빛이 쫘악 골속으로 들어가 치료되는 것이 빠른 길이요. 그러니 당신 마음대로 하시오. 당신의 아내는 너무 심해서 당신이 주는 식비 가지고는 턱도 없이 모자라니 어서 데리고 가시오. 손이 너무 많이 가서 돈을 배로 내든지 아니면 데려가라고 알릴 참이었소. 어제 이곳에 경찰서장이 와서 우리 전도사님에게 표창을 하고 갈 정도로 칭송이 자자한 기도원을 놓고 무슨 시비를 거는 것이오. 당장 데리고 나가란 말이오. 우리 원장님 기도하시는데 기를 앗아가지 말고 어서 꺼지란 말이오. 저렇게 감사할 줄 모르는 사람에겐 치료가 되질 않아."

저들의 시비에 전혀 관심이 없는 공대식이 어슬렁어슬렁 예은이 서 있는 곳으로 나오고 있었다. 꺼벙하게 큰 키가 앞으로 약간 휜 것을 보니 병이 무척 깊어 보였다. 왜 벌써 머리는 반백이 되었을까. 먼지가 더께로 앉은 머리는 얼마나 오래 빗질을 하지 않았는지 굵은 빗으로도 빗을 수 없는 몰골이었다. 등골이 오싹했지만 예은은 그 자리에 버티고 서서 그와 마주 섰다. 예은의 눈이 날카롭게 공대식의 눈속으로 파고들었다. 순간 그의 눈에 광기가 번쩍 스치고 지나갔다. 눈가에 경련이 일었다. 입가도 실룩거렸다.

"이 꼴이 되려고 그렇게 신바람나게 돌아다녔소?"

예은의 입에서 한맺힌 말이 튀어나갔다. 공대식은 여자의 얼굴을 잠시 쳐다보다가 갑자기 주먹을 휘두르기 시작했다. 그녀를 향해 날아오던 주먹이 벽을 강하게 치면서 몸의 중심을 잃고 나가자빠졌다. 버둥거리면서 일어서는 공대식의 얼굴에서 예은은 악몽 같은 결혼생활을 떠올렸다. 그 옛날 멀쩡한 정신을 가지고도 그렇게 주먹질을 하더니! 아직도 그 힘은 거셌다. 그러나 방향감각이 없어 그냥 무너져내렸다. 손상한 뇌일망정 그에게 남은 것은 젊은 시절의 나쁜 버릇이란 말인가.

"아이쿠! 저 버릇 개 주나. 저 꼴이 되고도 주먹을 휘둘러!"

입에서 이죽거림이 터져나왔다. 그런 예은을 향해 공대식은 비슬거리면서 다시 주먹질을 하려고 다가섰다. 청년들이 공대식의 양쪽 겨드랑이를 움켜잡았다. 목매달려 죽으러 가는 개처럼 그는 버둥거리면서도 연신 허공을 향해 헛발질을 해대면서 질질 끌려갔다.

"저 사람 어디로 가는 건가요?"

"손발이 쇠사슬에 묶여 독방에 갇히겠지."

"차라리 약을 먹여 재우는 것이 낫지 않을까요? 사람을 개, 돼지 다루듯이 저렇게 하면 안 될 텐데."

예은의 말에 어머니는 신기한 표정을 지으면서 물었다.

"너 조금 전까지만 해도 그렇게 생각하지 않았지 않니?"

"인간이 저렇게 비참하게 될 수가 있나요? 너무 가엾어요."

"할렐루야! 넌 오늘밤 치유되었다. 미움이 긍휼히 여기는 마음으로 변하는 것은 하나님이 주신 성령의 역사다. 그런 네 마음을 통해 저 사람의 영혼에 치유의 불길이 당겨지길 바란다."

기도원을 등지고 산기슭을 내려오면서 예은은 연신 뒤를 돌아보았다. 저 건물 어딘가에 손발이 묶여 갇혀 있을 공대식을 생각하니 말로 표현할 수 없는 야릇한 마음을 가눌 수가 없었다. 하나 둘 기도원의 불들이 꺼지기 시작했다.

"어머니! 사람에게 죽음이 있다는 것은 축복이에요."

"왜 그런 생각을 했니?"

"저 사람이 저 꼴로 영원히 산다고 생각해 보세요. 무서워요. 죽음이 있다는 것이 하나님의 축복이란 걸 깨달았어요."

"죽는 순간에라도 예수를 영접하고 가야지 저 상태로 숨을 거두면 저주를 받아 영원한 지옥불에 떨어질 테니 그게 문제다."

"아아! 가엾어요. 너무 불쌍해요. 하나님은 참으로 무서우신 분이세요. 어떻게 저렇게 무섭게 심판할 수가 있어요? 제가 오랫동안 울면서 하나님께 억울하다면서 신원해 달라고 기도를 한 탓에 저렇게 됐나 봐요. 그럼 제 기도 탓에 저렇게 되었을까요? 너무 괴로워요."

"자책할 것 없다. 옛 기도를 바꾸면 되잖니. 미움을 긍휼히 여기는 기도로."

어머니의 집 마당에 들어서자 아들 준민이 다급하게 말했다.

"내일 새벽 첫차로 서울에 올라가셔야겠어요. 감옥에 갇힌 사찰 노인이 어머님 만나기를 원한다는 전갈이 왔어요. 병이 아주 심한 상태라고 남미 선교사로 가실 손 목사님이 전화했어요. 아주 다급한 목소리로 봐서 임종을 앞둔 것 같았어요."

정신병자들이 갇힌 시설을 보고 온 충격에서 아직 벗어나지 못했지만 예은은 아주 담담하게 아들의 전갈을 받았다.

예은은 전남편을 본 뒤 모든 것이 새롭게 보이기 시작했다. 마음이 바다처럼 커지고 하늘처럼 넓어 무엇이나 감싸안을 것 같았다.

어둠에서 뿜어나오는 광채

1

고속터미널 앞에서 예은은 남미 선교사로 떠날 손 목사를 만났다. 터미널 앞은 사람들로 버글거렸다. 너무나 많은 인파가 밀려다니니 생명의 가치가 경하게 보이는 것일까. 어깨를 툭툭 치면서 지나가도 미안하다는 말 한 마디 없이 뻔뻔스러운 얼굴들이다. 그 얼굴들은 서로를 존경하지 않고 있다는 뜻이 분명했다. 이런 마음을 읽었는지 손 목사는 흘끔 예은을 곁눈질하고는 택시를 불렀다.

"목사님! 대중교통을 이용하지요."

"미국 사시는 분이 버스 속의 고리타분한 냄새를 참을 수 있겠어요? 더구나 면회시간에 대가려면 택시가 나을 텐데."

"차라리 전철을 타고 가다 구치소 근처에서 내려 택시를 타지요. 제가 이곳에 와서 택시를 잘못 탔다가 몇만 원이 훌떡 날아간 적이 있어요. 더 문제가 되는 것은 시간을 가늠할 수 없고요."

그녀의 말에 손 목사는 부드러운 미소를 삼키면서 전철역으로 뚫린 지하도로 향했다. 계단에 발을 내려놓는 순간 탁한 공기가 코를 스치면서 가스실에라도 들어온 듯 가슴이 뛰기 시작했다. 그러나 죽음을 앞두고 있는 김 사찰을 만나야 한다는 마음에 손 목사의 뒤를 잰걸음으로 따라붙었다.

"사찰 집사가 죽음을 앞두고 있다니 구치소에서 너무 고생을 했나 보지요? 병보석으로 나오실 수 있도록 변호사를 선임하는 것이 좋을 것 같아요. 아마도 그런 걸 요구하는 것이 아닐까요?"

예은은 핸드백에 남아 있는 돈을 계산해 보았다. 동전까지 몽땅 다 내놓는다 해도 병보석금이 될 것 같지 않았다. 마음이 불편해지기 시작했다.

"연고자가 없는 데다 너무 연세가 많고, 또 연루된 사건에 다친 사람이 없으니 아마 그냥 내보낼 확률이 많습니다. 지금 제가 걱정하는 것은 거길 나온 사찰님을 누가 맡을 것인가 하고 고민 중입니다. 제가 그 교회를 떠났으니 다시 교회 사찰로 복직하여 돌아갈 수는 없을 테고, 꽃집으로 가기에는 그 연세에 환경이 너무 열악합니다. 그래서 어쩔 수 없이 보호시설로 보내야 하는데 앞이 막막하네요."

"그럴 계획이면 목사님 혼자 가시지 왜 저를 부르셨어요? 전 그분이 나온 뒤 만나도 되잖아요."

"그곳 책임자의 말로는 빨리 예은씨를 만나야겠다는 부탁을 김 사찰님이 하더랍니다. 미국서 왔다니까 도움받을 돈이 있을 것이란 생각에서인지, 아니면 말 못했던 민경덕 목사님의 정보를 주려는 것인지 아직 모르겠습니다."

구치소에서 두어 시간 기다리는 동안 김 사찰이 석방되었다고 손 목사는 반가운 손짓을 예은에게 보냈다. 걸음을 제대로 걷지 못하는 김 사찰은 손 목사의 어깨에 한 손을 얹고 겨우 걸었다. 예은을 보는 순간 그는 움찔해서 멈춰 서더니 비장한 음성으로 말했다.

"할머니가 있는 양로원으로 데려다 주세요."

너무나 뜻밖이었다. 예은이 믿기지 않아 확인하듯 물었다.

"거제도로 가시겠다는 말입니까?"

손 목사의 눈도 놀란 빛이 역력했다. 예은은 여유를 가졌다.

"사찰님! 이 건강으로 그 먼 곳까지 어떻게 갑니까? 우선 병원에 입원하여 건강을 회복한 뒤에 가지요."

예은은 남편이 자신에게 준 삼개월의 휴가에 대해 감사하고 있었다. 이렇게 마음놓고 병원행을 권하면서 따라갈 수 있는 시간적 여유가 있다는 사실이 너무나 기뻤던 것이다.

“시간이 없어요. 빨리 그 할머니를 만나야 합니다. 그 사람이 죽기 전에 꼭 들려줘야 할 말이 있어요. 우린 꼭 만나야 합니다. 급합니다. 시간을 다투는 일입니다. 빨리 그리로 갑시다.”

그들은 인근에 있는 작은 병원으로 갔다. 두 시간에 걸친 영양제를 김 사찰에게 주사하는 동안 예은과 손 목사는 근처의 음식점에 마주앉았다. 늦봄의 날씨는 꼭 미친 여자 같았다. 아침에는 정신차릴 수 없이 춥더니 낮에는 너무 더워 반소매를 입어도 될 지경이었다. 예은은 스웨터를 벗어 식당 의자 등걸이에 걸어놓고 얇은 블라우스의 소매까지 팔뚝 위로 걷어올렸다.

“남미는 무척 덥겠지요?”

더워서 쩔쩔매는 그녀를 바라보면서 손 목사는 곧 떠나야 하는 남미 선교지의 날씨를 떠올리는 모양이었다.

“물론이지요. 바하 캘리포니아보다 아르헨티나는 더 남쪽이니 무척 덥겠지요. 그러니까 구렁이의 몸길이가 30미터가 넘지요. 제가 몇 년 전에 바하 캘리포니아에 가서 며칠 머문 적이 있었어요. 캘리포니아의 최남단이지요. 어찌나 물고기가 많은지 물 반 고기 반이라 하더군요. 오징어는 얼마나 크던지. 길이가 일 미터가 넘어요. 키가 그 정도이니 몸통은 얼마나 큰지 상상해 보세요. 제 말을 믿으시겠어요? 그런 더운물에 사는 오징어라 그런지 식초에 절인 것처럼 시큼하고 허벅허벅해서 먹을 수가 없더라고요. 우리나라에서 잡는 작은 오징어처럼 쫄깃쫄깃하지 않고 바람든 무 같았어요. 한국 사람이 작고 단단하니까 오징어도 그걸 닮은 모양이에요."

"오징어가 허벅거리고 시다니요? 식초를 치지 않고 무치면 맛있겠네."

"목사님도 농담 잘 하시네요. 우리나라 근교에서 잡히는 손바닥만한 오징어맛에 비해 너무 살이 쪄서 그런지 물컹하고 아주 죽을 맛이더군요."

"제가 가는 인디오 마을에는 우리나라와 다른 동식물이 많겠지요. 캘리포니아의 남단인 바하가 그렇다면……."

손 목사의 얼굴에 근심의 빛이 서렸다. 몇 달 뒤면 어린 자식과 아내를 데리고 남미의 밀림 지대인 오지로 들어가 목숨을 걸고 선교하겠다는 결심을 실행으로 옮기려는 자리에서 어찌 걱정 근심이 없겠는가.

문득 예은의 뇌리에 새겨진 한 장면이 생생하게 펼쳐졌다. 지난 가을이었던가. 텔레비전에서 본 어느 선교사 가족 이야기였다. 하나뿐인 아들을 남미의 오지에서 풍토병으로 잃고 땅에 묻으면서 하나님을 향해 울부짖던 젊은 선교사의 절규 장면이었다. 선교사도 인간이란 걸 공감하면서 예은도 화면을 따라 울어버렸다. 그 선교사는 하늘을 향해 울부짖었다.

'하나님이 살아 계시다면 이럴 수가 있습니까? 가장 위로가 되던 아들까지 앗아가면서 제가 여기서 선교를 해야 합니까? 하나님! 당신은 정말 살아 계신 것입니까? 제가 당신을 위해 이렇게 오지에서 목숨을 걸고 선교하고 있는데 하나뿐인 제 아들을 앗아가는 이유가 무엇입니까? 아브라함처럼 제게 믿음을 시험하시려는 것입니까? 그분에게 이삭을 돌려주듯이 아들을 돌려주십시오. 이렇게 아들을 땅에 묻는다는 것은 정말 있을 수 없는 일입니다. 이럴 수는 없습니다. 정말 이럴 수는…….'

절규하면서 하늘을 향해 주먹질을 해대던 선교사의 고뇌에 찌든 얼굴이 선명하게 눈앞에 다가왔다.

"아직도 선교지로 떠날 결심을 버리지 않으셨습니까? 모기와 독초와 독벌레가 우글거리는 아마존 강가의 오지로 들어갈 계획입니까?"

"이미 하나님 앞에서 결심했고 그분도 허락했으니 어찌 돌아설 수 있겠습니까. 선교지에서 죽는 걸 원합니다. 그 땅에 묻히길 소원합니다. 그런 각오 없이 어찌 그곳으로 가겠습니까. 풍요로운 곳에서는 교회도 세속화되게 마련입니다. 우리나라 교회들이 그 꼴입니다. 그러나 하나님은 여전히 우리가 믿음으로 의롭게 살기를 원하고 생활이 거룩하기를 원합니다. 우리의 삶속에서 거룩함을 행하면서 날마다 더 깊이 있는 거룩한 삶을 살기를 바라는 것입니다. 그런 삶을 살려면 오지 선교를 떠나야 합니다. 이곳

조국은 목이 곧은 백성들로 넘쳐나고 전파를 타고 복음의 홍수가 폭포수로 쏟아지고 있습니다. 이곳에서는 더 이상 저를 필요로 하지 않습니다. 아귀다툼을 하면서 도토리 키재기를 하는 그런 목회는 이제 싫습니다. 세속화되어서 인간 중심으로 교회를 지배하는 곳에는 말씀이 역사하지 않습니다. 전 차라리 황무지에 가서 복음을 심을 것입니다."

"홍수에 먹을 물이 귀하다고 했습니다. 말씀이 전파를 타고 홍수처럼 넘쳐나지만 진짜 마실 물은 희귀합니다. 그러니 목사님이 여기 남으셔서 썩은 물이 아닌 생수를 나누어주실 수는 없습니까?"

예은은 만두국을, 손 목사는 김치찌개를 주문했다. 손님들이 버글거리는 시간대이건만 음식이 순식간에 나왔다. 두 사람은 잠시 대화를 끊고 먹는 일에만 몰두했다. 예은의 이마에 땀이 흘렀다. 뜨거운 만두국에 맵게 무친 겉절이를 넣어 먹으니 등의 땀샘까지 자극해서 잔등이 흥건히 젖도록 땀이 고였다.

"거제도에 가면 아직도 자매님이 말한 그 할머니가 살아 계실까요? 괜스레 헛걸음질하는 건 아닌지."

"그 할머니는 절대로 돌아가실 분이 아닙니다. 닳여 먹으면 죽는 유두화 뿌리를 가지고 다닐 정도로 늘 죽음을 곁에 두고 사셨던 분이에요. 마음이 흔들릴 적마다 목숨을 내놓고 살겠다는 다짐을 그 유두화 뿌리를 놓고 하신 분입니다. 그 뿌리는 용기가 없어지거나 흔들릴 적에 할머니를 세워주었던 셈이지요. 목숨을 내놓으면 이 세상에서 무서울 것이 없는 법입니다. 그런 분의 목숨은 남편의 죽음을 지켜본 사람의 마지막 증언을 듣고서 숨을 거둘 것이라는 확신이 와요. 제 예감이 틀리지 않을 것입니다."

"사람의 목숨은 하나님께 달렸지만 또한 그 사람의 의지와도 관계가 있다고 봐요. 목회지에서 경험한 일입니다. 태평양 건너편에 있는 유학 중인 아들을 보고야 눈을 감겠다고 결심한 어느 할머니가 얼마나 끈질기게 목숨을 유지하는지! 그 노인은 결국 미국에서 귀국한 아들이 돌아와 방문을 여는 순간 아들을 껴안고 숨을 몰아쉬더라고요."

예은과 손 목사는 식당 밖으로 나왔다. 늦봄 미지근한 바람이 품으로 파고들었다. 마음을 따뜻하게 녹이는 바람이었다.

김 사찰을 데리고 세 사람은 급행열차를 탔다. 부산까지 가서 거제도로 가는 버스를 타기 위해서였다. 통영과 거제도가 다리로 연결되어서 배를 탈 필요가 없었다. 환자와 동행하기 때문에 일등석에 앉았다. 자리도 넓고 사람도 붐비지 않았다.

남쪽을 향해 기차가 힘있게 달리는 동안 김 사찰은 차창 밖에서 눈을 떼지 않았다. 민경덕 목사에 대하여 정보를 얻고픈 마음이 치솟았다. 그러나 김 사찰의 몸에서 뿜어나오는 가늠할 수 없는 기이한 힘에 눌려 예은은 입을 열 수가 없었다. 김 사찰의 주름진 눈가에 고여 있는 눈물이 흐린 불빛에서 번들거렸다. 현기증이 심한지 김 사찰은 몸을 가누지 못하면서도 창가에 기대어 꿋꿋하게 앉으려고 애를 썼다. 밤새워 기차는 남쪽을 향해 질주했다.

예은이 앞장서서 들어선 양로원은 새벽 이슬을 머금고 함초롬히 피어 있는 호박꽃처럼 순박한 정적에 휩싸여 있었다. 마음이 바빴다. 혹시 그 동안 박애란 할머니가 숨을 거둔 것이 아닐까. 예은이 그 동안 추적한 결과 할머니가 박애란이 아닌 다른 분의 이름을 도용한 것이란 걸 알아냈으면서도 늘 불렀던 것처럼 자연스럽게 애란 할머니라고 하는 것이 편했다.

양로원 현관문을 밀치고 들어서자 아침 기도회 시간이라 모두 예배실에 모여 있었다. 숨을 죽이면서 안을 쭉 훑어보았다. 없다. 애란 할머니가 없다. 그 동안 돌아가셨단 말인가. 가슴이 후드득 뛰기 시작했다. 그렇게 죽었으면 불쌍해서 어쩌지. 민경덕 목사의 측근이라도 보고 가셔야 하는 것인데.

'지금까지 지내온 것 주의 크신 은혜라. 한이 없는 주의 사랑 어찌 이루 말하랴. 자나깨나…….'

느려터진 할머니들 특유의 가락에 맞춰 풍금이 울려퍼졌다. 급한 김에 문 앞에 앉아 있는 할머니에게 다가갔다.

"미국서 온 할머니 아시죠? 제가 모시고 와 등록했는데 그분이 어디 계신가요?"

귀가 먹었는지 노인은 손바닥을 귓불에 대고 다시 말해 보라고 입을 쫑긋거렸다. 찬송은 계속되고 길고 긴 기도가 끝없이 이어졌다. 주기도로 아침예배가 파한 뒤에야 예은은 기도원장과 마주앉았다.

"미국으로 돌아가지 않으셨군요. 잘 오셨어요. 주신 미국 전화번호로 여러 번 연락했으나 알아들을 수 없는 영어만 나오더라고요. 그러잖아도 만나고 싶었어요."

"박애란 할머니가 돌아가셨단 말입니까?"

기도원장은 아주 근심스러운 표정을 지었다.

2

바닷가의 양로원은 파도소리와 산새들의 재잘거림으로 활짝 밝았다. 뒷산 그늘진 숲속에 사는 산새들이 아침 햇살을 받으려고 모두 둥지를 벗어나 양로원 울안으로 쏟아져 날아온 것이었다.

다급한 때에 한가하게 산새들의 속살거림에 귀를 기울이고 있는 자신에게 깜짝 놀란 예은은 속으로 뇌였다. 아하! 내가 많이 변했구나. 다른 때 같으면 어린아이처럼 칭얼대면서 내 걱정과 근심만을 고집할 터인데 마음자락이 넓어졌어. 박애란 할머니를 만난 뒤에 나는 어른이 된 거야. 친정어머니와 버렸던 아들을 만난 뒤에 인생을 조감할 수 있는 여유가 생긴 거지. 굴곡 많은 역경을 살아온 사람들을 만나면서 키가 훌쩍 커버린 거지.

"무슨 생각을 그렇게 하세요?"

기도원장이 예은의 코앞에 얼굴을 바짝 가져다 대면서 무릎을 쳤다. 그제야 그녀는 깊은 생각에서 벗어났다.

"자매님의 눈이 애란 할머니와 너무 닮았어요. 빨려들어갈 듯 아주 깊고 아늑해서 밑을 가늠할 수 없는 호수 속을 보는 것 같아요. 헤아릴 수 없는 많은 사연을 끌어안고 침묵하는 눈이 얼마나 신비한지 몰라요. 단순한 삶을 산 사람에게선 절대로 느낄 수 없는 그런 깊이가 있지요. 펄펄 끓는 용광로 속에 들어갔다 나온 사람만이 가질 수 있는 그런 눈이라고 생각해요. 더러운 것을 다 태워버리고 정한 것만 남은 눈빛, 인적이 끊긴 산속의 호수처럼 많은 산그림자를 품은 눈이라고나 할까."

"어머! 제 눈이 그랬어요? 원장님은 문학을 전공하셨나 봐요. 쓰는 어휘가 너무 극적이네요."

"두 분이 너무나 비슷한 눈을 지니고 있어 제가 놀랐어요."

"어머, 대화가 너무 벗어났군요. 애란 할머니는 어디 묻히셨나요? 그분이 만나고 싶어하던 분은 이미 고인이 되었고, 그 측근 사람을 찾아서 모시고 왔는데 만나보지도 못하고 돌아가셨다니! 불쌍한 할머니…….”

“왜 그렇게 성급하게 생각하세요. 돌아가신 것이 아니고 지금 임종이 가까워서 산소 호흡기를 꽂고 누워 계십니다. 누구를 그렇게 기다리는지 아까 말한 그런 눈으로 이따금 문 쪽을 뚫어질 듯 바라보세요.”

“그럼 그렇지. 애란 할머니가 우릴 기다리고 계신 거예요. 남편을 만나고 싶어 목숨을 끈질기게 잇고 있는 것이라고요. 어디 계신가요? 지금 빨리 가보고 싶어요.”

예은이 먼저 원장실을 빠져나왔다. 문 밖에서 기다리던 손 목사와 김 사찰이 예은을 보자 자리에서 일어섰다. 밤새워 달려온 탓에 지쳤을 테지만 김 사찰의 눈은 빛을 뿜었다.

“할머니가 살아 계시대요. 아직도 누군가를 애타게 기다리신대요.”

순간 김 사찰이 흑흑 흐느끼다가 그 나이에 어울리지 않게 소리를 높여서 꺼이꺼이 울음을 터뜨렸다. 노인이 되면 아기가 된다더니 맞는 말이었다. 그의 울음소리가 양로원의 복도를 따라 여운을 남기면서 울려퍼졌다. 일생 참아왔던 울음을 한꺼번에 토해내는 듯했다. 자신의 목숨을 건져준 민경덕 목사가 생각나서 그럴 것이다. 죽어가면서 부탁했던 유언을 전하기 위해 이곳까지 온 것에 감사하고 또 그 유언을 전해줄 할머니가 살아 있다니 더욱 감사할 일인 것이다. 김 사찰의 울음을 그렇게 해석하며 예은은 앞장선 기도원장의 뒤를 따랐다.

"지금 할머니는 중환자실에 있나요? 택시를 불러야겠지요. 여기서 병원 중환자실까지 얼마나 멉니까. 한순간, 한순간이 중요합니다. 어서 택시를 부르지요."

예은은 마음이 다급했다. 그 사이 숨을 거두면 어쩌나 하는 걱정이 스쳤다. 조금만 더 기다리다 우리 일행을 만나고 마지막 숨을 쉬게 해달라는 기도가 연신 터져나와서 예은은 기도원장이 듣든 말든 큰 소리로 중얼댔다.

'주님! 단 한 시간만이라도 좋습니다. 김 사찰을 만나고 돌아가실 수 있도록 그 생명을 연장시켜 주십시오. 저희가 이렇게 왔습니다. 일생 불행했던 여자의 마지막 순간을 주님이 주장하실 줄 믿습니다. 주님! 꼭 한 시간입니다. 그때까지 코끝에 호흡을 연장시켜 주십시오. 주님! 제 기도를 들어주실 줄 믿고 감사합니다.'

기도를 하는 예은의 얼굴을 유심히 보는 기도원장의 입가에 잔잔한 미소가 서렸다.

"이 방입니다. 제가 먼저 들어가 보고 부르겠습니다."

"아니! 병원이 아니고 양로원에서……."

"온몸의 세포가 말라 죽어가는 사람들이니 뻔한 병인걸 뭘 돈 들이고 병원까지 가겠습니까. 의사가 하루에 두 번씩 와서 봐주지요. 이 방은 병원처럼 산소호흡기도 있고 간단한 의료시설이 갖춰진 방입니다."

원장의 지시를 따라 밖에서 기다리면서 김 사찰이 쓰러

지지 않도록 예은과 손 목사는 양쪽에서 팔을 잡고 몸을 버티어 주었다. 잠시 후 원장이 문을 열었다.

"모두 들어오세요. 제가 할머니의 귀에 대고 예은씨하고 할아버지 한 분이 오셨다고 했더니 몸을 움찔하시면서 놀라는 얼굴을 하더라고요."

예은과 손 목사의 팔에 의지하여 김 사찰은 애란 할머니 옆으로 다가갔다. 할머니의 눈이 예은의 얼굴에서 김 사찰의 얼굴로 옮겨지는 순간, 입가에 경련이 일더니 눈에 물기가 차오르다가 주르륵 눈꼬리를 타고 흘러내렸다. 그 모습을 지켜보다가 김 사찰은 침대가에 무릎을 꿇고 애란 할머니의 몸을 끌어안았다. 그리고 김 사찰은 울음을 터뜨렸다. 할머니는 산소마스크를 쓴 채 윗몸을 일으켜 두 손으로 김 사찰의 뒤통수를 쓰다듬었다. 기도원장은 걱정이 되는 표정을 짓다가 물었다.

"이분은 애란 할머니와 어떤 관계입니까?"

예은은 모른다고 머리를 저었다. 솔직이 고백해서 두 분이 어떤 사이인지 모른다는 말이 맞았다. 민경덕 목사의 마지막을 지켜본 김 사찰의 표현이 진했다. 하긴 자신의 목숨을 건져주고 예수를 구주로 영접할 수 있는 믿음을 심어준 은인에 대한 감사와 유언을 전할 수 있다는 감격이 저런 몸짓으로 나올 수도 있을 것이다. 원래 깡패 생활을 했던 사람들은 진한 의리와 정이 있다고들하지 않던가.

두 사람은 서로 부둥켜안은 채 한동안 그렇게 있었다. 김 사찰이 뺨을 애란 할머니의 뺨에 대고 비벼대면서 손으로 머리를 쓰다듬기 시작했다. 연인들이라 할지라도 오랜만에 만났다고 저렇게 격렬한 몸짓을 할까.

할머니가 원장을 향해 눈으로 무엇인가를 간절하게 말했다. 그러자 원장은 익숙하게 베개 밑을 더듬어 빛바랜 보자기에 쌓인 작은 뭉치를 꺼냈다. 예은은 짐작이 갔다. 그러나 짐짓 덮어두고 물었다.

"그게 뭐예요?"

"할머니의 보물단지예요."

예은은 우정 궁금하다는 표정을 지어보였다.

"이름 모를 나무뿌리예요. 할머니는 슬플 때나 힘들 때, 또 몸이 많이 아플 때 이 보자기에 싸놓은 나무뿌리를 끌어안았어요. 이따금 펼쳐놓고 만지기도 하구요. 치매기가 있는 노인치고 좀 특이했지요."

손 목사가 팔짱을 끼고 지켜보다가 오른손으로 턱을 만지작거리면서 호기심을 나타냈다. 원장은 눈길로 할머니에게 동의를 구하고 보자기를 풀었다. 원장님이 풀어놓은 보자기 안에서 바짝 마른 나무뿌리가 몇 개 나왔다.

"이거 이상한 뿌리구먼. 무엇 때문에 할머니는 이 뿌리를 그토록 귀중하게 여겼을까요?"

손 목사는 뿌리 하나를 집어들고 이리저리 살펴보았다. 선교사역을 위해서 동물도감과 식물도감을 연구한 그가 웬만하면 알 수 있을 터인데 감이 잡히지 않았다. 그제서야 예은이 피식 웃으면서 말했다.

"이건 신비로운 뿌리예요. 할머니의 인생을 바로 세워놓은 뿌리랍니다. 이 뿌리를 보면서 할머니는 인생을 가로막는 큰산을 넘을 수 있었지요."

손 목사의 호기심이 더욱 높아졌다.

"좀더 구체적인 설명을 듣고 싶습니다."

예은은 뿌리를 한 가닥 집어들었다.

"이걸 달여 먹으면 치명적인 독으로 사람이 죽을 수 있지요. 애란 할머니는 이 뿌리를 지니고 다니면서 늘 죽음을 생각한 것입니다. 날을 계수하는 지혜라고 할까. 죽음을 앞에 놓으면 두려울 것이 없는 법이지요. 우리나라에서는 남쪽 바닷가 더운 지역에서 자라는 유두화라는 꽃나무의 뿌리랍니다."

순간 김 사찰이 신음을 토하기 시작했다. 속에서 끓어올라오는 무서운 신음을 뱉어내면서 다시 애란 할머니를 끌어안았다.

"그렇게도 가슴에 한이 되었소? 이 뿌리가 그렇게도 가슴에 맺혔단 말이오. 여보! 나를 용서해 주시오. 용서를 받아내지 않고는 나는 절대로 당신을 보낼 수 없소. 죄 많은 나를 용서해 달란 말이오."

김 사찰의 통곡을 모두 의아한 눈으로 지켜볼 뿐이었다. 애란 할머니의 눈가와 입이 심하게 실룩거렸다. 김 사찰이 그 얼굴에 대고 부르짖었다.

"조수자씨! 나를 용서하시오. 제발 용서하고 떠나요."

애란 할머니가 김 사찰을 올려다보며 천천히 머리를 끄덕였다.

"내가 당신 대신 장대 위에 달리리다. 당신은 이제 그만 내려오구려. 그 동안 얼마나 힘들었소."

예은은 두 사람의 말을 들으면서 감사의 울음을 터뜨렸다.

"하나님, 이들 만남을 위해 저를 들어 쓰심을 감사하나이다."

수많은 호칭들이 예은의 귓가를 맴돌았다.

'박애란, 애란 할머니, 조수자씨. 조수자 사모님. 장대 위에 달린 여자, 샌디 엄마, 샌디 친정어머니…….'

박애란 할머니가 자신의 이름인 조수자와 민경덕 목사의 아내인 사모의 자리를 찾는 순간이었다.

3

예은은 산소마스크를 쓴 애란 할머니와 김 사찰의 포옹을 그윽히 바라보다가 핸드백에서 카메라를 꺼냈다. 정성을 다해 두 사람을 카메라에 잡았다. 그래도 두 노인은 포옹을 풀지 않았다.

"자, 이제 두 분 진짜 이름을 찾아야지요. 할머니는 박애란이 아니고 조수자씨, 조수자 사모님이라 불러야지요. 그리고 할아버지는 김영호 사찰이 아니고 민경덕 목사님. 그렇죠?"

예은의 말을 듣고 손 목사는 정신을 차릴 수가 없었다. 아하! 그래서 그토록 깊은 성경 지식과 지혜를 지니고 있었구나. 가끔 보여주었던 결단이나 판단은 얼마나 그를 놀라게 했던가! 그제야 실마리가 풀리는 것 같았다.

"세상에 이럴 수가! 그럼 김영호 사찰이 민경덕 목사님이었단 말이오? 어떻게 이런 일이 있을 수 있단 말이오? 도저히 있을 수 없는 사건이란 말이오. 민 목사님이 어린 햇병아리 목사 밑에서 사찰 일을 하셨다니! 세상에, 이럴 수가! 믿어지지 않아요."

기도원장도 마찬가지였다. 박애란 할머니는 벙어리로 말을 하지 않고 온전히 기도만 하고 지냈다. 어쩌다 눈에 그득히 담았던 눈물에도 전혀 감정 표현이 없던 분이었다. 그분이 바로 유명했던 민경덕 목사의 아내였다니! 사모를 그간 너무나 소홀히 대했던 것이 미안했다. 어린애를 다루듯이 마구 대했던 것이 송구스럽기까지 했다.

"조수자 사모님! 용서하세요. 정말 죄송합니다."

기도원장이 자신의 잘못을 솔직이 털어놓으면서 사모의 팔과 다리를 주물렀다. 사모의 표정이 밝아졌다. 입에 산소호흡기를 달아서 갑갑한 듯 손으로 그걸 떼어달라는 간절한 몸짓을 했다. 기도원장이 얼른 산소호흡기를 떼어 냈다. 마지막 부탁, 사모의 소원을 들어주는 것이 도리가 아니겠는가 하는 배려였다. 남편 민경덕 목사의 얼굴을 가슴에 안은 채 높은 곳을 향해 눈을 고정시킨 조수자 사모가 천둥처럼 고함을 쳤다. 그녀의 입에서 말이 터져나온 것이었다.

"오! 저 천사들……, 주님! 감사합니다."

실로 몇십 년 만에 토해낸 말이다. 그리고 사모는 고개를 옆으로 꺾었다. 얼마간 정적이 흘렀다. 참으로 평화로운 기운이 방안을 가득 채웠다. 그 순간은 흐느낌도 없었다. 시간이 존재하지 않는 무(無)의 상태였다. 우주를 헤엄치고 있는 우주인처럼 흐느적거리는 듯했다. 슬로비디오를 틀어놓은 듯 모든 것이 일순간 정지했다가 천천히 움직이기 시작했다.

그 침묵을 깨고 민경덕 목사가 입을 열었다.

"여보! 먼저 가 있구려. 곧 내 따라가리다. 당신 대신 장대 위에 달려서 지내다가 따라가리다. 당신의 자리를 지키다가 가리다. 오! 주님! 감사합니다. 이런 만남을 주심을 진심으로 감사합니다."

참으로 침착한 음성이었다. 성령이 충만해서 설교하는 것처럼 성도들을 향해 당부하는 그런 목사의 성스러운 목소리였다. 천성을 향해서 굳어진 아내의 눈을 감겨주면서도 조금도 흐트러짐이 없었다. 그의 행동에는 경건함이 스며 있어 거룩한 분위기마저 감돌았다. 마침내 민 목사는 이불자락을 올려서 아내의 얼굴을 가려주었다.

"저에 대하여 여러분들이 많이 궁금하시겠지요? 듣고 싶으시겠지요? 왜 이런 길을 걸었는지 알고 싶으셨지요? 이제 숨길 것이 뭐가 있겠습니까? 저를 알아본 유일한 사람, 제 아내의 눈을 감겼습니다. 몸이 이렇게 망가졌어도 임종의 순간에 나를 알아본 아내의 눈에는 엄청난 기쁨이 서려 있었습니다. 그 눈을 본 것만으로 나는 감사할 뿐입니다. 세상에서 민경덕은 사라졌다고 모두가 알고 있었는데 오직 한 사람, 제 아내만이 제가 올 것을 알고 기다렸지요. 이 사람의 일생은 저 같은 죄인이 돌아오는 것을 기다리는 그 순간을 위에 존재했던 여자입니다. 제 죄를 대신 지고 장대 위에 달려서 묵묵히 일생을 바친 여자입니다."

예은은 궁금한 질문을 했다.

"어떻게 김영호 사찰 행세를 하셨어요? 경찰에서도 목사님을 김영호라고 모두 기록할 정도였다면 뭔가 이상하지 않아요?"

"전 민경덕이기를 거부했습니다. 저 자신을 증오했고, 그 이름조차 듣기를 싫어했습니다. 나란 놈은 그렇게 나쁜 놈이었지요. 제 아내를 죽이라고 보낸 청년들이 유두화 뿌리를 삶아 먹여 죽였다는 보고를 듣고 얼마나 기뻐했는지! 그만큼 악독한 놈이었습니다. 그래서 김영호가 죽는 순간 바꿔치기를 했지요. 그 사람은 저와 길거리를 헤매던 노숙자였고, 저처럼 한참 때는 이름을 떨쳤던 깡패 두목이었지요. 그가 행려병자로 죽어가는데 누가 신원에 관심을 기울이기나 합니까. 참으로 쉽게 제가 바꿔치기를 해서 딴사람이 된 것이지요. 전 사실 저 자신이 싫었습니다. 죄투성이인 제가 무섭도록 싫었어요. 하나님은 저를 버리셨습니다. 제 아내를 버린 죄를 철저하게 보응한 것입니다. 예은씨를 만났을 때 아내가 아직도 살아 있다는 소식을 듣고 온몸의 세포가 다 곤두섰습니다. 왜 내가 이렇게 됐는지 그때 정확하게 알 수 있었으니까요. 전 아내의 기도줄에 묶여 끌려온 셈입니다. 그 기도 소리가 역겹고 참을 수가 없어서 몸부림쳤습니다."

목이 타들어가는지 민 목사가 헛기침을 했다. 예은이 물잔을 내밀었다. 입을 축이고 잠시 숨을 가다듬고 난 뒤 그는 천천히 말을 이었다.

"아내의 손을 통해 제 몸에 묶어진 줄이 하나님의 손에 연결된 것을 참을 수 없었습니다. 하나님의 손에 단단히 쥐어진 굵은 밧줄이 무서워서 억수로 술을 마시고 담배를 피우면서 도전했지요. 그러나 목숨을 걸고 매달리는 아내의 기도에 두 손을 든 셈입니다. 그러니까 아내의 목숨을 건 기도 덕에 전 다시 하나님의 품으로 돌아온 것입니다."

내용을 전혀 모르는 기도원장과 손 목사는 의아한 표정을 지으면서 민 목사의 얼굴을 응시했다. 그러나 사건을 추적해온 예은은 그의 진솔한 고백을 들으면서 눈물을 흘렸다. 이분은 진실을 말하고 있구나. 하나도 거짓이 없는 맑은 마음으로 말하고 있구나.

"전 아내를 죽인 사람입니다. 목회에 성공하려고 아내를 독살한 남자입니다. 큰 교회를 짓기 위해, 그리고 수만 명의 성도를 거느리기 위해, 또 명성을 날리기 위해 물불을 가리지 않았습니다. 아내까지 죽여가면서 날뛴 놈입니다. 공부 많이 하고 명성 있는 집의 여자를 아내로 맞았습니다. 처갓집의 돈을 얻어 교회 터를 닦으려는 속셈이었지요. 결국 목회에 성공하고 이름도 날리고, 신문이나 책에 제 이름이 나오고, 모든 사람의 입에서 성공한 목회자로 오르내리고……. 민경덕 목사라면 모든 목회자들이 되고 싶어하는 이상형이요, 우상이요, 삶의 모델이 되는 대표적인 인물이었습니다. 하나님은 그런 제 몸을 쳤습니다. 척추가 휘기 시작하고 꼽추에 가까운 추한 모습으로 변했습니다. 저를 보세요. 얼마나 흉측한 모습입니까. 전 하나님이 버린 목사가 되었습니다. 제가 이런 몸을 고쳐달라고 간절히 기도할 때 놀랍게도 하나님은 저를 모르신다고 하셨습니다. 또 하나님은 제가 세운 교회 건물이나 많은 성도들을 모르신다고 하셨습니다. 성도들과 제가 크게 세운 교회가 하나님을 기쁘게 한 적이 한 번도 없다고 말씀하셨습니다. 제가 성도들의 숫자를 늘리기 위해 사기 연극을 꾸미는 것까지 하나님은 무섭게 화를 내셨습니다.

제가 행한 모든 걸 가증스럽게 여기셨습니다. 전 제 자신이 하나님께 버림받은 것에 대해 화가 나기 시작했습니다. 제가 무슨 짓을 했건 그건 다 주님의 나라를 확장하기 위한 것인데 하나님은 그걸 싫다고 하니, 전 하나님을 향해 종주먹을 들이대며 화를 내고 고함을 쳤습니다. 나중에는 진짜 하나님이 존재하느냐고 반항하기도 하고 하나님 없이도 난 살 수 있다고 내 방식으로 살기 시작했습니다. 하나님을 등지고 살자니 생명의 위협을 느꼈습니다. 보디가드를 셋이나 거느리고 철책을 하늘 높이 두르고 임금님의 성처럼 장식한 호화로운 저택에 멋진 장식품에 외제 차에 기름진 음식에……. 그러나 저는 점점 나락으로 떨어졌습니다. 영육(靈肉) 간에 찌그러진 몰골로 성도들 앞에서 외쳐대는 것이 참을 수 없었습니다. 길거리로 뛰쳐나왔지요. 차츰 아내를 죽여가면서 죄를 진 자신을 참을 수가 없었습니다. 그간 몸부림치며 그 사실을 미화시키고 정당화시켰건만 제 양심의 소리는 그걸 거부하기 시작했습니다. 그건 육의 힘이 아닌 영의 힘이었습니다."

민 목사의 고백은 울음으로 멈췄다. 예은이 그의 손에 손수건을 쥐어주었다. 울음이 잦아들고 민 목사의 입이 다시 열렸다.

"조강지처인 착한 아내를 죽여가면서 욕심을 부린 것은 참을 수 없는 어둠을 내게 안겨주었습니다. 아내의 일생이 장대 위에 달려서……. 그 위치가 아픔도 있고 외롭고 힘들었겠지만 또한 많은 사람의 힘이 되는 자리였다고 믿습니다. 아내를 바라보면서 역경을 이길 수 있기 때문이지요. 이제 제자리에 돌아와서 뒤를 돌아보니 제가 한 일은 하나님을 앞에 내세운 장사꾼이었습니다. 대형 교회를 세운 내가, 그 큰 성도를 끌어모은 내가, 하나님을 간판삼아 장사를 한 철저한 대기업가였습니다. 주님이 거부하는 궁전을 지어서 내가 영광을 누린 것입니다."

민경덕 목사는 허탈한 심경에 사로잡힌 듯 말을 잇지 못했다. 예은은 핸드백을 열고 먼지가 풀썩이는 일기장을 꺼냈다. 이 일기장은 언젠가 꼭 봐야 할 사람에게 주기로 하고 간직한 것이었다.

"이걸 읽어보세요. 사모님이 기록한 일기장입니다. 전 이걸 읽고 그 줄에 끌려서 조수자 사모님을 모시고 이 자리까지 왔습니다."

민 목사는 예은이 내미는 빛바랜 일기장을 잠시 응시하다가 두 손으로 보듬어 안았다. 예은은 안도의 한숨을 내쉬고 말을 이었다.

"두 분 사이에서 태어난 따님을 기억하시는지요?"

민 목사의 얼굴이 일그러지면서 입가에 경련이 일었다. 처참할 지경으로 입가와 눈가에 어둠의 그림자가 스쳤다.

"제 딸이 아직도 살아 있을까요?"

"그럼요. 미국에 살아 있습니다."

"그 애가 죽지 않고 아직도 살아 있어요?"

"그럼요. 아름다운 항구 산타바바라에서 행복하게 살고 있어요. 천국과 같은 평안한 삶을 누리고 있습니다. 성공적인 결혼을 했고 가정을 이루고 아주 부유하게 살고 있습니다. 모두 무릎이 닳도록 기도한 조수자 사모님의 기도 때문입니다. 사모님과 함께 그곳엘 간 적이 있어요."

"제 집사람이 거기까지 어떻게……."

"장대 위에 달린 여자의 처절한 기도는 모든 것을 가능케 한다는 걸 잊으셨어요?"

"제가 죽으라고 버린 아이가 살아서 미국에 살고 있다니. 오! 주님! 감사합니다."

"따님이 입양될 적에 적힌 부모의 이름이 조수자와 민경덕이었습니다. 그런데 할머니가 가진 여권은 박애란이었지요. 그래서 따님은 자기 어머니를 내쳤습니다. 현대판 고려장으로 국제공항에 내다 버린 거지요. 그래도 그분은 자신이 어머니임을 밝히기를 거부했습니다. 입을 다물었습니다. 딸과 남편을 위해 일생 벙어리가 되었어요. 조국에 돌아오면 만에 하나 치매기로 입을 열 것이 두려워서 국제공항인 로스앤젤레스에서 죽음을 기다리고 있었던 것입니다."

민 목사는 깊은 한숨을 내쉬었다.

"제 아내는 이름이 없습니다. 이미 죽은 사람으로 호적에서 지워버렸으니까요. 제가 그랬습니다. 이 사람이 살아 있으면 제 목회에 걸림돌이 되니까 그랬지요. 세상에는 없는 사람이라 아마 남의 이름을 가지고 딸을 찾아나섰을 것입니다. 불쌍한 사람, 가엾은 내 딸……, 실로 저는 이런 말할 자격도 없습니다."

예은은 민 목사를 위로했다.

"그래도 목사님 설교를 듣고 주님을 영접한 많은 영혼들이 있을 것입니다. 너무 자책하지 마세요."

"아닙니다. 내가 구원한 사람은 딱 한 사람, 깡패 두목으로 몰락하여 길거리를 누비다가 나와 함께 비렁뱅이가 되었던 김영호를 구한 것뿐입니다. 그는 내 품에 안겨 숨을 거두면서 내 손을 잡고 주님을 영접하고 평안하게 하늘나라로 갔습니다. 그때 흘린 내 눈물은 진짜였지요. 그를 너무 사랑했기 때문에 가슴속 깊은 곳에서 솟구치는 통곡을 했으니까요. 수많은 장례식을 집례하면서 식상한 마음으로 그저 덤덤하게 임했는데, 그의 죽음을 앞에 놓고 과거 화려하게 가면을 쓰고 형식적으로, 이중 인격자로 거룩한 척 임했던 생활이 떠올랐어요. 내가 참목사가 아니었단 증거를 확실하게 일러준 김영호였습니다. 이 세상에 와서 꼭 한 사람, 김영호의 영혼만을 구하고 가는 것이지요. 그것만이 하늘나라에 들고 갈 보고서입니다."

고백 간증을 마친 민경덕 목사는 전신에 평안함이 넘쳐흘렀다.

조수자 사모는 호적이 없어 행려병자로 묻혔다. 남해를

바라보는 양지바른 곳이었다. 민 목사는 하관하기 전에 땅속까지 들어가 팥고물처럼 보드라운 흙을 만져보며 만족한 표정을 지었다. 봉분을 만들고 장례를 마친 뒤 민 목사는 혼절하고 말았다. 아내가 있던 바로 그 침대에 누운 민 목사는 평안한 얼굴이었다. 기쁨이 서린 얼굴이었다. 예은이 가만히 민 목사의 어깨를 흔들었다.

"그렇게 가시면 어떡해요. 따님도 보시고 제가 얼마나 수고했는데 제게도 인사하시고 유언도 남기고 가셔야지요."

민 목사는 꼭 감은 눈을 뜨지 않았다. 예은은 이틀간 병상을 지키면서 간호했다. 손 목사는 서울로 떠나고 예은만 양로원에 남아 민 목사의 곁을 지켰다. 삼 일이 되는 날 민 목사는 의식을 찾았다. 그녀와 눈이 마주치는 순간 순박한 소년처럼 싱긋 웃었다.

"더 살다 가셔야 해요. 장대 위에 더 달렸다가 가셔야지 금방 가시면 섭섭하잖아요. 사모님이 더 있다 오라고 하실 것입니다. 그 장대 위에서 더 많이 기도하다 오라고요."

민 목사는 머리를 끄덕였다. 민 목사와 나란히 앉아서 예은도 동쪽 하늘을 향해 눈길을 던졌다. 서서히 떠오르는 아침 햇살에 그의 얼굴은 주름살로 생을 드러내 보였다. 명주실처럼 가늘고 곱게 깔린 주름살 사이로 억센 주름살이 파였는가 하면, 더러는 쇠심줄처럼 질긴 심줄을 불뚝 드러내기도 했다. 살아온 험난한 세월이 그의 전신에 모두 상세히 각인되어 있었다. 그는 아침의 부드러운 햇살을 즐기면서 이 세상의 모든 짐을 다 내려놓고 평안한 마음으로 세상을 바라보았다. 그는 언제라도 하나님의 부름을 받을 준비가 끝나 있었다.

순간 예은은 눈앞에 펼쳐지는 환상을 보며 몸을 떨었다. 태양이 떠오르는 붉은빛 하늘 속으로 끝간데 없이 치솟은 굵은 장대 위에 예은 홀로 외롭게 매달려 있었다.

| 평설 | 김봉군 가톨릭대학교 명예교수, 문학평론가

인간 영적 서사의 승리

이건숙은 서울대사대 독어과와 미국 빌라노바대학원을 나온《한국일보》신춘문예 출신 작가요 목사의 사모이다. 장편소설『이브의 깃발』『거제도 포로수용소』『바람 바람 새바람』등을 써서 인간의 영성을 일깨운 바 있다.

이문열의『사람의 아들』을 연상시키는 장편소설『사람의 딸』은 부제가 '장대 위에 달린 여자'로 되어 있다.한 버림받은 여성의 십자가 고난과 구원의 이야기이다.

장편소설『사람의 딸』은 액자 소설이다. 예은이라는 재미 교포 여성의 고난과 영적 구원으로 이루어진 겉이야기와 민경덕 목사와 주수자 사모의 불화, 분리, 범죄, 증오, 회개와 용서, 만남과 구원의 속이야기로 구성되었다.

첫 장면은 미국 로스엔젤레스 공항에 버려진 한 할머니를 재미 교포 60대 여성, 예은이 발견하는 우연한 사건으로 제시된다. 예은은 할머니을 집으로 데려와 그 정체를 알고자 하나 방법이 없다. 할머니의 성경 속표지에서 발견한 전화 번호로 통화하곤 산타 바버라의 한 저택을 방문하여 샌디라는 여주인을 만난다. 그녀는 자기를 딸이라고 찾아든 그 할머니가 자기와 아무 상관이 없는 사람이라고 말한다. 할머니의 여권에 적힌 박애란은 자기 어머니 이름이 아니라는 것이다. 샌디는 한국에서 미국으로 온 입양아 출신이다. 예은은 박애란 할머니의 보퉁이에서 일기장을 발견하고 그녀의 기구한 생애를 알게 된다.

예은은 참으로 오랜만에 어머니를 만나기 위해 한국행 비행기를 탄다. 박애란 할머니도 물론 동행한다. 예은은 어머니 계신 곳을 수소문하여 거제도 기도원까지 갔으나, 어머니는 그곳을 떠난 지 오래 되었다. 박애란 할머니를 거기 남기고, 예은은 자신과 박애란 할머니의 과거를 추적하러 나선다.

예은은 전 남편 공대식의 행적을 찾았으나 알 길이 없다. 시장 거리를 헤매다 해후한 떡장수 할머니에게서 거부이던 공씨네 살림이 풍비박산이 나고, 가족들도 걸인이 되어 뿔뿔이 흩어지고 만 것을 알게 된다. 공대식 그는 고3이었던 그녀를 강간하여 아들까지 낳게 하였던 깡패, 건달이요 악당이었다. 그녀는 공씨 집에 어린 아들을 남겨두고 쫓겨나 미국으로 이민 갔고 거기에서 두 번째 남편을 만나 남매를 두었다. 아들은 보스턴에서 큰 뜻을 품고 공부를 하고 있으나, 딸은 어둠의 세력의 마수에 걸려 살인죄를 짓고 감옥에 갇혀 있다.

박애란 할머니는 민경덕 목사의 사모였다. 교회를 개척하느라 온갖 고난을 남편과 함께하다가 중병이 든 그녀는 산속의 기도원으로 들어가 요양하게 되었다. 그녀의 병은 의사들도 포기할 만큼 위중하였다. 남편 민 목사는 상류 가문 출신의 인텔리 여성과 결혼하기 위하여 그녀를 죽은 것으로 하고 장례식까지 치른다. 민 목사는 처가의 도움으로 화려하고 거대한 교회를 짓는다. 교회는 크게 부흥하고 민 목사는 존경받는 유명 목사가 된다. 사모는 가난한 개척 교회 시절 함께 고생하였던 집사 한 사람을 찾아가나 그의 무력한 처지를 알고 물러난다. 역시 고락을 같이 했고 지금은 부유한 장로가 되어 있는 사람을 찾아갔으나 야멸차게 거부당하고 물러난다. 그는 독약인 유도화 뿌리 달인 물을 기도원장에게 주어 그녀로 하여금 마시게 한다. 그녀는 거짓으로 마시는 척하며 살아난다.

민 목사의 사모는 교회를 찾아가 민 목사의 회개를 촉구하다 정신병자로 몰리고, 사택을 찾아가 새로 들어온 사모를 만났으나 자기가 낳은 딸의 행방을 알지 못한 채 쫓겨난다. 천신만고 끝에 딸의 미국 주소를 알아내었고, 자기와 꼭 닮은 박애란 할머니의 여권을 훔쳐 딸 샌디의 집을 찾았던 것이다.

예은은 할머니의 일기에 등장하는 민경덕 목사의 행적

을 찾아 나선다. 수소문 끝에 들른 한 대형 교회에서 특이한 사찰 한 사람을 만난다. 늙은 꼽추 김영호 사찰이다. 그는 술, 담배에 마약까지 손을 댄 타락한 인간이었으나, 덕이 있는 손 목사가 거둬서 사찰 일을 시켰고, 이제는 회개하여 충직한 교회의 일꾼이 된 사람이다. 때마침 이 교회에는 장로에 대한 살인미수사건이 일어나고, 젊은 손 목사가 구속된다. 원로 목사와 유력한 장로가 꾸민 흉계 때문이다.

김 사찰은 민경덕 목사가 이미 죽었다는 말만 남기고 자청하여 감옥엘 간다. 범죄는 자기가 저질렀으며 손 목사는 무죄라고 주장한다. 손 목사는 혐의를 벗고 풀려난다.

예은은 산속 허름한 교회에서 그리운 어머니와 재회를 하고, 전도사가 된 아들도 만난다. 어머니의 기도가 성취된 것이다. 그녀는 하나님의 은혜에 감사드린다. 또한 폐인이 되어 기도원에 수용되어 잇는 전 남편 공대식의 처참한 모습을 보고, 그를 마침내 용서한다.

김 사찰은 거의 죽게 된 채 감옥에서 풀려나, 예은에게 거제도 기도원의 박애란 할머니에게로 인도해 주기를 원한다.

김 사찰은 산소 마스크에 의지해 목숨을 부지하고 있는 박애란 할머니를 만나 포옹하며 용서를 빈다. 할머니는 끄덕임으로 응답한다. 산소 마스크를 떼자 할머니는 한마디를 남기고 숨을 거둔다.

"오! 저 천사들……, 주님! 감사합니다."

김 사찰은 민경덕 목사 바로 그 사람이었고, 박애란 할머니는 조수자 사모였다.

작가 이건숙은 장편 『사람의 딸』을 통하여 한국 대형 교회의 타락상을 고발하고 하나님의 섭리를 깨우친다.

"앞으로는 돈을 처바른 대형 교회가 필요없다고 생각합니다. 성도들이 죽어라 하고 헌금해서 지었지만 그 안에 있는 모든 성도들이 함께 침몰하고 있어요. 두고 보세요. 거대한 조직체인 교회가 곧 무너져내릴 것입니다. 속이 곪아문드러져서 세상 물결에 휩쓸려 떠내려가고 있어요. 난파 직전이지요."

작가는 김 사찰의 입을 빌려 대형 교회의 병폐를 이같이 고발하고 있다. 그러나 작가는 손 목사를 통하여 빛과 소망을 찾아가는 한 거룩한 목회자상을 설정하기에 진력한다.

"하나님의 종으로 훈련시켜 놓으시고 쉬게 하셨으니까. 세상에서 소외되어버려진 사람들을 찾아가고 싶습니다. 가장 낮은 곳으로 내려가고 싶어요. 높은 곳은 너무 교만하고 다툼이 많고 소란스러워요. 문둥이촌이라든가, 아니면 암으로 시한부 인생을 살면서 하나님만을 의지해야 하는 사람들이 모인 곳으로 가고 싶습니다. 똑똑한 사람들이 모인 곳이나 부자들이 모인 곳, 아니면 자칭 예수를 오랫동안 믿어 틀에 박혀 살아가는 형식적이고 상투적인 바리새인들처럼 이렇고 저렇고 따지는 사람들이 있는 곳은 질색입니다. 구름처럼 몰려드는 대형교회나 건물이 커서 화려한 그런 곳이 아니고, 몇 사람이 모여도 하나님을 진심으로 필요로 하는 낮고 낮은 자리에 있는, 버려져 소외된 사람들에게 가고 싶습니다."

손 목사의 각오다. 손 목사는 마침내 예은의 만류를 뿌리치고 아마존 선교를 결심한다.

예은은 감옥에서 25년 형을 살아야 할 딸이 어둠의 세력과 마약에서 해방되어 보호받게 된 것에 오히려 감사해하며, 더욱 신실하게 기도하는 삶을 살 것을 다짐한다.

위선, 범죄, 분리, 증오가 진실, 회개, 용서, 만남으로 병용되는 인간의 영적 승리, 이것의 소중함을 이 작품은 깨우친다. ✈

*위 글은 김봉군 교수님이 집필하여 출판한 『기독교 문학 이야기』에 게재한 『사람의 딸』 평설이다.